Dio

Georges Simenon

*Die Fantome
des Hutmachers*

*Roman
Deutsch von
Eugen Helmlé*

Diogenes

Titel der Originalausgabe:
›Les fantômes du chapelier‹
Copyright © 1949 by Georges Simenon
Umschlagfoto: Roger Corbeau

Deutsche Erstausgabe

Alle deutschen Rechte vorbehalten
Copyright © 1982 by
Diogenes Verlag AG Zürich
60/86/8/3
ISBN 3 257 21001 9

I

Man schrieb den 3. Dezember, und es regnete immer noch. Die Zahl 3 hob sich riesig, ganz schwarz, mit einer Art dickem Bauch von dem grellen Weiß des Kalenders ab, der rechts von der Kasse an der Zwischenwand aus dunklem Eichenholz hing, die den Laden vom Schaufenster trennte. Es waren genau zwanzig Tage her, die Geschichte war nämlich am 13. November passiert – wieder so eine dickbäuchige 3 auf dem Kalender –, seit die erste alte Frau in der Nähe der Saint-Sauveur-Kirche, einige Schritte vom Kanal entfernt, ermordet worden war.

Und seit dem 13. November regnete es. Man konnte sagen, daß es seit zwanzig Tagen ohne Unterbrechung regnete.

Meistens war es ein langer, prasselnder Regen, und wenn man durch die Stadt lief, dicht an den Häusern entlang, hörte man das Wasser in die Dachrinnen laufen. Man wählte die Straßen mit den Arkaden, um für einen Augenblick vor dem Regen geschützt zu sein, und zog andere Schuhe an, wenn man nach Hause kam. In allen Haushalten trockneten am Ofen Regenmäntel und Hüte, und wer keine Kleider zum Wechseln besaß, lebte in einer ständigen kalten Feuchtigkeit.

Es wurde schon lange vor vier Uhr dunkel, und

manche Fenster waren von morgens bis abends erleuchtet.

Es war vier Uhr, als Monsieur Labbé, wie jeden Nachmittag, den Raum hinter dem Laden, wo Holzköpfe in allen Größen auf den Regalen standen, verlassen hatte. Er hatte die Wendeltreppe im Hintergrund der Hutmacherei erklommen. Auf dem Treppenabsatz hatte er eine kurze Pause eingelegt, einen Schlüssel aus der Tasche geholt und die Tür des Zimmers aufgeschlossen, um Licht zu machen.

War er, bevor er den Schalter drehte, zum Fenster gegangen, dessen sehr dicke, verstaubte Spitzenvorhänge immer zugezogen waren? Wahrscheinlich, denn gewöhnlich ließ er das Rollo herunter, bevor er Licht machte.

In diesem Augenblick hatte er gegenüber, kaum ein paar Meter entfernt, Kachoudas, den Schneider, in seiner Werkstatt sehen können. Es war so nahe, die Straße war so schmal, daß man den Eindruck hatte, im selben Haus zu wohnen.

Die Werkstatt Kachoudas', im ersten Stock gelegen, über dem Laden, hatte keine Vorhänge. Die kleinsten Einzelheiten des Zimmers zeichneten sich ab wie auf einem Kupferstich: die Blumen der Tapete, der Fliegendreck auf dem Spiegel, das flache Stück Fettkreide, das an einer Schnur hing, die Schnittmuster aus braunem Papier, die an der Wand befestigt waren, und Kachoudas, der im Schneidersitz auf einem Tisch saß, eine elektrische Lampe ohne Lampenschirm in seiner Reichweite, die er mit Hilfe eines Stücks Draht zu sich heranzog. Die Tür im Hintergrund, die zur Küche führte, war immer etwas geöffnet, doch meistens nicht so weit, daß man ins Innere des Raums sehen konnte. Dennoch erriet man die Gegenwart Madame Kachoudas', denn ab und zu bewegten sich die Lippen ihres Mannes. Während der Arbeit sprachen sie von einem Raum zum andern miteinander.

Monsieur Labbé hatte ebenfalls gesprochen; Valentin, sein Geselle, der sich im Laden aufhielt, hatte über seinem Kopf das Gemurmel von Stimmen gehört. Dann hatte er den Hutmacher wieder herunterkommen sehen, zuerst die in eleganten Schuhen steckenden Füße, die Hose, die Jacke, schließlich das ein wenig weiche, immer ernste, doch nicht übetrieben strenge Gesicht, das Gesicht eines Mannes, der sich selbst genügt, der nicht das Bedürfnis empfindet, mehr zu scheinen als zu sein.

Monsieur Labbé hatte an diesem Tag, bevor er ausging, noch zwei Hüte in den Dampf gehalten, darunter den grauen Hut des Bürgermeisters, und während dieser Zeit hörte man den Regen auf der Straße, das Wasser, das sich in die Dachrinne ergoß, und das leichte Pfeifen des Gasofens im Laden.

Es war dort immer zu warm. Sobald Valentin, der Geselle, morgens kam, stieg ihm schon das Blut zu Kopf, und nachmittags wurde sein Kopf schwer; manchmal sah er seine glänzenden, wie fiebrigen Augen in den Spiegeln zwischen den Regalen.

Monsieur Labbé sprach nicht mehr als an den anderen Tagen. Er konnte stundenlang mit seinem Angestellten zusammensein, ohne etwas zu sagen.

Man hörte das Geräusch des Uhrpendels und alle

Viertelstunden ein Knacken. Zu den vollen und halben Stunden wurde der Mechanismus zwar noch ausgelöst, blieb dann aber nach einer ohnmächtigen Anstrengung stehen: sicherlich besaß die Uhr ein Läutwerk, das aber kaputtgegangen war.

Wenn der kleine Schneider auch nicht in das Zimmer im ersten Stock sehen konnte – am Tag wegen der Vorhänge nicht, am Abend wegen des Rollos –, so brauchte er doch nur den Kopf vorzubeugen, um in den Hutladen hineinzuschauen.

Mit Sicherheit spähte er herüber. Monsieur Labbé gab sich zwar nicht die Mühe, sich davon zu überzeugen, aber er wußte es. Deshalb änderte er doch nichts an seiner Zeiteinteilung. Seine Bewegungen blieben langsam, peinlich genau. Er hatte sehr schöne, ein wenig fette Hände von erstaunlichem Weiß.

Um fünf Minuten vor fünf hatte er den Raum hinter dem Laden, den man die Werkstatt nannte, verlassen, nachdem er zuvor die Lampe gelöscht und dann einen seiner rituellen Sätze gesprochen hatte:

»Ich werde einmal nachsehen, ob meine Frau nichts braucht.«

Von neuem war er die Wendeltreppe hinaufgestiegen. Valentin hatte über sich seine Schritte gehört, ein gedämpftes Gemurmel von Stimmen, dann wieder die Füße, die Beine, den ganzen Körper gesehen.

Monsieur Labbé hatte im Hintergrund die Tür zur Küche aufgemacht und zu Luise gesagt:

»Ich werde früh nach Hause kommen. Valentin wird den Laden schließen.«

Er sagte die gleichen Worte jeden Tag, und das Dienstmädchen antwortete:

»In Ordnung, Monsieur.«

Und während er seinen dicken schwarzen Mantel anzog, sagte er noch einmal zu Valentin, obgleich der es gehört hatte:

»Schließen Sie nachher den Laden.«

»Ja, Monsieur. Guten Abend, Monsieur.«

»Guten Abend, Valentin.«

Er nahm Geld aus der Ladenkasse und verweilte noch ein wenig, wobei er die Fenster von gegenüber beobachtete. Er war sicher, daß Kachoudas, der kurz zuvor seinen Schatten auf dem Rollo im ersten Stock gesehen hatte, von seinem Tisch heruntergeklettert war.

Was sagte er zu seiner Frau? Denn er sagte etwas zu ihr. Er brauchte eine Ausrede. Sie fragte ihn nichts. Sie hätte sich nie erlaubt, ihm gegenüber eine Bemerkung zu machen. Seit Jahren schon, ungefähr seit der Zeit, als er sich selbständig gemacht hatte, ging er gegen fünf Uhr nachmittags ins Café des Colonnes, um ein oder zwei Gläser Weißwein zu trinken. Monsieur Labbé ging ebenfalls hin und andere, die sich weder mit Weißwein noch mit zwei Gläsern begnügten. In den meisten Fällen war es das Ende des Arbeitstages. Kachoudas hingegen aß bei seiner Rückkehr schnell inmitten seiner Kinderschar zu Abend und kletterte dann von neuem auf seinen Tisch, wo er oft bis um elf Uhr oder gar bis Mitternacht arbeitete.

»Ich werde mal einen Augenblick Luft schnappen.«

Er hatte große Angst, Monsieur Labbé zu verpassen. Dieser hatte verstanden. So verhielt es sich zwar nicht schon seit der ersten ermordeten alten Frau, wohl aber seit der dritten, als die Stadt ernstlich anfing, den Kopf zu verlieren.

Die Rue du Minage war um diese Zeit fast immer menschenleer, vor allem, wenn es in Strömen regnete. Sie war leerer denn je, seit viele Leute es vermieden, nach Einbruch der Dunkelheit noch auszugehen. Die Geschäftsleute, die als erste unter der Panik zu leiden hatten, waren auch die ersten, die Patrouillen organisierten. Aber war es diesen Patrouillen gelungen, den Tod von Madame Geoffroy-Lambert zu verhindern und den von Madame Léonide Proux, der Hebamme aus Fétilly?

Der kleine Schneider war ängstlich, und Monsieur Labbé machte sich ein boshaftes Vergnügen daraus, auf ihn zu warten, ohne daß es den Anschein hatte. War das kein teuflisches Vergnügen?

Schließlich öffnete er seine Tür und ließ damit deren Glocke ertönen. Er ging unter dem riesigen Zylinderhut aus rotem Blech hindurch, der ihm als Ladenschild diente, schlug den Kragen seines Mantels hoch und steckte die Hände in die Taschen. Auch an Kachoudas' Tür gab es eine Glocke, und nach einigen Schritten auf dem Bürgersteig war Monsieur Labbé sicher, sie zu hören.

Es war eine Straße mit Arkaden, wie die meisten alten Straßen von La Rochelle. Es regnete also nicht auf die Bürgersteige. Diese waren wie kalte, feuchte Tunnels, wo es nur hin und wieder Licht gab, mit Torwegen, die ins Dunkel führten.

Um die Place d'Armes zu erreichen, richtete

Kachoudas seinen Schritt nach dem des Hutmachers, doch hatte er trotz allem eine solche Angst vor einem Hinterhalt, daß er lieber mitten auf der Fahrbahn durch den Regen ging.

Bis zur Straßenecke begegneten sie niemandem. Dann kamen die Schaufenster der Parfümerie, der Apotheke, des Hemdenladens und schließlich die breiten Fenster des Cafés. Jeantet, der junge Journalist mit seinen langen Haaren, seinem mageren Gesicht und seinen glühenden Augen war auf seinem Posten, am ersten Tisch neben dem Fenster, und schrieb gerade vor einer Tasse Kaffee seinen Artikel.

Monsieur Labbé lächelte nicht, schien ihn überhaupt nicht zu sehen. Er hörte die Schritte des kleinen Schneiders, die näher kamen. Er drehte den Türknauf um, drang in die wohltuende Wärme ein, ging sofort auf die Tische in der Mitte zu, neben dem Ofen, zwischen den Säulen, und blieb hinter den Kartenspielern stehen, während Gabriel, der Kellner, ihm seinen Mantel und seinen Hut abnahm.

»Wie geht's dir, Léon?«

»Nicht schlecht.«

Sie kannten sich seit zu langer Zeit – in den meisten Fällen seit der Schule –, als daß sie Lust gehabt hätten, miteinander zu reden. Jene, die Karten hielten, machten ein kleines Zeichen oder berührten mechanisch die Hand des Neuankömmlings. Gabriel fragte aus Gewohnheit:

»Wie immer?«

Und der Hutmacher setzte sich mit einem Seufzer des Behagens hinter einen der Bridgespieler, Dr. Chantreau, den er Paul nannte. Mit einem einzigen Blick hatte er gesehen, wie die Partie stand. Man hätte sagen können, daß diese Partie schon seit Jahren und aber Jahren dauerte, da sie jeden Tag zur gleichen Stunde, am gleichen Tisch, mit den gleichen Getränken vor den gleichen Spielern, den gleichen Pfeifen und den gleichen Zigarren weiterging.

Die Zentralheizung reichte wahrscheinlich nicht aus, da Oscar, der Wirt, den großen Ofen von schönem, glänzendem Schwarz behalten hatte, dem Monsieur Labbé jetzt die Beine entgegenstreckte, um seine Schuhe und den Umschlag seiner Hose zu trocknen. Der kleine Schneider war inzwischen ebenfalls ins Lokal gekommen, war auf die Tische in der Mitte zugegangen, doch nicht mit derselben Sicherheit, hatte dann respektvoll gegrüßt, ohne daß ihm jemand geantwortet hätte, und sich auf seinen Stuhl gesetzt.

Er gehörte nicht zur Gruppe. Er war weder in dieselben Schulen gegangen noch in denselben Kasernen gewesen. In dem Alter, in dem die Kartenspieler sich bereits duzten, hatte er noch weiß Gott wo im Vorderen Orient gelebt, wo die Leute seiner Sorte wie Vieh transportiert wurden, von Armenien nach Smyrna, von Smyrna nach Syrien, nach Griechenland oder anderswo.

Anfangs, vor einigen Jahren, hatte er sich etwas weiter entfernt hingesetzt, um seinen Weißwein zu trinken, war dem Spiel, das er sicherlich nicht kannte, mit einer solchen Aufmerksamkeit gefolgt, daß sich seine Stirn dabei in Falten legte. Dann war er unmerklich näher gekommen, wobei er zuerst seinen Stuhl heranrückte, dann rundweg den Sitz und schließlich den Tisch wechselte, um hinter den Spielern zu sitzen.

Niemand sprach von den alten Frauen oder dem Schrecken, der in der Stadt herrschte. Vielleicht diskutierte man an anderen Tischen darüber, aber nicht an diesem. Laude, der Senator, nahm die Pfeife aus dem Mund, um zu fragen, wobei er sich kaum nach dem Hutmacher umdrehte:

»Und deine Frau?«

»Immer das gleiche.«

Eine Gewohnheit, die die Leute seit fünfzehn Jahren hatten. Gabriel hatte ihm seinen Picon-Grenadine serviert, der von einem dunklen Mahagonibraun war, und er trank langsam einen Schluck davon, während er zu dem jungen Jeantet hinüberblickte, der gerade seinen Artikel für *L'Echo des Charentes* schrieb. Eine Pendeluhr mit einem in Kupfer eingefaßten Zifferblatt hing zwischen dem eigentlichen Café und jenem Teil im Hintergrund, in dem die Billardtische nebeneinanderstanden. Sie zeigte Viertel nach fünf an, als Julien Lambert von der Versicherung, der wie gewöhnlich verlor, den Hutmacher fragte:

»Nimmst du meinen Platz ein?«

»Heute abend nicht.«

Das war nichts Außergewöhnliches. Sie waren sechs oder sieben, die mal die Karten in der Hand hatten, mal hinter den Spielern saßen. Nur Kachoudas wurde nie zum Spielen aufgefordert, und wahrscheinlich hatte er auch gar nicht den Ehrgeiz mitzumachen.

Er war klein, schwächlich. Er roch schlecht, und er wußte es; er wußte es so genau, daß er es vermied, den andern zu nahe zu kommen. Es war ein Geruch, der nur ihm und den Seinen eigen war und den man den Kachoudas-Geruch hätte nennen können: eine Mischung aus dem Knoblauch, den sie in ihrer Küche verwendeten, und aus dem Wollfett der Stoffe. Hier sagte man nichts, man tat höflicherweise so, als merke man nichts, aber in der Schule protestierten Mädchen, die weniger diskret waren, wenn sie neben die Kinder der Kachoudas' gesetzt wurden.

»Du stinkst! Deine Schwester stinkt! Ihr stinkt alle!«

Er rauchte eine der wenigen Zigaretten, die er sich im Laufe des Tages gestattete, denn bei der Arbeit konnte er nicht rauchen, ohne Gefahr zu laufen, die Kleider seiner Kunden zu versengen. Er drehte sich seine Zigaretten selbst, und sie waren an dem einen Ende immer ganz naß vom Speichel.

Man schrieb den 3. Dezember. Es war Viertel nach fünf. Es regnete. Die Straßen waren schwarz. Im Café war es warm, und Monsieur Labbé, der Hutmacher aus der Rue du Minage, besah sich das Spiel des Doktors, der gerade fünf Treff angesagt hatte, die der Versicherungskaufmann nun unvorsichtigerweise kontrierte.

Morgen früh, bei der Zeitungslektüre, würde man erfahren, was der junge Jeantet gerade über die ermordeten alten Frauen schrieb, denn er führte eine verbissene Untersuchung, und er hatte sogar so etwas wie eine Herausforderung an die Polizei gerichtet.

Sein Arbeitgeber, Jérôme Caillé, der Drucker, dem die Zeitung gehörte, spielte seelenruhig Bridge, ohne sich um den hitzigen jungen Mann zu kümmern, dessen Artikel er nachher, wenn er nach Hause kam, überfliegen würde.

Chantreau hatte gerade die Trümpfe gezogen und riskierte den entscheidenden Impass, als Monsieur Labbé sah, ohne daß er sich dazu umzudrehen brauchte, wie Kachoudas halb aufstand, ohne ganz den Kontakt mit seinem Stuhl zu verlieren, sich zu ihm herüberbeugte, den Arm ausstreckte, als wolle er in den Sägespänen, die den Fußboden bedeckten, einen Gegenstand aufheben.

Aber er hatte es auf die Hose des Hutmachers abgesehen. Sein Schneiderauge hatte am Aufschlag einen kleinen weißen Punkt bemerkt. Sicherlich hatte er gemeint, es sei ein Faden. Er hatte bestimmt keine bösen Absichten. Hätte er aber wirklich welche gehabt, so hätte er die Bedeutung seiner Handbewegung nicht erraten können.

Auch Monsieur Labbé nicht, der ihn, ein wenig überrascht, aber in keiner Weise beunruhigt, gewähren ließ.

»Entschuldigen Sie bitte.«

Kachoudas ergriff das weiße Ding, das kein Faden war, sondern ein winziges Stückchen Papier von kaum einem halben Zentimeter, leichtes, rauhes Papier wie Zeitungspapier.

Niemand im Lokal widmete dem, was da vorging, auch nur die mindeste Aufmerksamkeit. Kachoudas hielt das Stückchen Papier zwischen Daumen und Zeigefinger. Es war reiner Zufall, daß er, mit vorgebeugtem Körper, gesenktem Kopf, mit dem Hintern noch den Stuhl berührend, einen Blick darauf warf.

Doch es war nicht irgendein Zeitungsfetzen. Das Stück Papier war sorgfältig mit einer Schere aus einer Zeitung ausgeschnitten worden. Man hatte genau zwei Buchstaben ausgeschnitten, ein n und ein t am Ende eines Wortes.

Monsieur Labbé sah von oben herab nach unten, und der kleine Schneider, von Panik ergriffen, rührte sich plötzlich nicht mehr, schließlich hob er den Kopf; er richtete seinen Oberkörper auf, vermied es, dem Hutmacher ins Gesicht zu sehen, als er ihm stammelnd den winzigen Gegenstand hinhielt:

»Bitte entschuldigen Sie.«

Anstatt das Stück Papier wegzuwerfen, gab er es zurück, und das war ein Fehler, denn er gestand damit ein, daß er seine Bedeutung begriffen hatte. Weil er schüchtern war und sich gern selbst erniedrigte, beging er einen zweiten Fehler, als er einen Satz begann, den zu beenden ihm der Mut fehlte:

»Ich hatte geglaubt...«

Er sah in einem Lichtnebel nichts anderes als Stühle, Rücken, Stoff, Sägespäne am Boden, die schwarzen Füße des Ofens, und er hörte eine tiefe, ruhige Stimme, die sagte:

»Danke, Kachoudas.«

Denn sie sprachen miteinander. Jeden Morgen um acht Uhr kamen der Hutmacher und der Schneider aus ihren Häusern, um die Holztafeln wegzunehmen, die ihnen an ihren Geschäften als Fensterläden dienten. Die Metzgerei neben Kachoudas hatte schon lange geöffnet. Samstags verstopften die Bäuerinnen aus der

Umgebung, die Gemüse oder Geflügel zu verkaufen hatten, die Straße mit ihren Körben, aber an den anderen Tagen trennten nur die Pflastersteine die beiden Männer, und Kachoudas hatte es sich zur Angewohnheit gemacht zu sagen:

»Guten Morgen, Monsieur Labbé.«

Je nach dem Himmel fügte er noch hinzu:

»Schönes Wetter heute.«

Oder aber:

»Immer noch Regen.«

Und der Hutmacher antwortete gutmütig:

»Guten Morgen, Kachoudas.«

Das war alles. Sie waren zwei Geschäftsleute, deren Läden einander gegenüberlagen.

Diesmal hatte Monsieur Labbé gesagt:

»Danke, Kachoudas.«

Und zwar ungefähr mit der gleichen Stimme. Vielleicht sagte er es sogar mit genau der gleichen Stimme, trotz der entsetzlichen Entdeckung, die der kleine Schneider gerade gemacht hatte. Kachoudas hätte am liebsten sein Glas in einem Zug ausgetrunken. Es schlug gegen seine Zähne. Er versuchte, sehr schnell zu denken, richtig zu denken, und je größere Anstrengungen er machte, desto mehr gerieten seine Gedanken durcheinander.

Vor allem aber durfte er den Kopf nicht nach rechts drehen. Das hatte er vom ersten Augenblick an beschlossen.

An dem Tisch in der Mitte, dem Tisch des Senators, des Druckers, des Arztes, des Hutmachers, saßen Männer von sechzig bis fünfundsechzig Jahren, im

Grunde die wichtigsten und bedeutendsten, doch an den andern Tischen saßen andere Spieler, und vor allem rechts die Belote-Spieler, die die Generation der Männer von vierzig bis fünfzig Jahren repräsentierten. Und an diesem Tisch nun konnte man fast immer von fünf bis sechs Uhr Sonderkommissar Pigeac sehen, jenen genau, der mit der Untersuchung über die alten Frauen beauftragt war.

Kachoudas mußte um jeden Preis vermeiden, in seine Richtung zu schauen. Er konnte sich aber auch nicht nach dem jungen Reporter umdrehen, der noch immer schrieb. Sicherlich war Jeantet wieder einmal damit beschäftigt, auf eine der Botschaften des Mörders zu antworten?

Der Zeitraum von zwanzig Tagen hatte genügt, dies zu einer Gewohnheit, fast zu einer Tradition werden zu lassen. Nach jedem Mord bekam die Zeitung einen Brief, dessen Buchstaben, häufig auch ganze Wörter, aus den vorhergehenden Nummern von *L'Echo des Charentes* ausgeschnitten waren. Mit einem Kommentar des jungen Jeantet versehen, wurde er dann abgedruckt. Am nächsten oder übernächsten Tag antwortete wieder der Mörder, und zwar stets mit Hilfe ausgeschnittener Papierstücke, die auf ein weißes Blatt geklebt waren.

Und gerade am Vortag hatte die Botschaft einen Satz enthalten, der dem kleinen Schneider nun plötzlich das Blut in den Adern gefrieren ließ:

Sie irren sich, junger Mann. Ich bin kein Feigling. Ich halte mich nicht aus Feigheit an alte Frauen, son-

dern aus Notwendigkeit. Sollte sich morgen die gleiche Notwendigkeit ergeben, gegen einen Mann anzutreten, und sei er auch groß und stark, so werde ich es tun.

Manche Briefe, die eine halbe Spalte lang waren, bestanden aus Hunderten geduldig ausgeschnittenen Buchstaben, was Jeantet dazu veranlaßt hatte zu schreiben:

Der Mörder ist nicht nur geduldig und peinlich genau, sondern sein Lebensstil läßt ihm auch sehr viel freie Zeit.

Der neunzehnjährige Journalist, ebenfalls geduldig, hatte ein Experiment gemacht. Er hatte die Zeit errechnet, die notwendig war, um mit Hilfe von Buchstaben, die aus alten Zeitungen ausgeschnitten wurden, einen Brief von dreißig Zeilen zusammenzusetzen. Kachoudas erinnerte sich nicht mehr an das genaue Ergebnis, aber es war erschreckend.

Sollte sich morgen die gleiche Notwendigkeit ergeben, gegen einen Mann anzutreten...

Der eine rauchte seine Pfeife in kleinen Zügen, wobei er zusah, wie Karten gespielt wurde, der andere hatte einen schmutzigen Zigarettenstummel an der Lippe kleben und wagte nirgends hinzublicken. Manchmal warf Monsieur Labbé einen Blick auf die Uhr, und es war erst fünf Uhr fünfundzwanzig, als er seinen zweiten Picon bestellte. Es war halb sechs, als er aufstand, was genügte, damit Gabriel mit seinem Mantel und seinem Hut herbeilief.

Betrachtete er Kachoudas wirklich mit ironischem Wohlwollen? Über den Köpfen der Spieler schwebte eine Rauchwolke. Der Ofen schickte einen warmen Luftstrom herüber. Man hätte meinen können, daß Monsieur Labbé wartete, daß er genau erriet, was der kleine Schneider dachte.

»Wenn ich ihn allein gehen lasse, ist er imstande, mir in einer dunklen Ecke der Rue du Minage aufzulauern...«

Und wenn Kachoudas gleich reden würde, egal mit wem, mit dem Kommissar oder sogar mit dem Journalisten? Wenn er, mit ausgestrecktem Zeigefinger, erklären würde:

»Er ist es!«

Das Stückchen Papier war verschwunden. Kachoudas suchte es vergeblich mit den Augen. Er erinnerte sich, daß der Hutmacher es zwischen den Fingern zusammengerollt, daß er eine gräuliche Pille daraus gemacht hatte. Und selbst wenn die beiden ausgeschnittenen Buchstaben auf dem Boden gelegen hätten... Wie wollte er beweisen, daß er sie an Monsieur Labbés Hosen gefunden hatte?

Nicht einmal das würde genügen. Und das war so wahr, daß Monsieur Labbé nicht einmal zusammengezuckt war, daß er keine Angst gehabt, sondern nur einfach gesagt hatte:

»Danke, Kachoudas.«

Und es standen zwanzigtausend Francs auf dem Spiel, ein Vermögen für einen kleinen Schneider, dem man höchstens Reparaturen anvertraute oder einen Anzug zum Wenden und dessen älteste Tochter als Verkäuferin im Warenhaus Prisunic arbeitete.

Doch um die zwanzigtausend Francs zu verdienen, durfte man eine Anschuldigung nicht einfach so in die Welt setzen. Und man hätte den Mörder nicht aufmerksam machen dürfen.

Jetzt wußte Monsieur Labbé Bescheid. Und Monsieur Labbé, der seit dem 13. November, das heißt innerhalb von zwanzig Tagen, fünf alte Frauen umgebracht hatte, konnte sich seiner sehr gut entledigen.

Hatte Kachoudas soviel Zeit, über das alles nachzudenken? Der Hutmacher berührte seine Freunde mit den Fingerspitzen. Man sagte zu ihm:

»Guten Abend, Léon.«

Er schlug dem Doktor, der gerade die Karten austeilte und keine Hand frei hatte, auf die Schulter, und der Doktor brummte:

»Gute Besserung für Mathilde.«

Man hätte schwören können, daß er absichtlich herumtrödelte, um Kachoudas Zeit zu geben, einen Entschluß zu fassen. Sein Gesicht war genau dasselbe wie vorhin, als Valentin ihn die Wendeltreppe hatte herabkommen sehen. Er war früher dick gewesen. Vielleicht sogar sehr dick, aber dann hatte er abgenommen, und man merkte das an seinen weichen Linien, an seinen verschwommenen Zügen. So wie er jetzt war, wog er indessen bestimmt noch das Doppelte von dem, was Kachoudas wog.

»Bis morgen.«

Der Zeiger war gerade über halb sechs hinausgegangen, und sobald die Tür wieder zu war, ergriff Kachoudas seinen Mantel auf dem Stuhl neben ihm. Beinahe wäre er weggegangen, ohne zu bezahlen, so groß war seine Angst, Monsieur Labbé habe Zeit, um die Ecke der Rue du Minage zu biegen, bevor er selber draußen war. Denn dann waren alle Fallen möglich. Aber schließlich mußte er ja nach Hause gehen.

Monsieur Labbé ging mit gleichmäßigem Schritt, weder langsam noch schnell, und zum ersten Mal stellte der kleine Schneider fest, daß er von außerordentlicher Leichtfüßigkeit war, wie die meisten Dicken oder ehemals Dicken, und daß er beim Gehen keinen Lärm machte.

Er bog nach rechts in die Rue du Minage ein. Kachoudas folgte ihm in etwa zwanzig Meter Entfernung, wobei er darauf achtete, in der Straßenmitte zu bleiben. Notfalls hätte er immer noch Zeit genug, laut zu schreien. Zwei oder drei Läden, deren Licht man durch den Regen sah, waren noch geöffnet; fast alle Wohnungen in den oberen Stockwerken waren erleuchtet.

Monsieur Labbé ging auf dem linken Gehsteig, dem der Hutmacherei, doch anstatt dort haltzumachen, setzte er seinen Weg fort, drehte, als er ein wenig weiter weg war, den Kopf um, vielleicht um sich zu vergewissern, ob sein Nachbar ihm noch immer folgte. Das war übrigens überflüssig, denn Kachoudas' Schritte hallten auf den Pflastersteinen.

Der kleine Schneider hätte ins Haus gehen können. Der Weg war frei. Sein Laden war noch geöffnet, und er hatte die Zeit, schnell den Riegel vorzuschieben. Er sah durch das Fenster im ersten Stock das Stück Kreide, das über dem Tisch hing, neben der elektrischen Birne. Die Kleinen waren aus der Schule nach Hause gekommen. Esther, die älteste, die im Prisunic arbeitete, würde kurz nach sechs Uhr heimkommen, und zwar im Laufschritt, denn auch sie hatte Angst vor dem Mörder, und keine ihrer Arbeitskolleginnen wohnte in diesem Viertel.

Doch er setzte seinen Weg fort. Er bog nach links ab, wie Monsieur Labbé, und einen Augenblick lang waren sie in einer helleren Straße. Es war beruhigend, Leute in den Geschäften zu sehen, einige wenige Autos, die vorüberfuhren und dabei die Wasserpfützen zum Spritzen brachten.

Es gab nun keine Arkaden mehr, und der Regen fiel Monsieur Labbé auf die Schultern. Die Straße wurde wieder dunkel. Mal verschwand der Hutmacher, mal tauchte er im Lichtkreis einer Straßenlaterne wieder auf, während sich Kachoudas genau in der Mitte der Fahrbahn hielt. Er hielt den Atem an, starr vor Entsetzen und doch unfähig umzukehren.

Wie viele freiwillige Patrouillen gab es um diese Stunde in der Stadt? Sicherlich vier oder fünf, einschließlich der jungen Leute mit ihren Taschenlampen, die das amüsierte. Es war die gefährliche Tageszeit. Drei der alten Frauen waren zwischen halb sechs und sieben Uhr abends ermordet worden.

Hintereinander erreichten sie das ruhige Museumsviertel mit den kleinen, einstöckigen Häusern, und hinter manchen Fensterscheiben sah man Familien versammelt, Kinder, die ihre Hausaufgaben machten,

Frauen, die bereits den Tisch deckten für das Abendessen.

Plötzlich verschwand Monsieur Labbé wieder im Dunkel, und nach einigen Schritten blieb Kachoudas abrupt stehen: Wegen der Dunkelheit, die auf der Straße herrschte, war er außerstande, Monsieur Labbé erneut auszumachen. Wahrscheinlich war er in irgendeinem Winkel stehengeblieben und verhielt sich dort ruhig? Aber vielleicht bewegte er sich auch? War er nicht imstande, sich geräuschlos fortzubewegen? Es war gar nicht ausgeschlossen, daß er sich dem kleinen Schneider näherte, und dieser erstarrte, als durchdringe ihn eine schneidende Kälte.

Er hörte ganz in seiner Nähe Klaviertöne. Ein schwacher Lichtschein drang durch die Jalousien eines Hauses. Ein kleines Mädchen oder ein kleiner Junge bekam in einem hell erleuchteten Raum Musikunterricht und spielte immer wieder, ohne müde zu werden, dieselbe Tonleiter.

Kein Mensch trat auf die Straße, weder an dem einen noch an dem andern Ende, und Monsieur Labbé hielt sich immer noch irgendwo verkrochen, still, unsichtbar, während Kachoudas sich den Häusern nicht zu nähern wagte.

Das Klavier verstummte, und es herrschte totale Stille. Dann das dumpfe Geräusch des Deckels, der auf die weißen und schwarzen Tasten fiel. Licht hinter einer Tür, gedämpfte Stimmen, die in dem Augenblick schriller wurden, als die Tür aufging, etwa zwanzig Meter von dem kleinen Schneider entfernt, während die Regentropfen sich in Funken verwandelten.

»Wollen Sie wirklich unbedingt gehen, Mademoiselle Mollard? Es wäre doch viel sicherer, wenn Sie warten würden, bis mein Mann aus dem Büro heimkommt. Er muß in zehn Minuten hier sein.«

»Für die fünfzig Schritte, die ich zu machen habe! Gehen Sie schnell wieder ins Haus! Erkälten Sie sich nicht. Bis nächsten Freitag.«

Es war ein Freitag. Wahrscheinlich bekam das kleine Mädchen (oder der kleine Junge) jeden Freitag von fünf bis sechs Uhr Klavierunterricht.

»Ich lasse meine Tür offen, bis Sie zu Hause sind.«

»Das verbiete ich Ihnen! Damit das ganze Haus kalt wird! Ich sage Ihnen doch, daß ich keine Angst habe.«

Ihrer Stimme nach zu urteilen, stellte Kachoudas sie sich klein und mager vor, ein wenig verbraucht, ein wenig affektiert. Er hörte sie die Stufen hinabgehen, den Gehsteig betreten. Die Tür, die einen Augenblick lang offen geblieben war, wurde zugemacht. Er hätte beinahe geschrien. Er wollte schreien. Aber es war schon zu spät. Außerdem wäre er physisch nicht dazu imstande gewesen.

Es machte nicht mehr Lärm als zum Beispiel ein Fasan, der aus einer Hecke auffliegt. Es war wahrscheinlich das Rascheln der Kleider. Jeder in der Stadt wußte, wie es geschah, und Kachoudas fuhr sich unbewußt mit der Hand an die Kehle, stellte sich die Cellosaite vor, die sich um den Hals zuzog, machte eine ernstliche Anstrengung, um sich aus seiner Reglosigkeit herauszureißen.

Er war sicher, daß es vorbei war, daß er sich in aller Eile entfernen und zur Polizeiwache laufen mußte.

In der Rue Saint-Yvon, gleich hinterm Markt, war eine.

Er glaubte, er hätte vor sich hin gesprochen, doch hatten sich seine Lippen lautlos bewegt. Er ging. Es war ein Sieg. Es gelang ihm, noch nicht zu laufen. Übrigens war es vielleicht besser so, hier, auf den leeren Straßen, wo der andere ebenfalls laufen, ihn einholen, mit ihm kurzen Prozeß machen konnte, wie er es gerade mit dem alten Fräulein getan hatte.

Ein Schaufenster. Es war, wie aus Ironie, das Schaufenster eines Waffenhändlers. Es stimmte, daß der Hutmacher sich nie einer Waffe bediente. Kachoudas fühlte sich nicht mehr so allein. Er konnte Atem schöpfen. Er hätte sich gern umgedreht. Noch zwanzig Meter, zehn Meter, und er erblickte das rote Licht der Polizeiwache.

Er war in Wasserpfützen getreten, und seine Füße waren naß, seine Gesichtszüge von der Kälte verhärtet. Er ging nun wieder wie ein normaler Mensch, ging über die Rue du Minage, seine Straße, hinaus.

Er war fast am Ziel. Er hörte kein Geräusch von Schritten, und doch wußte er, daß jemand hinter ihm ging, ihn einholte. Er wagte weder zu laufen noch stehenzubleiben, und eine Silhouette, die größer und breiter war als er, hob sich zu seiner Linken ab, ein Schritt paßte sich dem seinen an, eine erstaunlich ruhige Stimme sagte:

»Sie würden einen Fehler machen, Kachoudas.«

Er sah nicht zu seinem Begleiter hin. Er antwortete nichts. Er machte nicht sofort kehrt.

Er war allein. Er sah die rote Laterne, einen Polizeibeamten, der aus der Wache kam und sein Fahrrad bestieg.

Er drehte sich um. Ohne sich weiter um ihn zu kümmern, hatte Monsieur Labbé kehrtgemacht und begab sich nun, die Hände in den Taschen, den Kragen seines Mantels hochgeschlagen, in Richtung Rue du Minage, die ihrer beider Straße war.

2

Als er vor den Schaufensterläden ankam, die Valentin geschlossen hatte, blieb er stehen und knöpfte den Mantel auf, um den Schlüsselbund aus der Hosentasche zu holen. Er machte immer die gleichen Bewegungen, wenn er abends nach Hause kam. An der Ecke der Rue du Minage war jemand stehengeblieben. Es war Kachoudas, der darauf wartete, daß sich die Tür des Hutmachers wieder schloß, bevor er ebenfalls nach Hause ging.

Monsieur Labbé blickte hoch und bemerkte die Frau des Schneiders in der Werkstatt im ersten Stock. Etwas beunruhigt hatte sie gerade einen Blick aus dem Fenster geworfen.

Er drehte den Schlüssel im Schloß um, trat in die warme Dunkelheit, schloß die Tür wieder, bevor er den Lichtschalter umdrehte, und legte die Querstange vor. Dann blieb er stehen, das Gesicht an einen Spalt im Fensterladen gepreßt.

Der kleine Schneider, der vorsichtshalber immer noch in der Mitte der Straße blieb, kam endlich bei seinem Haus an. Er ging seltsam, stoßweise, hätte man sagen können; zum ersten Mal bemerkte Monsieur Labbé, daß er das eine Bein ein wenig zur Seite schwang. Auch Kachoudas schaute nach oben, doch seine Frau war gerade in die Küche zurückgegangen. Er stürzte sich in sein Geschäft, aus dem er aber wieder heraus mußte, um die Läden anzubringen, denn er hatte keinen Gesellen, der das an seiner Stelle getan hätte. Seine Bewegungen waren nervös, kantig. Wahrscheinlich hatte er, der Treppe zugewandt – der gleichen Wendeltreppe wie in der Hutmacherei –, gerufen:

»Ich bin's!«

Er beeilte sich, verriegelte die Tür. Im Erdgeschoß erlosch das Licht und flammte ein wenig später in der Werkstatt auf, wo der kleine Schneider nichts Eiligeres zu tun hatte, als aus dem Fenster zu sehen.

Monsieur Labbé zog sich von seinem Beobachtungsposten zurück, legte den Rest des Geldes, das er vor dem Weggehen aus der Kassenschublade genommen hatte, wieder dorthin zurück, ging in den Raum hinter dem Laden und spielte einen Augenblick lang mit einem Gegenstand herum, den er aus der Tasche gezogen hatte und der einem Spielzeug glich, wie es sich Straßenjungen zusammenbasteln, zwei Holzstücke, die durch eine Art Schnur miteinander verbunden waren.

Er hatte immer noch seinen nassen Mantel an, und als er sich vorbeugte, fielen Wassertropfen von seinem Hut. Er nahm ihn erst ab, als er am Fuß der Treppe stand, wo ein Kleiderständer war. Unter der Küchentür sah er einen Lichtstreifen.

Der Tisch war gedeckt, mit einem einzigen Gedeck, einem weißen Tischtuch, einer Flasche Wein, die mit einem silbernen Korken verschlossen war.

»Guten Abend, Louise. Hat meine Frau nicht gerufen?«

»Nein, Monsieur.«

Das Dienstmädchen blickte auf seine Füße, als er sich vor den Ofen setzte, holte die Pantoffeln und kniete sich auf den Boden. Er hatte das nie von ihr verlangt. Sie war sicherlich auf einem Bauernhof darauf dressiert worden, den Männern die Schuhe auszuziehen, ihrem Vater, ihren Brüdern, wenn sie vom Feld zurückkamen.

Es war genauso warm wie im Laden, und die Luft hatte die gleiche drückende Unbeweglichkeit, die die Gegenstände einhüllte, ihnen ein erstarrtes, ewiges Aussehen gab.

Hinter dem Fenster, das auf den Hof ging, hörte man immer noch den Regen, und hier war es eine alte Uhr in ihrem Nußbaumkasten, die ein Kupferpendel hin- und herbewegte, langsamer, hätte man schwören können, als sonst überall. Die Zeit war nicht die gleiche wie in der Hutmacherei, weder auf der Uhr von Monsieur Labbé noch auf dem Wecker im ersten Stock.

»Ist niemand gekommen?«

»Nein, Monsieur.«

Sie zog ihm seine Pantoffeln aus feinem, gelacktem Ziegenleder an die Füße. Der Raum war eher ein Eßzimmer als eine Küche, denn der Herd und das Spülbecken waren nebenan in einer engen Kammer. Der Tisch war rund und die Sitze mit Leder bezogen. Es gab viel Kupfergeschirr und auf einer rustikalen Anrichte alte Fayencen, die auf Versteigerungen erstanden worden waren.

»Ich gehe hinauf, um nachzusehen, ob meine Frau etwas braucht.«

»Kann ich schon die Suppe schöpfen?«

Er verschwand auf der Wendeltreppe, und sie hörte, wie im ersten Stock die Tür aufging, hörte Schritte, ein Gemurmel, das Geräusch der Rollen des Sessels, den man wie jeden Abend durchs Zimmer schob. Als er wieder herunterkam, sagte er, während er sich an den Tisch setzte:

»Sie hat nicht viel Hunger. Was gibt es zu essen?«

Er hatte sein Buch vor sich gelegt und die Hornbrille aus dem Etui genommen. Der Ofen wärmte ihm den Rücken. Er aß langsam. Louise bediente ihn, und zwischen den einzelnen Gerichten wartete sie reglos, mit verlorenem Blick, in ihrer engen Kammer.

Sie war noch keine zwanzig Jahre alt. Sie war eher dick, sehr dumm, mit ausdruckslosen, hervorstehenden Augen.

Der Verschlag, der als Küche diente, war nicht breit genug, um einen Tisch hineinzustellen. Manchmal aß sie dort im Stehen, dann wieder kam es vor, daß sie wartete, bis der Hutmacher gegessen und das Zimmer verlassen hatte, um sich an seinen Platz zu setzen.

Er mochte sie nicht. Er hatte ein schlechtes Geschäft gemacht, als er sie einstellte, aber es war noch Zeit genug, später darüber nachzudenken.

Um Viertel nach acht wischte er sich den Mund ab, schob die zusammengerollte Serviette in den silbernen Ring, verkorkte wieder seine Flasche, von der er nur ein einziges Glas getrunken hatte, und stand seufzend auf.

»Es ist fertig«, sagte sie.

Darauf nahm er das Tablett, auf dem ein zweites Abendessen angerichtet war, und ging ein weiteres Mal zur Treppe. Wie viele Male pro Tag stieg er diese Treppe hinauf?

Die Schwierigkeit bestand darin, mit der einen Hand das Tablett zu halten, ohne etwas zu verschütten, mit der andern den Schlüssel aus der Tasche zu holen und ihn im Schloß umzudrehen, denn diese Tür war immer verschlossen, selbst wenn er zu Hause war. Er drehte den Lichtschalter um, und Kachoudas sah von gegenüber, wie es hinter dem Rollo hell wurde. Er stellte das Tablett ab, immer an denselben Platz, und schloß die Tür wieder hinter sich ab.

Das war alles sehr kompliziert. Es hatte viel Zeit gebraucht, um zur festen Regel zu werden. Das Kommen und Gehen des Hutmachers vollzog sich in einer festgefügten Ordnung, die eine ungeheure Bedeutung hatte.

Zunächst einmal mußte gesprochen werden. Er machte sich nicht immer die Mühe, deutliche Worte zu sprechen, denn unten hörte man es auf jeden Fall nur als ein Gemurmel. Heute zum Beispiel sagte er immer wieder mit einer gewissen Befriedigung:

»Du würdest einen Fehler machen, Kachoudas!«

Es gab an diesem Abend nichts besonders Gutes zu essen, aber er nahm sich dennoch das zarteste Stück vom Kalbskotelett. Es gab Tage, an denen er das zweite Abendessen ganz aufaß.

Er ging ans Fenster. Er hatte Zeit. Er schob das Rollo ein wenig zur Seite und entdeckte den kleinen Schneider, der bereits mit seiner Mahlzeit fertig war und wieder auf seinem Tisch Platz nahm, während die Kinder in der Stube auf dem Boden spielten und die Älteste wahrscheinlich mit ihrer Mutter das Geschirr spülte.

Er ging zu dem Tablett zurück und sagte dabei mit lauter Stimme:

»Hast du gut gegessen? Wunderbar.«

Er ging aufs Klo, um dort die Teller zu leeren – außer dem Knochen des Koteletts –, wobei er es vermied, die Wasserspülung zu betätigen. Anfangs tat er es, aber das war ein Irrtum. So hatte es eine Menge Irrtümer und Unvorsichtigkeiten gegeben, die er nach und nach korrigiert hatte.

Er ging mit den leeren Tellern wieder hinunter, und Louise, das Dienstmädchen, nahm an ihrem Platz das Abendessen ein. Um nicht soviel Geschirr spülen zu müssen, aß sie aus dem Teller ihres Arbeitgebers und trank aus seinem Glas. Auch sie las beim Essen, Groschenhefte.

»Gehen Sie nicht aus, Louise?«

»Ich habe keine Lust, mich erwürgen zu lassen.«

»Gute Nacht.«

»Gute Nacht, Monsieur.«

Es war fast vorbei. Noch einige Riten waren zu erfüllen, sich vergewissern gehen, daß die Ladentür fest verschlossen war, das Licht löschen, wieder einmal die Treppe hinaufsteigen, den Schlüssel aus der Tasche nehmen, öffnen, wieder verschließen.

Nachher würde Louise die Treppe hinaufsteigen, um sich im hintersten Zimmer schlafen zu legen, und er würde ihren schwerfälligen Schritt noch eine gute Viertelstunde lang hören, bevor die Matratze unter ihrem Gewicht quietschte.

»Sie ist ein Kalb!«

Er durfte jetzt laut sprechen. Es war fast eine Notwendigkeit, von Zeit zu Zeit. Er konnte nun auch die Wasserspülung im Klo betätigen, Kragen und Krawatte abnehmen, seine Jacke ausziehen, in seinen Morgenrock schlüpfen. Dennoch war er nicht ganz fertig, denn er mußte noch drei oder vier Holzscheite im Kamin auflegen.

Louise brachte sie morgens herauf und schichtete sie auf dem Treppenabsatz im ersten Stock auf.

Alle Häuser in der Straße hatten das gleiche Alter, sie stammten aus der Zeit von Louis XIII. Von außen waren sie gleich geblieben, mit ihren Arkaden und ihren steil abfallenden Dächern, doch im Innern hatte jedes im Verlauf der Jahrhunderte verschiedene Veränderungen erfahren. So gab es zum Beispiel über Monsieur Labbés Kopf ein zweites Stockwerk, doch um dort hinzugelangen, mußte er auf die Straße gehen. Neben dem Ladengeschäft ging eine Tür auf einen schmalen Gang, der zum Hof führte. Und dort war die Treppe, über die man zum zweiten Stockwerk gelangte, die aber mit dem ersten Stock nicht in Verbindung stand.

Früher war das praktisch, als dort oben Mieter wohnten. Doch jetzt standen die Zimmer schon lange leer, genau seit dem ersten Jahr der Krankheit Mathildes, die es nicht ertrug, den ganzen Tag Schritte über ihrem Kopf zu hören.

Man hatte einen Prozeß anstrengen müssen, um die Leute aus dem zweiten Stock loszuwerden. Aber es hatte noch viel kompliziertere Dinge gegeben als das!

Vergaß er auch nichts? Die Holzscheite brannten. Die Rollos waren heruntergelassen. Er konnte das Deckenlicht, das ihm zu grell war, löschen, nur die Lampe brennen lassen, die auf dem Sekretär stand, denn zu allen Zeiten schon hatte dort in einer Ecke ein kleiner Sekretär gestanden, voll mit winzigen Schubladen, und jetzt war das sehr praktisch.

Er nahm den Haufen Zeitungen, die Schere, stopfte seine alte Meerschaumpfeife. Zwei- oder dreimal drehte er sich nach dem Fenster um und dachte dabei an Kachoudas.

»Armer Tropf!«

Anfangs war die Gewinnung der Buchstaben eine Geduldsarbeit gewesen, denn er schnitt jeden Buchstaben einzeln aus. Jetzt kannte er die Zeitung so gut, daß er wußte, in welcher Rubrik er fast sicher sein konnte, die Wörter zu finden, die er brauchte. Er hatte auch in Mathildes Nähkörbchen eine Stickschere aufgestöbert, die keine unsauberen Ränder hinterließ.

Die sechste ist tot, junger Mann, und wieder wird die ganze Stadt ihr Schicksal beklagen.

Er hatte es sich zur Gewohnheit gemacht, sich direkt an Jeantet zu wenden.

Vergessen Sie nicht, daß Mademoiselle Mollard seit

mehreren Jahren herzkrank war, daß sie arm war, daß sie allein lebte, daß sie niemanden hatte, der sie pflegte, und daß sie gezwungen war, den Kindern ihrer Freunde Klavierunterricht zu erteilen. Was ihren Schwager, den Architekten angeht, der sehr gut verdient, so hat er sich immer geweigert, ihr zu helfen.

Natürlich habe ich sie nicht deshalb umgebracht. Ich habe sie, wie die andern, umgebracht, weil es notwendig war. Und gerade das will niemand verstehen. Man wird wieder sagen und schreiben, daß ich ein Verrückter bin, ein Wahnsinniger, ein Sadist, ein Besessener, aber das ist einfach nicht wahr.

Ich tue das, was ich tun muß, Punktum.

Wenn man sich davon endlich überzeugen wollte, würde man diese dumme Panik vermeiden, die die Leute daran hindert, aus dem Haus zu gehen, und die dem Handel so sehr schadet. Vorausgesetzt, es werden keine Dummheiten gemacht, steht nur noch eine auf der Liste. Es werden dann genau sieben sein, und alle Ermittlungen und Untersuchungen der Welt werden daran nichts ändern.

Zum Beweis dafür, junger Mann, teile ich Ihnen schon jetzt mit, daß es am Montag geschehen wird.

Die Adresse war einfach zusammenzusetzen, da es hierzu genügte, Jeantets Unterschrift unter einem Artikel sowie die Adresse der Zeitung, die über den Kleinanzeigen stand, auszuschneiden.

Louise hatte gerade ihr Zimmer betreten und schnaubte wie gewöhnlich.

Monsieur Labbé versiegelte den Brief, klebte eine Briefmarke drauf und steckte den Umschlag in die Innentasche seiner Jacke, die an einem Kleiderbügel hing. Morgen früh würde er, nachdem er die Holztafeln vor dem Schaufenster weggenommen hätte, auf die Ankunft Valentins warten und dann seinen üblichen Gang durch die Stadt machen, ob es regnete oder nicht.

Das Erstaunliche war, daß er nichts an seinen Gewohnheiten zu ändern brauchte. Seit jeher war er morgens durchs Viertel spaziert, um ein oder zwei Häuserblocks herum, so wie er sich abends immer ins Café des Colonnes begeben hatte.

Es war halb zehn. Es blieb ihm noch eine gute Stunde, und er setzte sich mit ausgestreckten Beinen vor das Feuer, ein dickes Buch mit vergilbten Seiten auf den Knien.

Es war einer der Bände der *Berühmten Fälle des 19. Jahrhunderts.* Fünf Monate zuvor hatte er zwanzig Einzelbände ersteigert. Es blieben ihm noch sieben zu lesen.

Er paffte in kleinen, sich in langen Abständen folgenden Zügen. Es war warm. Louise war wohl endlich eingeschlafen. Er hörte nur noch das monotone Geräusch des Regens, manchmal ein Knistern der Holzscheite, und niemand war da, um ihn bei seiner Lektüre zu stören.

Monsieur Labbé war ruhig, heiter. Von Zeit zu Zeit warf er einen Blick auf den Wecker.

»Noch zwanzig Minuten!«

Noch zehn. Noch fünf. Um halb elf klappte er

seufzend sein Buch zu, stand auf und ging ins Bad. Um Viertel vor elf legte er sich in das rechte Bett.

Früher stand nur ein einziges Bett im Zimmer, ein sehr schönes Bett, das zu den andern Möbeln im Raum paßte. Nach Mathildes Erkrankung hatte man es über die Straße – da es keine Treppe zwischen den beiden Stockwerken gab – in die obere, leerstehende Wohnung gebracht und es durch zwei Betten ersetzt, die ein Nachttisch trennte.

Er drehte sich um und sah nach, ob die noch roten Gluten im Kamin nicht auf den Teppich rollen und ihn in Brand setzen konnten.

Kachoudas gegenüber arbeitete noch immer. Er war ein armer Teufel. Er machte alles selber, sogar die kurzen Hosen und die Westen, die die bedeutenderen Schneider Heimarbeiterinnen anvertrauten.

Jetzt, wo das Zimmer im Dunkel lag, konnte Monsieur Labbé durch das Rollo das helle Rechteck auf der anderen Seite der Straße sehen.

Bevor er einschlief, sagte er halblaut, denn es war immer gut zu reden:

»Gute Nacht, Kachoudas.«

Er ließ den Wecker nicht läuten. Er wurde morgens um halb sechs von selber wach. Die dicke Louise schlief immer noch, in ihrem ein wenig feuchten Bett vergraben; sie hörte ihn sicherlich, wie er aufstand, auf dem Treppenabsatz Holzscheite holte, die Tür wieder abschloß, sein Feuer anmachte. An diesem Morgen bemerkte er nach einem Augenblick, daß etwas fehlte, und zwar das Prasseln des Regens, das Geräusch des

Wassers in der Dachrinne. Es war noch zu dunkel, um den Himmel zu sehen, doch man ahnte den Seewind, der die Wolken ins Festland hineinjagte.

Er mußte sein Bett machen, das Zimmer in Ordnung bringen, den Eimer mit der Asche nach draußen stellen; er tat dies alles mit präzisen Bewegungen, die er in einer sorgfältig einstudierten Ordnung ausführte.

Er sprach ein wenig, sagte irgend etwas und sah bald, wie das Fenster von gegenüber hell wurde. Es war nicht Kachoudas, der noch im Bett lag, sondern seine Frau, die im Haus Feuer machte, die Werkstatt kehrte, Staub wischte.

Er hörte unten Karren vorbeifahren in Richtung Markt, dann hörte er andere, die in der Straße selbst haltmachten, die Stimmen von Bauern, den Aufprall von Körben und Säcken, die man auf den Boden fallen ließ.

Es war Samstag. Er nahm sein Bad und zog sich dann an, während Louise sich hinter der Trennwand des Waschraums wusch.

Sie ging als erste hinunter, um Kaffee zu machen, und als er ebenfalls hinunterging, brannte bereits das Feuer.

»Guten Morgen, Louise.«
»Guten Morgen, Monsieur.«

Im Hutladen steckte er ein Streichholz durch das kleine Loch im Gasofen. Die Geräusche auf der Straße wurden lauter, doch der Augenblick, die Holzläden wegzunehmen, war noch nicht gekommen.

Zuerst mußte er sein Frühstück zu sich nehmen und dann Mathilde das ihre hinaufbringen. Der Himmel begann blaß zu werden. Monsieur Labbé rollte den Sessel, den er immer im selben Winkel an denselben Platz stellte, zum Fenster und vergewisserte sich dann, daß der Holzkopf, der aus der Werkstatt unten stammte, nicht herunterzufallen drohte.

Das Licht löschen. Das Rollo hochziehen. Alles war grau, fast weiß. Der Regen hatte sich in Nebel verwandelt, und man sah Kachoudas Lampe nur durch einen Schleier.

Die Fensterscheiben waren beschlagen. Würde es endlich frieren? Die Landfrauen auf der Straße, eingemummt in ihre Umschlagtücher, hielten bisweilen ein beim Aufstellen ihrer Körbe, um sich mit den blaugefrorenen Händen in die Seiten zu schlagen. Eine von ihnen, eine kleine Alte, die bereits seit vierzig Jahren an der gleichen Stelle stand, hatte einen Holzkohleofen angezündet. Um diese Jahreszeit verkaufte sie Kastanien und Nüsse.

Kachoudas hatte noch nicht auf seinem Tisch Platz genommen. Die Tür zur Küche stand offen, und die ganze Familie war beim Frühstücken. Madame Kachoudas war weder gewaschen noch gekämmt. Das kleinste der Kinder, der einzige Junge, der große, schwarze, mandelförmige Augen hatte, trug noch sein Nachthemd.

Es waren seltsame Leute. Sie aßen schon morgens Wurst. Kachoudas drehte ihm den Rücken zu, eine Schulter höher als die andere. Monsieur Labbé würde auf ihn warten. Er hatte immer etwas zu tun. Die Zeitungen, aus denen er die Wörter und die Buchstaben ausgeschnitten hatte, waren schon verbrannt. Er brachte Louise seinen Anzug vom Vortag, damit sie ihn bügle, denn er war sehr gepflegt und hielt viel auf sich, seine Kleider waren immer aus feinem Tuch, seine Schuhe maßgefertigt.

Es hatte mit dem Räderrollen einiger Karren und mit einigen Stimmen hier und da begonnen, und jetzt war es, von einem Straßenende zum andern, der betäubende Krach aller Samstage geworden. Er wußte schon im voraus, was für ein Geruch nach frischem Gemüse, nach feuchtem Kohl, nach Hühnern und Kaninchen ihm entgegenschlagen würde, sobald er die Tür seines Ladens öffnete.

Er mußte noch eine gute Weile warten, das Auge am Spalt, bis Kachoudas endlich aus dem Haus kam. Darauf tat er dasselbe, rief über die Frauen hinweg:

»Guten Morgen, Kachoudas.«

Die mageren Schultern zuckten zusammen, der Mann drehte sich um, machte den Mund auf, brauchte einige Sekunden, bevor er herausbrachte:

»Guten Morgen, Monsieur Labbé.«

Für ihn war das sicherlich unglaublich, ein wenig sinnestäuschend – vielleicht mehr wegen des Nebels? Alles spielte sich so ab wie jeden Morgen, auf jeden Fall wie an den anderen Samstagen; der Hutmacher war frisch rasiert, sorgfältig gekleidet; würdevoll entfernte er die Holztafeln von seinem Schaufenster, die er eine nach der andern hineintrug und in einem Winkel hinter der Tür abstellte.

Das Pflaster war noch naß, und längs der Gehsteige

hatten sich Wasserpfützen gebildet. Die Metzgerei neben Kachoudas blieb erleuchtet.

Valentin kam um halb neun mit roter Nase an, und er war kaum im Laden, als er sich schneuzen mußte.

»Ich habe mir einen Schnupfen geholt«, sagte er.

Er würde ihn in der schon überhitzten Luft der Hutmacherei reifen lassen können. Monsieur Labbé zog seinen Mantel an, nahm seinen Hut.

»Ich komme in einer Viertelstunde zurück.«

Er ging in Richtung Markthalle, und viele Leute grüßten ihn, denn er war in La Rochelle geboren, wo er auch immer gelebt hatte. Er wählte den Briefkasten in der Rue des Merciers: an diesem Morgen lief er in dem Hin und Her der Leute keine Gefahr aufzufallen. Dann betrat er die Markthalle, wie er es samstags gern tat, schlenderte an den Fisch- und Schalentierständen vorbei.

Erst als er wieder zurückkam, kaufte er an der Ecke seiner eigenen Straße die Zeitung und stopfte sie in die Tasche, ohne so neugierig zu sein, einen Blick hineinzuwerfen.

Eine Bauersfrau hatte ihren Sohn mitgebracht, dem Valentin, das Taschentuch in der Hand, Mützen anprobierte. Es war der Tag dafür. Monsieur Labbé zog seinen Mantel aus, nahm seinen Hut ab und sagte zu Louise durch die halbgeöffnete Tür:

»Kaufen Sie nachher Langusten. Die kleine Alte aus Charron hat sehr schöne. Hat meine Frau nicht gerufen?«

»Nein, Monsieur.«

Zuerst würde er seinen Anteil an Langusten unten, dann den Mathildes oben im Zimmer essen. Ein Glück, daß die frühere Zugehfrau, Delphine, zu ihrer Tochter auf die Insel Oléron gezogen war, denn Delphine, die zwanzig Jahre lang bei ihnen gearbeitet hatte, wußte natürlich, daß Mathilde nichts mochte, was aus dem Meer kam.

Er hätte jemand Besseres finden können als Louise. Eine Menge Dinge hätten sich angenehmer arrangieren lassen. Er begann sogar, das dicke Mädchen zu hassen. Sie stellte nie Fragen. Man konnte nicht erraten, was sie dachte. Vielleicht dachte sie gar nicht?

Es gefiel ihm nicht, daß sie im Haus schlief. Delphine, die Kinder hatte, ging gleich nach dem Abendessen nach Hause, auf der anderen Seite des Bahnhofs. Auch Louise hatte anfangs in der Stadt geschlafen. Dann hatte sie wegen der Morde an den alten Frauen erklärt, daß sie nach Einbruch der Nacht nicht mehr aus dem Haus wolle.

Warum hatte er zugestimmt, ihr ein Zimmer im ersten Stock herzurichten? Vielleicht hatte er damals noch eine unbestimmte Idee im Kopf? Wenn man nicht allzu genau hinsah, war sie ziemlich appetitlich. Doch jetzt, wo er sie durch die Trennwand ihre Toilette verrichten hörte, konnte ihm nicht verborgen bleiben, daß sie ungepflegt war. Der Geruch ihres Zimmers, in das er einmal hineingegangen war, hatte ihn angewidert, ebenso wie die Wäschestücke, die auf einem Stuhl herumlagen.

Wahrscheinlich war sie nicht gefährlich, aber dennoch bedeutete sie eine Komplikation, und er hatte genug getan, um Komplikationen zu entgehen.

Man würde später weitersehen.

Er wechselte die Jacke, da er zum Arbeiten immer eine alte Jacke anzog, betrat den Raum hinter seinem Laden und zündete den Kocher an, den er dazu benutzte, die Hüte zu dämpfen.

Mit dem kleinsten Schlüssel seines Schlüsselbundes schloß er einen Wandschrank auf. Diese Schlüssel, die eine außerordentliche Bedeutung hatten, waren glatt und glänzend wie Werkzeuge, und er trug sie immer in der gleichen Tasche, wobei er nie vergaß, sie auf den Nachttisch zu legen, bevor er zu Bett ging.

Ganz hinten im Wandschrank hing ein Seil von der Decke herab, und er zog zwei- oder dreimal daran.

Valentin, immer noch mit der Kundin mit dem kleinen Jungen beschäftigt, machte einige Schritte, um ihm mitzuteilen:

»Ihre Frau ruft Sie, Monsieur Labbé.«

Denn wenn er an dem Seil zog, setzte er einen Mechanismus in Bewegung, der auf den Fußboden im ersten Stockwerk schlug, genau wie vorher, als Mathilde, um ihn zu rufen, mit einem Stock auf den gleichen Fußboden klopfte.

»Ich gehe hinauf«, verkündete er seufzend.

Den Wandschrank wieder abschließen, die Schlüssel in die Tasche zurückstecken. Merkwürdigerweise war in Kachoudas' Laden der kleine Schneider damit beschäftigt, einem kleinen Jungen, der mit seiner Mutter gekommen war, Maß zu nehmen. Ein kleiner

Junge und eine Mutter auf jeder Seite der Straße, und was noch merkwürdiger war, aus dem gleichen Ort.

Er verschwand auf der Wendeltreppe, und Valentin konnte seine Schritte hören. Die Tür wurde wieder abgeschlossen. Die Vorhänge verhinderten, daß man von draußen hereinsehen konnte. In ihrer Küche war Madame Kachoudas, die nie an die Nachbarn von gegenüber dachte, im Begriff, mit hochgehobenen Armen ein Kleid über ihren Unterrock zu streifen, denn um wärmer zu haben, zogen diese Leute sich in der Küche an und wuschen sich auch dort. Für die Mädchen und den Jungen stellte man eine Emailschüssel auf einen Stuhl.

Er legte noch ein Holzscheit auf, setzte sich, zündete seine Pfeife an, und erst jetzt schlug er die Zeitung auf.

Der Würger hat ein neues Opfer gefordert.

Ist es nicht merkwürdig, wie die Wörter die Wirklichkeit entstellen können? Der *Würger!* Dazu noch fett gedruckt! Als ob man zum Beispiel als Würger geboren würde. Als ob es, mit einem Wort, eine Berufung wäre! Während die Wahrheit so völlig anders war! Das ärgerte ihn immer ein wenig. Und es war sogar dieser Ärger gewesen, der ihn dazu gebracht hatte, seinen ersten Brief an die Zeitung zu schreiben. Damals hatte man geschrieben:

Ein gefährlicher Verrückter irrt durch die Stadt.

Er hatte geantwortet:

Nein, Monsieur, es gibt keinen Verrückten. Reden Sie nicht über etwas, das Sie nicht kennen.

Dabei war der kleine Jeantet nicht dumm. Während die Polizei die Stadtstreicher und die von Kneipe zu Kneipe ziehenden Matrosen aufgriff, wahllos die Passanten auf der Straße belästigte und sie nach ihren Papieren fragte, arbeitete der Reporter eine Beweisführung aus, die Hand und Fuß hatte. Nach dem dritten Opfer, Mademoiselle Lange, der Kurzwarenhändlerin aus der Rue Saint-Yon, und nachdem die Überwachung bereits nach Einbruch der Nacht organisiert wurde, schrieb er:

Es ist ein Fehler, sich mit den Vagabunden und, ganz allgemein gesprochen, mit all denen zu befassen, die durch ihre Kleidung oder durch ihr Verhalten die Aufmerksamkeit auf sich lenken. Der Mörder ist in jedem Fall ein Mann, der nicht auffällt. Er ist also kein Fremder, wie manche angenommen haben. Wenn man bedenkt, daß er wegen seiner drei Verbrechen einige Laufereien hatte, so ist es mehr als wahrscheinlich, daß er mindestens einmal einer der freiwilligen Patrouillen begegnet sein muß, die jeden Abend durch unsere Stadt ziehen.

Das stimmte. Der Hutmacher war einer Patrouille begegnet und hatte ruhig seinen Weg fortgesetzt. Man hatte den Lichtkegel einer Taschenlampe auf ihn gerichtet, während eine Stimme sagte:

»Guten Abend, Monsieur Labbé.«
»Guten Abend, meine Herren.«

Nur ein bekannter und allseits geschätzter Bürger hat...

Er ging sehr viel weiter in seinen Schlußfolgerungen, dieser Junge, den man jeden Abend am ersten Tisch im Café des Colonnes schreiben sah:

...Die Stunden der Tatausführung weisen darauf hin, daß es ein verheirateter Mann mit regelmäßigen Gewohnheiten ist...

Diese Behauptung gründete er auf der Tatsache, daß keines der Verbrechen nach der Zeit des Abendessens begangen worden war.

...Folglich ein Mann, der abends nicht allein ausgeht...

Dann fing er an zu phantasieren. Nach dem fünften Mord, dem vorletzten, dem an Léonide Proux, der Hebamme aus Fétilly, hatte er geschrieben:

Wahrscheinlich wurde die Hebamme durch einen Telefonanruf aus dem Hause gelockt, was durch die Tatsache bestätigt zu werden scheint, daß sie einen Schlüsselbund bei sich trug, als sie angegriffen wurde...

Das war falsch. Es war tatsächlich die einzige, der

Monsieur Labbé fast zufällig begegnet war. Gewiß, sie stand auf der Liste. Vielleicht hätte er sie wirklich angerufen, wenn er ihr nicht begegnet wäre?

Da ein so kompromittierender Anruf aus einer öffentlichen Telefonzelle oder aus einem Lokal gefährlich wäre...

Er wollte zu intelligent sein, intelligenter als der Mörder. Er hatte gerade behauptet, dieser habe ein Telefon zu Hause. Dachte er denn nicht daran, daß in diesem Falle seine Frau oder das Dienstmädchen das Gespräch hätten mithören können?

Und gerade Monsieur Labbé hatte kein Telefon, er hatte sich immer geweigert, ein Telefon legen zu lassen.

Der kleine Jeantet verhaspelte sich weiter.

Es handelt sich wahrscheinlich um einen Mann, der in einem Büro arbeitet, das er zwischen fünf und sechs Uhr verläßt, ein Mann, der seine Verbrechen begeht, bevor er sich nach Hause begibt.

Es war schon verwirrend, daß er das im Café schrieb, wo er jeden Tag Geschäftsleute und freiberuflich Tätige vor ihrem Abendessen ein oder zwei Stunden beim Kartenspiel verbringen sah.

Heute kam es noch besser. Die Zeitung brachte als Untertitel:

Hat man eine Personenbeschreibung des Mörders?

Man hatte den Leichnam von Mademoiselle Irène Mollard kurz nach acht Uhr abends entdeckt. Ein Polizeibeamter war buchstäblich über sie gestolpert. Die ganze Straße war alarmiert worden. Die Mutter des kleinen Mädchens, dem das alte Fräulein den letzten Klavierunterricht gegeben hatte, hatte ausgerufen:

»Ich war dagegen, daß sie allein wegging. Ich habe sie angefleht, die Rückkehr meines Mannes abzuwarten, der sie bis zu ihrer Tür begleitet hätte. Sie hat nichts davon wissen wollen. Sie hat sich über meine Ängstlichkeit lustig gemacht. Sie behauptete, daß sie keine Angst habe. Als sie wegging, ließ ich für kurze Zeit die Tür einen Spalt offen, um das Geräusch ihrer Schritte zu hören. Ich erinnere mich jetzt, daß ich mitten auf der Straße einen Mann gesehen habe. Ich habe beinahe um Hilfe gerufen. Dann war ich der Meinung, ich würde mich lächerlich machen, weil sich ein Mörder nicht mitten auf die Fahrbahn stellt. Trotzdem habe ich sehr schnell die Tür wieder zugemacht. Ich habe ihn nicht genau gesehen, aber ich bin ziemlich sicher, daß es ein kleiner Magerer war, mit einem viel zu langen Regenmantel.«

Der Regenmantel Kachoudas', oder besser, der Regenmantel, der Kachoudas nicht gehörte, den ein Handelsreisender, der nicht aus der Stadt war, beim Kauf eines neuen Mantels dagelassen hatte, weil er abgenutzt und schmutzig war, und den der kleine Schneider nun aus Gründen der Sparsamkeit trug, wenn es regnete.

Monsieur Labbé sah nach dem Fenster hinüber. Kachoudas war wieder auf seinen Tisch geklettert. Er sprach mit seiner Frau, die, eine Einkaufstasche in der Hand, im Begriff war, aus dem Haus zu gehen. Sicherlich fragte sie ihn, was er gern essen möchte.

Der Schneider hatte die Zeitung noch nicht gelesen. Er ging morgens nur aus dem Haus, um die Holzläden hereinzuholen. Seine Frau würde ihm nachher, wenn sie vom Markt zurückkäme, das *Echo des Charentes* mitbringen.

Auch Louise ging aus dem Haus, um Einkäufe zu machen. Die Ladenklingel ertönte mehrere Male. Es waren Kunden im Laden.

Bevor er das Zimmer verließ, vergaß Monsieur Labbé nicht, einige Worte zu murmeln und den Sessel etwas zu verrücken.

Valentin sah die Beine auftauchen, den Oberkörper, schließlich den ruhigen, ausgeruhten Kopf. Da er verlegen schien, fragte ihn der Hutmacher:

»Was ist los?«

Und der junge, verschnupfte Mann zeigte auf einen riesengroßen Bauern, der von einem Bein auf das andere trat.

»Er bräuchte Nummer 58, aber wir haben nur 56.«

»Lassen Sie sehen.«

Er richtete den Hut im Dampf, und der Kunde ging weg, wobei er sich leicht beunruhigt in den Spiegeln betrachtete.

3

»Schließen Sie nachher den Laden ab, Valentin.«
»Ja, Monsieur. Guten Abend, Monsieur.«
»Guten Abend, Valentin.«

Valentin hatte sich den ganzen Tag über geschneuzt, und das war so flüssig, daß man feuchte Augen bekam, wenn man ihn sah und hörte. Zweimal hatte er die Tatsache, daß keine Kunden da waren, dazu genutzt, sein Taschentuch zum Trocknen vor die Gasheizung zu hängen.

Auch er war ein armer Kerl. Er war groß und rothaarig, mit steingutblauen Augen und einem so ehrlichen Aussehen, daß Monsieur Labbé, wenn er den Mund auftat, um ihm Vorhaltungen zu machen, ihn sogleich wieder schloß, ohne etwas zu sagen, und sich damit begnügte, die Achseln zu zucken. Sie lebten den größten Teil des Tages zusammen, denn das Hutgeschäft und die Werkstatt bildeten in Wirklichkeit nur einen einzigen Raum. An manchen Tagen sah man stundenlang keinen Kunden. Wenn er alles abgestaubt, alles in Ordnung gebracht, zum hundertsten Mal die Etiketten überprüft hatte, suchte der arme Valentin, wie ein großer Hund, der nicht weiß, was er mit seinem Körper anfangen soll, eine Ecke, in die er sich zurückziehen konnte, wobei er es vermied, Lärm zu machen, und bei der kleinsten Bewegung seines Herrn zusammenzuckte. Da er im Laden nicht rauchen durfte, lutschte er lautlos Veilchenpastillen.

»Bis Montag, Valentin. Schönen Sonntag.«

Es war eine zusätzliche Liebkosung, so nebenbei. Worauf es ankam, war, in Erfahrung zu bringen, ob Kachoudas herunterkommen würde oder nicht. Er hatte sich den ganzen Tag über nicht aus dem Haus bewegt. Einmal war er zu einer Anprobe heruntergekommen, hatte Stoffe vor einem Kunden ausgebreitet, der sich nicht entschließen konnte und wahrscheinlich mit dem Versprechen weggegangen war, wiederzukommen. Er hatte in seiner Werkstatt das Licht angelassen, denn der Nebel hatte sich immer noch nicht aufgelöst, und als die Geräusche des Marktes schwächer geworden waren, hatte man in regelmäßigen Abständen das Nebelhorn gehört. Das klang wie das Gemuhe einer ungeheuren Kuh, und es gab Leute, die das noch immer beeindruckte, obwohl sie schon lange in der Stadt wohnten. Kein Schiff war ausgefahren. Man erwartete welche, die noch nicht zurückgekommen waren, und man sorgte sich um sie.

Die Bäuerinnen waren mit ihren Fuhrwerken oder mit dem Autobus lange vor Einbruch der Nacht wieder heimgekehrt, und zurück blieben nur die Männer, die sich mit roten Gesichtern und glänzenden Augen in den Bistros aufhielten.

Kachoudas hatte die Zeitung gelesen. Auf jeden Fall hatte seine Frau sie ihm gebracht. Monsieur Labbé hatte sich in dieser Hinsicht nicht geirrt. Irrte er sich überhaupt jemals? Er durfte das nicht. Trotz der vielen Dinge, die er im Kopf hatte, gelang es ihm, nichts zu vergessen, nicht die kleinste Einzelheit. Sonst wäre er nämlich verloren gewesen.

Die Zeitung lag auf einem Stuhl neben dem Tisch des Schneiders, und man sah, daß sie aufgeschlagen worden war. Kachoudas würde kommen. Der Hutmacher war überzeugt, daß er kommen würde, und er blieb auf seiner Türschwelle stehen, schaute nach dem erleuchteten Fenster und machte dabei ganz mechanisch, für sich, wie eine Bäuerin, die die Hühner herbeilockt:

»Putt, putt, putt, putt...«

Er ging lautlos, und er hatte noch keine zwanzig Meter zurückgelegt, als hinter ihm die Schritte zu hören waren, die er unter allen Schritten herauszuhören imstande war.

Kachoudas war gekommen. Hatte er gezögert? Wirklich ein armer Kerl. Es gab viele arme Kerle auf der Welt. Sicherlich hatte er ein furchtbares Verlangen nach den zwanzigtausend Francs. Noch nie hatte er eine solche Summe auf einem Haufen gesehen, höchstens vielleicht hinter dem Bankschalter. Er mußte sich zwei Jahre lang Tag und Nacht auf seinem Tisch abmühen, um soviel Geld zu verdienen.

Diese zwanzigtausend Francs wollte er sich ganz bestimmt verdienen. Er wollte sie mit aller Macht haben. Und gerade weil er sie mit soviel Energie haben wollte, hatte er solche Angst.

Vielleicht noch mehr Angst, sie zu verlieren, als Angst vor dem Hutmacher? Was geschehen war, mußte ganz einfach geschehen: Es sind immer Kerle wie Kachoudas, die sich verdächtig machen; und es war Kachoudas, den die Mutter des kleinen Mädchens mit dem Klavier gesehen und der Polizei beschrieben hatte.

Sie gingen hintereinander her, wie jeden Tag, und wahrscheinlich warf der kleine Schneider bei jedem Schritt sein Bein zur Seite. Monsieur Labbé hingegen schritt ruhig und würdevoll dahin, er hatte wirklich einen schönen Gang.

Er stieß die Tür zum Café des Colonnes auf, und allein schon Geräusch und Geruch hätten ihn darüber belehrt, daß Samstag war. Der Geruch, ja, denn die Leute vom Samstag tranken nicht die gleichen Getränke wie die Gäste der anderen Tage.

Das Lokal war gerammelt voll. Manche Gäste mußten sogar stehen. Die gewöhnlichen Bauern versammelten sich in den kleinen Kneipen in der Nähe des Marktes; hier waren es die reichsten oder unternehmungslustigsten, jene, die mit den Düngemittelhändlern, den Versicherungsagenten, den Männern des Gesetzes zu tun hatten, die jeden Samstag ihre Sitzungen an Tischen hielten, die für einige Stunden ihr Schreibtisch oder ihr Kontor geworden waren.

Nur die Tische in der Mitte, neben dem Ofen, blieben eine Oase, die respektiert wurde, umgeben von einer Zone der Ruhe und des Schweigens.

Chantreau, der Arzt, der nicht spielte, saß hinter dem Senator, der die Karten hielt. Monsieur Labbé berührte seine Hand:

»Guten Abend, Paul.«

Und als sein Freund eine Pille aus einem kleinen Schächtelchen nahm:

»Fühlst du dich nicht wohl?«

»Die Leber.«

Das überkam ihn periodisch. Von einem Tag zum andern schien er um mehrere Kilo abgemagert zu sein, so verwüstet sah sein Gesicht aus, mit Tränensäcken unter den Augen und dem Blick eines Mannes, der leidet.

Sie hatten beide dasselbe Alter. Auf der Oberschule waren sie sehr befreundet, fast unzertrennlich gewesen.

Gabriel nahm Monsieur Labbé den Mantel und den Hut ab.

»Wie immer?«

Vor dem Arzt, auf dem Marmortisch, stand ein Viertel Vichy. Kachoudas, der gerade hereingekommen war, zögerte, sich zu den Spielern zu setzen.

Auch er war ein armer Kerl! Nicht nur Kachoudas, der schließlich seinen Hintern vorsichtig auf einen Stuhl setzte, sondern auch Paul, der Arzt. Monsieur Labbé hatte sicherlich noch irgendwo in einer Schublade eine Fotografie liegen, auf der sie beide mit fünfzehn oder sechzehn Jahren abgebildet waren. In diesem Alter war Chantreau mager gewesen, seine Haare hatten ins Rötliche gespielt, aber nicht das verwaschene Rot Valentins; stolz hatte er das Kinn hochgereckt und herausfordernd geradeaus gesehen.

Er war Arzt geworden, aber kein gewöhnlicher Arzt: ein großer Forscher und Entdecker in der Art Pasteurs und Nicolles. Sein Vater war reich gewesen, hatte etwa zehn Bauernhöfe in Aunis und in der Vendée besessen. Er hatte nichts anderes getan, als sie aus der Ferne zu verwalten, und hatte seltsamerweise seine Nachmittage im Café des Colonnes verbracht, an dem gleichen Platz wie heute die Bridgespieler.

»Er widert mich an«, hatte der junge Paul von ihm gesagt. »Er ist geizig. Das Schicksal der Bauern ist ihm Wurscht.«

Eigentlich hatten alle ihre Eltern Grundbesitz, Ländereien, Bauernhöfe oder Häuser oder auch Schiffe oder Anteile an Schiffen besessen.

Kachoudas betrachtete verstohlen aber eingehend Monsieur Labbé, der so tat, als merke er es nicht. Es war ein Spiel. Das bewies ihm selber, daß sein Geist frei war. Die Rollen waren vertauscht: es war der kleine Schneider, der vor Angst schwitzte, der nervös sein Glas leerte, bisweilen mit einem Ausdruck, als flehe er ihn an.

Ihn um was anflehen? Sich fassen zu lassen, damit er seine Belohnung von zwanzigtausend Francs einstreichen konnte?

»Du trinkst zu viel, Paul.«

»Ich weiß.«

»Warum?«

Warum trinkt man? Chantreau war Arzt geworden. Er war in die Stadt zurückgekommen und hatte eine Praxis eröffnet. Er hatte beschlossen:

»Ich werde nur morgens Patienten annehmen, um in der übrigen Zeit für meine Forschungen frei zu sein.«

Er hatte sich ein richtiges Laboratorium geleistet, hatte alle ärztlichen Zeitschriften abonniert.

»Warum hast du nie geheiratet, Paul?«

Vielleicht weil er ein Gelehrter hatte werden wollen, er wußte es nicht, und er begnügte sich damit, die Achseln zu zucken mit einer Grimasse, die seine Schmerzen ihm abpreßten.

Er hatte sich einen Bart wachsen lassen, war nicht mehr sehr gepflegt. Seine Fingernägel waren schwarz, seine Wäsche schmuddelig. Zuerst war er um sechs Uhr ins Café des Colonnes gekommen, wie die Leute, die arbeiten, dann um fünf, dann um vier, und jetzt saß er schon gleich nach dem Mittagessen hier: da um diese Zeit niemand da war, mit dem er eine Partie Bridge spielen konnte, spielte er mit Oscar, dem Wirt, Dame.

Er war nun über sechzig, wie Monsieur Labbé. Sie waren alle über sechzig.

»Nimmst du meinen Platz ein, Léon? Ich muß mal mit meinen Wählern reden.«

André Laude, der Senator, der gerade einen Robber gewonnen hatte, stand ungern auf. Um sie herum herrschte der übliche Lärm, Schuhe, die über den mit Sägespänen bedeckten Fußboden schlurften, Gläser, die gegeneinanderstießen, Untertassen, Stimmen, die lauter waren als üblich.

»Den wird man auch noch fassen, und ob«, sagt ein Landwirt mit Ledergamaschen. »Am Ende werden sie alle gefaßt, sogar die Schlausten. Und dann? Ihr werdet schon sehen, daß man ihn in eine Irrenanstalt steckt, weil er angeblich verrückt ist, und wir, die Steuerzahler, müssen bis an sein Lebensende für ihn aufkommen.«

»Es sei denn, er gerät an einen Kerl wie mich!«

»Du würdest es genau wie die andern machen, trotz deinem großen Maul! Du würdest ihm vielleicht die Faust ins Gesicht wuchten, aber dann würdest du ihn ganz folgsam bei der Polizei abliefern. In einem Dorf, kann ja sein. Da ist es vielleicht anders. Da gibt es Mistgabeln und Schaufeln.«

Ruhig, ohne mit der Wimper zu zucken, setzte sich Monsieur Labbé auf den Platz des Senators, der damit anfing, von Tisch zu Tisch zu gehen. Einen Augenblick lang fragte sich der Hutmacher, ob Kachoudas ebenfalls den Schnupfen hatte, so rot war er im Gesicht, mit glänzenden Augen, doch er bemerkte zwei Untertassen unter seinem Glas.

Der Schneider trank! Vielleicht, um sich Mut zu machen? Schon machte er Gabriel ein Zeichen, ihm ein drittes Glas Weißwein zu bringen.

»Wir spielen zusammen«, verkündete Julien Lambert, der Versicherungsagent, und mischte die Karten.

Lambert trank nicht, das heißt, er begnügte sich mit einem Aperitif, zweien im Höchstfall. Er war Protestant. Er hatte vier oder fünf Kinder, und er hätte noch viel mehr gehabt, wenn seine Frau nicht jedes zweite Mal eine Fehlgeburt gehabt hätte. Das war ein Anlaß für Witzeleien. Man fragte ihn:

»Deine Frau?«
»Im Krankenhaus.«
»Ein Baby?«
»Eine Fehlgeburt.«

Auch er hatte Geld, das er von seinen Eltern geerbt hatte und das ihm die Möglichkeit gegeben hatte, sich in eine Versicherungsvertretung einzukaufen. Er kümmerte sich nicht viel darum. Er hatte gute Untervertreter. Manchmal kam einer von ihnen wegen einer dringenden Angelegenheit zu ihm ins Café. Nachdem er den ganzen Nachmittag über Bridge gespielt hatte, aß er eilig zu Abend, um zu Hause oder bei Freunden eine neue Partie Bridge zu spielen.

Er war der Bruder von Madame Geoffroy-Lambert, der vierten Erwürgten, aus der Rue Réaumur. Monsieur Labbé war an ihre Beerdigung gegangen:

»Herzliches Beileid, Julien.«

Er war bei allen Beerdigungen mitgegangen, denn er kannte sie alle, zumindest durch Mathilde.

Man sah den kleinen Journalisten nicht. Wahrscheinlich war er draußen mit seinen Ermittlungen beschäftigt. Zwei- oder dreimal warf Monsieur Labbé einen Blick zu seinem üblichen Tisch.

»Wir haben einen neuen Brief bekommen«, machte Caillé, der Drucker und Eigentümer von *L'Echo des Charentes*, während er seine Karten betrachtete.

»Er übertreibt allmählich«, murmelte Julien Lambert und bot zwei Treff.

Und sich nach Chantreau umdrehend, der sich die Spiele ansah:

»Glaubst du, daß er verrückt ist, Paul?«

Der Arzt zuckte die Achseln. Das interessierte ihn im Augenblick nicht. Er hatte nur Angst vor den Krallen, die seine Seiten bearbeiteten.

»Auf jeden Fall wird er erst aufhören, wenn er einmal gefaßt ist«, brummte er.

»Jack the Ripper hat man nie gefaßt, und er hat doch aufgehört zu morden.«

Darüber freute sich Monsieur Labbé, der nie daran gedacht hatte.

»Wie viele hat er denn umgebracht?« fragte er. »Drei Karo.«

»Passe.«

»Drei Pik«, antwortete Lambert.

»Vier Herz.«

Es stand ein Kleinschlemm in Aussicht, und es trat einen Augenblick Stille ein, unterbrochen von Ansagen, bis zu sechs Karo.

»Kontra!«

»Ich weiß nicht, wie viele er umgebracht hat, aber der Schrecken in London und Umgebung hat mehrere Monate gedauert. Man hat die Armee um Hilfe gerufen. Büros und Fabriken haben schließen müssen, weil die Angestellten und die Arbeiterinnen sich nicht mehr aus dem Haus wagten.«

»Ich wäre neugierig zu wissen, wie viele Frauen im Augenblick auf den Straßen sind.«

Der kleine Schneider zitterte und leerte sein drittes Glas auf einen Zug. Da er es nicht mehr wagte, zu den Spielern hinüberzublicken, aus Angst, dem Blick des Hutmachers zu begegnen, starrte er trostlos auf den schmutzigen Boden.

»Viermal Trumpf. Ich mache den Pik-Impass auf den König, der Rest meiner Hand ist hoch.«

Es wäre interessant gewesen herauszufinden, wie Kachoudas war, wenn er getrunken hatte. Monsieur Labbé hatte ihn niemals betrunken gesehen. Der Doktor zum Beispiel, der schon morgens anfing, sich vollaufen zu lassen, nach jeder Untersuchung trank und den ganzen Tag über nicht mehr aufhörte, war zuerst von einem nur ganz leicht mit Ironie durchsetztem Wohlwollen. Seine letzten Patienten am Morgen nannte er alle:

»Mein Kleiner.«
Oder:
»Mein armer Alter.«
Oder:
»Kleines Frauchen.«
Und anstatt ihnen ein Rezept auszustellen, holte er aus seinem Wandschrank ein Medikament hervor, das er ihnen kostenlos in die Hand drückte.

Zu Anfang des Nachmittags sah man ihn als Olympier, das Gesicht von Rauch umgeben, mit langsamer Gebärde, schwerem Blick, sprechfaul. Dann wurde er allmählich sarkastisch, sogar seinen besten Freunden gegenüber.

Jene, die ihn abends gegen zehn Uhr trafen, wenn er nach Hause ging, nachdem er in den kleinen Bistros Rotwein getrunken hatte, behaupteten, daß ihm Tränen in den Augen standen und daß er sie am Arm packte.

»Ein Versager, Alter. Ein altes Aas von einem Versager, das bin ich! Gib doch zu, daß ich dich ankotze, daß ich euch alle ankotze!«

Was Oscar, den Wirt, anging, der von Berufs wegen gezwungen war, den ganzen Tag mit seinen Gästen ein Gläschen zu trinken, so wurden seine Lider dick, sein Gang wurde würdevoll und schwankend, und gegen Abend brachte er die Silben so durcheinander, daß man nicht immer verstand, was er sagte.

Auf jeden Fall wurde der kleine Schneider aufgeregt. Er hielt es nicht mehr auf seinem Platz aus, seine Bewegungen schienen unkontrolliert, wie Ticks, oder als wolle er Fliegen verjagen.

Monsieur Labbé hatte den angenehmen Eindruck, ihn an einem Seil zu halten, ihm freundlich zuzuflüstern:

»Ruhig Kleiner.«

Er wußte genau, daß Kommissar Pigeac da war, hinter ihm, am Tisch der Vierzig- bis Fünfzigjährigen. Er hatte ihn hereinkommen sehen, im grauen Mantel, einen grauen Hut auf dem Kopf, mit grauem Gesicht. Er erinnerte an einen Fisch, an einen farblosen Stockfisch, und er hatte immer ein kaltes Lächeln auf den Lippen, als wolle er zu verstehen geben, daß er allerhand wußte.

Monsieur Labbé war davon überzeugt, daß er überhaupt nichts wußte. Er war ein feierlicher Dummkopf, ein geborener Beamter, der nur an seine Beförderung dachte und in die Freimaurerloge eingetreten war, weil man ihm vorgemacht hatte, das würde ihm helfen. Er war stark beim Billard, wo ihm Serien von hundertfünfzig und zweihundert Punkten gelangen, wobei er langsam um den Billardtisch herumging und sich von Zeit zu Zeit in den Spiegeln betrachtete.

»Geh nicht hin, Kleiner.«

Er sagte das zu Kachoudas, innerlich, denn er spürte, wie den kleinen Schneider, dem warm war, der nicht mehr wußte, wo er hinschauen sollte, der an seine zwanzigtausend Francs und an die Zeugenaussage der Mama des kleinen Mädchens mit dem Klavier dachte, der Schwindel packte.

»Er behauptet«, sagte Caillé, der Druckereibesitzer noch, »daß er nur noch eine umbringen würde.«

»Warum?«

»Einen Grund dafür gibt er nicht an. Er behauptet immer, daß es eine Notwendigkeit sei, daß er das nicht aus Herzensfreude tue. Ihr könnt morgen seinen Brief in der Zeitung lesen. Bin ich dran? Ohne Trumpf.«

Vier Glas Weißwein. Kachoudas hatte schon vier Glas Weißwein getrunken; er vergaß darüber ganz, auf die Uhr zu schauen. Die Stunde, zu der er gewöhnlich nach Hause ging, war schon vorüber.

»Es ist am Montag.«

»Was ist am Montag?«

»Der letzte Mord. Warum am Montag, weiß ich auch nicht. Ich bin neugierig, ob es heute oder morgen Morde geben wird. Das würde bedeuten, daß er einfach drauflosschreibt.«

»Er schreibt nicht einfach drauflos«, behauptete Julien Lambert.

»Warum sieben und nicht acht?«

»Und warum meine Schwester, die nie jemand etwas zuleide getan hat?«

»Vielleicht mag er alte Frauen nicht«, brachte Chantreau hervor.

Monsieur Labbé sah ihn neugierig an, denn diese Bemerkung war gar nicht so dumm. Es stimmte zwar nicht genau, aber es war überhaupt nicht dumm.

»Habt ihr bemerkt«, fuhr Caillé fort, »daß sie alle mehr oder weniger in unserem Alter sind?«

Darauf schaltete sich Arnould ein, der dicke Arnould, von den Sardinen-Arnould, der noch nichts gesagt hatte:

»Es waren mindestens zwei darunter, mit denen ich geschlafen habe, und eine hätte ich beinahe geheiratet.«

Lambert brauste auf.

»Meine Schwester?«

»Ich spreche nicht von deiner Schwester.«

Aber alle wußten, daß Madame Geoffroy-Lambert gastfreundliche Schenkel gehabt hatte. Allerdings hatte sie damit erst so gegen vierzig begonnen, nachdem sie Witwe geworden war, und sie gab sich nur mit sehr jungen Leuten ab.

»Hast du Irène Mollard gekannt?«

»Sie war sehr hübsch mit siebzehn Jahren, man sagte damals schon, daß sie ein Vogel sei, den die Katze hole, so zerbrechlich war sie. Sentimental wie ein Fortsetzungsroman. So sentimental, daß sie nicht geheiratet hat. Ich würde sogar wetten, daß sie als Jungfrau gestorben ist.«

»Stimmt das?« fragte man den Arzt, der sie behandelt hatte.

»Ich habe sie daraufhin nicht zu untersuchen gehabt.«

»Wer hat drei Treff geboten? Wir waren bei drei Treff.«

»Du bist dran, Paul.«

Das Café war voller Rauch, den die dicken Kugellampen aus Milchglas, die seit kurzem an der Decke hingen, anzogen. Der Senator war bei seinem dritten Tisch, und an jedem Tisch spendierte er eine Runde. Fast bei jedem Tisch sah man, wie er ein Notizbuch aus der Tasche zog und etwas hineinschrieb. Es gab nur wenige Wähler, die nichts zu fordern hatten, und als Monsieur Labbé von weitem zu Laude hinübersah, der gerade sein Notizbuch wieder in die Jacke steckte, zwinkerte dieser ihm zynisch zu.

Er war früher der ärmste von ihnen gewesen. Sein Vater hatte als kleiner Angestellter beim Crédit Lyonnais gearbeitet, und der Sohn hatte zu einer Zeit geheiratet, als er erst Advokat und Stadtrat war. Heute bewohnte er eine der großen Villen in der Rue Réaumur, nicht weit von der von Madame Geoffroy-Lambert entfernt.

»Sag mal«, sagte Monsieur Labbé, »das Haus deiner Schwester steht doch sicherlich zum Verkauf?«

»Hast du die Absicht, es zu kaufen?« fragte der andere ironisch. »Es ist ein abweisendes Haus. Es hat nur elf Schlafzimmer, und im Hof sind Ställe für zehn Pferde. Ich versuche die Präfektur anzuspitzen, die immer Büros braucht.«

»Ruhig, Kleiner!«

Um ein Haar hätte Monsieur Labbé Gabriel befohlen, dem kleinen Schneider nichts mehr zu trinken zu bringen, und sicherlich hätte Gabriel ihm gehorcht. Er war einen Augenblick lang beunruhigt, als Kachoudas zur Entspannung aufstand und es so aussah, als stürze er sich an den Tisch des Kommissars. Doch er ging daran vorbei und verschwand auf der Toilette.

Seine Blase? Sein Magen? Ein glücklicher Zufall wollte, daß der Hutmacher zu diesem Zeitpunkt gerade aussetzte, und er begab sich nun ebenfalls zu den Toilettenräumen, aus reiner Neugierde, denn er hatte keine Angst.

Es war nur die Blase, und sie standen nun nebeneinander vor dem Steingut, mit dem die Wand verkleidet war. Der kleine Schneider, der an allen Gliedern zitterte, konnte nicht fliehen. Monsieur Labbé sagte nach einem Augenblick des Zögerns, wobei er starr geradeaus sah, sanft zu ihm:

»Ruhig, Kachoudas.«

Sie waren beide allein. Stellte sich der Schneider etwa vor, daß sein Nachbar ihn erwürgen würde? Monsieur Labbé hätte ihm, ohne zu lügen, bestätigen können, daß er sein Instrument nicht bei sich hatte.

Eigentlich hatte niemand daran gedacht, eine Liste der Personen aufzustellen, die in La Rochelle Cello spielten. Es gab sicher nicht allzu viele.

Was ihn anging, so hatte man wahrscheinlich vergessen, daß er Musiker war. Seit mindestens zwanzig Jahren hatte er nicht mehr auf seinem Instrument gespielt, das auf dem Speicher stand. Um auf den Speicher zu gelangen, mußte er aus dem Haus gehen, in den Hof hinunter und die Treppe zum zweiten Stock hinaufklettern. Das hatte er auch getan, denn er war nicht so unvorsichtig, bei dem Instrumentenhändler in der Rue du Palais eine Cello-Saite zu kaufen. Vor allem, da es nur einen einzigen in der Stadt gab. Und seit fünfzehn Jahren hatte der Hutmacher La Rochelle nicht mehr verlassen, nicht einmal, um nach Rochefort zu fahren, fünfzehn Jahre, in denen er nirgendwo anders als in seinem eigenen Bett geschlafen hatte.

Auch daran hatte niemand gedacht. Die andern fehlten hin und wieder beim nachmittäglichen Rendezvous. André Laude fuhr nach Paris zu den Senatssitzungen und verbrachte seine Ferien in einem Schloß in der Dordogne, das seine Frau ihm als Mitgift in die Ehe eingebracht hatte. Chantreau selbst machte jedes Jahr eine Kur in Vichy. Die Familie Julien Lambert hatte ein kleines Haus in Fourras, wo sie zwei Monate des Jahres verbrachte, und der Versicherungsagent fuhr wegen Geschäften mal nach Bordeaux, mal nach Paris.

Die meisten besaßen ein Auto oder benutzten Züge. Arnould, der Reeder, hatte im letzten Sommer eine Kreuzfahrt nach Spitzbergen gemacht. Es gab Tage, an denen man Mühe hatte, einen vierten Mann für die Partie zu finden, und es kam vor, daß man die Leute vom Tisch der Vierzig- bis Fünfzigjährigen zu Hilfe rufen mußte.

Nur der Hutmacher war immer da, und man hatte sich so sehr daran gewöhnt, daß man das gar nicht mehr ungewöhnlich fand. Seit wann hatte er keine Kuh mehr gesehen, abgesehen von den Herden, die durch die Straßen ins Schlachthaus getrieben wurden?

Zu Anfang bedauerte man ihn. Man bedauerte vor allem Mathilde.

»Wie erträgt sie das nur?«

»Nicht schlecht. Nicht schlecht.«

Sogar Kachoudas... Kachoudas war nach Paris und nach Elbeuf gefahren! An manchen Sonntagen im Sommer fuhr Kachoudas mit den Seinen ans Meer, gewiß, nicht sehr weit, nach Châtelaillon, und an diesen Tagen war die Straße so leer wie ein Billardtisch, und man hörte kein anderes Geräusch als das Schilpen der Spatzen.

Monsieur Labbé war als erster wieder an seinen Platz zurückgekehrt. Er wußte genau, daß der andere ihm folgen würde.

»Was ist mit den drei Herz?«

»Ich habe fünf gemacht.«

»Du hast ein volles Spiel verpaßt. Teile ich?«

Es war sechs Uhr, und die Bauern wurden weniger. Jene, die noch blieben, hatten ein Auto oder einen Lieferwagen, denn die Pferdefuhrwerke waren schon längst aufgebrochen und fuhren im Nebel, der wieder dichter wurde, im Schrittempo. Der Nebel war selbst in der Stadt so dicht, daß er, wenn die Tür des Cafés aufging, wie kalter Rauch ins Lokal drang, ein Rauch, der weißer war als der Rauch der Pfeifen und Zigarren.

Wer hätte außerhalb ihres Tisches geglaubt, daß Monsieur Labbé Flieger gewesen war? Und doch war es so, im Ersten Weltkrieg. Er hatte feindliche Flugzeuge abgeschossen wie Pfeifen auf dem Jahrmarkt und mehrere Auszeichnungen erhalten. Er hatte in La Rochelle sogar einen Flugklub gegründet, dessen Präsident er eine Zeitlang gewesen war. Und vorher hatte er bei den Dragonern gedient.

»Ich kontrier die zwei Treff.«

»Ich rekontriere.«

Er beging keinen Fehler. Julien Lambert, der immer peinlich genau war, hatte ihm keinen einzigen Vorwurf zu machen. Seine Anzeigen waren korrekt und seine Impasse fast immer erfolgreich.

Wäre es nicht das einfachste, Kachoudas die zwanzigtausend Francs anzubieten? Er konnte es sich leisten. Er war wohlhabend. Wenn es mit seinem Hutmacherladen bergab ging, so geschah das, weil er es so wollte.

Er hätte umziehen können, weil sich der Handel zur Rue du Palais hin verlagert hatte, wo die Lichter und Lautsprecher des Prisunic und der anderen Kaufhäuser waren.

Selbst in der Rue du Minage wäre es einfach, sein Schaufenster besser zu beleuchten, den Laden zu modernisieren, die Wände und die Regale hell anzustreichen.

Doch wozu? Seine Freunde kauften selten einen Hut bei ihm, da sie sich lieber in Bordeaux oder in Paris damit versorgten. Er begnügte sich damit, ihre Hüte in dem Raum hinter dem Laden neu zu formen, wobei er dann und wann den Wandschrank aufmachte, um an dem Seil zu ziehen.

»Madame Labbé ruft Sie«, sagte daraufhin Valentin, als ob er der einzige gewesen wäre, der hörte, wie oben auf den Fußboden geklopft wurde.

Er runzelte die Stirn, als er hörte, wie Kachoudas bei Gabriel mit zögernder Stimme bestellte:

»Einen Cognac.«

Er hatte also beschlossen, sich zu besaufen, und er wandte den Blick ab, um dem des Hutmachers auszuweichen.

Würde er nachher noch in der Lage sein, auf den Tisch zu klettern und sich ein Stück Stoff vorzunehmen, das nach Wollfett roch? Schließlich hatte Kachoudas noch seinen Tisch, die an einem Stück Draht befestigte Lampe, das Stück Kreide, das herabhing. Er hatte auch seinen Geruch, den er überall mit sich herumschleppte und der nur die andern belästigte, den er aber vermutlich mit einer Art Wollust einatmete.

Und seine immer schlampige Frau mit der schrillen Stimme, die er den ganzen Tag durch die halboffene Küchentür hörte, die Kinder, den Jungen, der nach vier Mädchen als letzter gekommen war, die Älteste, zu der wohl die ersten Freier kamen.

Madame Kachoudas würde bald wieder schwanger sein. Es war erstaunlich, daß sie es drei Jahre lang nicht gewesen war. Oder sollte ihr Inneres nicht in Ordnung sein?

Monsieur Labbé konnte, wenn sie nachher hinausgehen würden, den Schneider auf der Straße ansprechen, ihn beruhigen, ihn bitten, einen Augenblick auf ihn zu warten und ihm zwanzigtausend Francs holen gehen. Im Sekretär im Schlafzimmer war eine dicke Brieftasche, die mehr als das in Banknoten enthielt. Das stammte noch aus der Zeit Mathildes, die in nichts und niemanden Vertrauen hatte und den Banken mißtraute.

»Gabriel!«

»Ja, Monsieur Labbé. Das gleiche?«

»Einen Cognac mit Wasser.«

Kachoudas' Cognac brachte ihn darauf, ebenfalls einen zu trinken, doch er würde sich nicht besaufen, er hatte sich selten in seinem Leben betrunken, außer als Student und während des Krieges, bevor er zu einem Flug startete.

»Ich schnappe und spiele das hohe Treff.«

Chantreau neben ihm schluckte eine zweite Pille, und Monsieur Labbé schlug sein schlechter Atem ins Gesicht.

»Deine Frau?«

»Wie immer.«

»Liegt sie sich denn nicht wund?«

Er schüttelte verneinend den Kopf.

»Da hat sie Glück.«

Seit zehn Jahren war kein Arzt mehr ins Haus gekommen. Zu Anfang ihrer Lähmung wollte Mathilde sie alle sehen. Man wechselte sie jede Woche. Man ließ Spezialisten aus Bordeaux, aus Paris kommen. Sie hatte alle möglichen Behandlungen über sich ergehen lassen, dann waren die Priester und die Nonnen an die Reihe gekommen, und zwei Jahre hintereinander war sie nach Lourdes gepilgert.

Alles in allem hatte diese Unruhe fünf Jahre gedauert, mit Höhen und Tiefen, religiösen Phasen, Perioden der Hoffnung und Perioden der Resignation.

»Schwör mir, daß du nicht wieder heiraten wirst, *wenn ich gehen muß.*«

Am nächsten Tag nahm sie seine Hand und beschützend meinte sie:

»Hör zu, Léon. *Wenn ich einmal nicht mehr bin,* darfst du nicht allein bleiben. Du wirst bestimmt ein braves Mädchen finden, das du heiraten wirst und das dir vielleicht noch Kinder schenken wird. Du wirst ihr meinen Schmuck geben... Doch! ich bestehe darauf.«

Acht Tage lang las sie von morgens bis abends, und in der darauffolgenden Woche verbrachte sie ihre Zeit damit, mit wildem Gesicht die Vorhänge anzustarren.

Sie hatte den Heilpraktiker aus Charron kommen lassen, an den sie etwa einen Monat lang geglaubt hatte. Sie war ihre fünf Krankenwärterinnen leid geworden, und die letzte hatte sie mit einer Flut von Beschimpfungen überschüttet.

Eines schönen Tages hatte sie beschlossen, daß sie keinen Arzt und keinen Priester mehr sehen wolle, und wenig später bedeutete sie Delphine, die damals ihre Haushälterin war, daß sie nicht mehr über die Schwelle ihres Zimmers zu treten brauche.

Chantreau, der keine Frau hatte, verbrachte seine einsamen Tage mit Trinken. Julien Lambert hatte eine Frau – eine große, dunkle Stute – sowie Kinder, und er schlug die Zeit mit Kartenspielen tot.

Was Arnould, den Mann mit den Sardinen anging, der einmal geschieden war und ein zweitesmal eine Frau geheiratet hatte, die fünfzehn Jahre jünger war als er, so ging er mindestens zweimal wöchentlich ins Bordell; es war sogar schon vorgekommen, daß er dort eingeschlafen war, nachdem er zu viel getrunken hatte.

Es war Caillé, der den Kommissar anhielt, als dieser an ihrem Tisch vorbeikam.

»Ihre Ermittlungen, Pigeac?«

»Es geht! Es geht!« antwortete der andere mit rätselhafter Miene.

Dummkopf! Feierlicher Dummkopf!

»Hat man Ihnen die Kopie des Briefes gegeben, den wir mit der Nachmittagspost bekommen haben?«

»Ich habe ihn gelesen.«

»Was halten Sie davon?«

»Daß er sich bald schnappen läßt.«

»Haben Sie eine Spur?«

Monsieur Labbé sah Kachoudas an, dessen nervliche Anspannung zu sehen weh tat.

»Wenn er am Montag etwas versucht, wird es sein

letzter Ausgang gewesen sein. Aber er blufft, glauben Sie mir.«

»Jeantet sagt nein.«

»Natürlich, wenn Monsieur Jeantet dieser Meinung ist«, spottete Kommissar Pigeac.

»Er behauptet, daß der Mann nicht lügt.«

»Wirklich?«

»Diese Notwendigkeit, von der er spricht, ist verwirrend. Verstehen Sie, was ich meine? Wie Jeantet schon sehr richtig geschrieben hat, hat man nicht den Eindruck, daß die Opfer aufs Geratewohl ausgesucht worden sind.«

»Richten Sie Ihrem Reporter meine Glückwünsche aus.«

Und der Kommissar biß mit den Zähnen das Ende einer Zigarre ab, verzog das Gesicht zu einem Lächeln.

»Warum sieben, und warum am Montag?«

»Ich muß gehen, meine Herren. Entschuldigen Sie bitte.«

Als der Kommissar weg war, brummte Caillé:

»Er ärgert sich. Ich weiß genau, daß Jeantet noch ein Kind ist. Ich habe ihn fast aus Barmherzigkeit genommen, weil seine Mutter, die verwitwet ist, als Putzfrau arbeiten muß. Aber dennoch möchte ich wetten, wenn der Mörder ausfindig gemacht wird, dann macht er ihn ausfindig.«

»Wie wär's, wenn wir von was anderem redeten?« schlug Julien Lambert vor. »Du mußt geben.«

Es war halb sieben, und Monsieur Labbé fragte:

»Ist der Robber gespielt? Wenn es euch nichts ausmacht, werde ich meinen Platz aufgeben.«

Ihn drängte man nie weiterzuspielen, was man bei den andern tat – wegen Mathilde. Er genoß eine besondere Achtung. Man hatte eine ganz besondere Art, ihm guten Tag zu sagen, ihm die Hand zu drücken. Es war eine Gewohnheit geworden. Wenn er verschwunden war, gab es immer einen, der murmelte:
»Armer Kerl!«
Widerstrebend. So wie man Julien Lambert kondoliert hatte, als seine Schwester erwürgt worden war.
Einer von ihnen hatte sogar – es war der Arzt, an einem Abend, als er viel getrunken hatte – zwischen den Zähnen gebrummt:
»Die hat es sicher bedauert, daß sie nicht vergewaltigt worden ist.«
»Bis morgen, meine Herren.«
»Du vergißt, daß morgen Sonntag ist.«
Das stimmte. Sonntags kam man nicht zusammen.
»Dann bis Montag.«
Der Tag des letzten Opfers! Dann wäre alles vorbei. Man würde noch eine Zeitlang darüber sprechen, dann an etwas anderes denken, und von den alten Frauen, die allmählich zur Legende werden würden, wäre bald nicht mehr die Rede.
Es war fast schade. Er sah nach dem kleinen Schneider, und dieser, als wolle er gehorchen, ging zum Kleiderständer, an den er seinen Mantel gehängt hatte. Es war nicht sein Regenmantel vom Vortag. Er hatte nicht gewagt, ihn anzuziehen. Er würde ihn nicht mehr anziehen. Wer weiß, ob er ihn nicht hatte verschwinden lassen?
Monsieur Labbé ging gesetzt durch das ganze Lokal,

und sein Blick beggnete dem von Mademoiselle Berthe. Sie saß an der Scheibe, auf dem Platz, den Jeantet gestern eingenommen hatte. Sie kam oft ins Café des Colonnes, zwei- oder dreimal in der Woche. Man roch sofort ihr Parfüm. Sie war hübsch angezogen, immer schwarzweiß, was an Trauer erinnerte und sie noch aufregender machte.

Sie trank brav und ganz allein ihren Portwein. Sie deutete ein diskretes Lächeln an, wenn einer der Männer, die sie kannte, sie ansah, aber sie richtete nie das Wort an sie.

Monsieur Labbé hätte ihr nur zuzuzwinkern und langsam zur Rue Gargoulleau zu gehen brauchen, wo sie eine schmucke Wohnung hatte.

Damit hätte er Kachoudas einen schönen Streich gespielt. Was hätte der Schneider gedacht? Daß er Mademoiselle Berthe erwürgen würde, obgleich sie kaum fünfunddreißig Jahre alt war?

Louise, sein Dienstmädchen, erwartete ihn. Er begab sich stets um sieben Uhr zu Tisch. Es wäre für nächste Woche, wenn alles vorbei wäre, und dann würde es eher nach einer kleinen Belohnung aussehen.

Komm, Kachoudas! Folge mir, du Simpel! Keine alte Frau heute, und keine junge. Wir gehen nach Hause.

Die Schritte des kleinen Schneiders hinter ihm waren unsicher. Er mußte wohl die Absicht gehabt haben, mit dem Hutmacher zu sprechen, denn in einem bestimmten Augenblick, als sie die Rue du Minage entlanggingen, wurde sein Gang schneller, eiliger. Er kam bis auf wenige Meter an Monsieur Labbé heran, im

Nebel, der diesen zu einem übergroßen Gespenst machte.

Im Grunde hatten sie beide Angst, und Monsieur Labbé beschleunigte unwillkürlich seinen Schritt. Er hatte gerade gedacht:

»Und wenn er bewaffnet wäre? Wenn er mich niederknallen würde?«

Kachoudas war erregt genug, so was zu tun.

Aber nein. Er blieb stehen, ließ den Abstand zwischen ihnen größer werden, setzte seinen Weg durch die Dunkelheit tappend wieder fort.

Schließlich blieb jeder vor seinem Haus stehen, zog den Schlüssel aus der Tasche, und in der Stille der Straße, durch den Nebel hindurch, sagte die ruhige Stimme Monsieur Labbés:

»Gute Nacht, Kachoudas.«

Er wartete, den Schlüssel im Schloß, ein leichtes Stechen in der Herzgegend. Einige Sekunden vergingen und eine undeutliche Stimme stammelte wider Willen:

»Gute Nacht, Monsieur Labbé.«

4

Er sah Licht unter der Tür, hörte weiche Schritte auf der Treppe, und das bedeutete, daß Sonntag war. An diesem Tag stand er etwas später auf als in der Woche; das Dienstmädchen hingegen fand den Mut, sich aus dem Bett loszureißen, noch bevor man den ersten Zug hatte pfeifen hören. Mit verschwommenem Blick ging sie hinunter in die Küche, machte Feuer und blieb dösend stehen, während in großen Behältern das Wasser warm wurde.

Als sie den ersten Sonntag im Haus war, war er neugierig hinuntergegangen. Durch die verglaste Küchentür konnte man nichts sehen, da ein mit Reißnägeln befestigtes Tischtuch davorgespannt war.

»Was ist los?« hatte Louise mit mürrischer Stimme gefragt.

»Ich bin's.«

»Brauchen Sie etwas? Sie sehen doch, daß ich mich wasche.«

Wahrscheinlich in dem Becken, in dem die Wäsche gewaschen wurde. So war es wohl auch in Charron gewesen, genau wie bei Kachoudas. Und jeden Morgen roch die Küche nach Toilettenseife.

Monsieur Labbé konnte ihr nicht erlauben, das Badezimmer zu benutzen, denn um dorthin zu gelangen, mußte man durch das Schlafzimmer gehen. Er hatte ihr eine Zinkwanne gekauft. Und jetzt hörte er sonntags, wie sie diese Wanne mit Kannen warmen Wassers füllte, die sie eine um die andere keuchend hinaufschleppte. Wenn sie sich an den anderen Tagen auch nicht immer die Mühe gab, sich das Gesicht zu waschen, so blieb sie an diesem Tag doch eine ganze Stunde in ihrer Wanne sitzen, um sich gründlich zu säubern.

Das ekelte den Hutmacher ein wenig. Er hatte noch nie den Geruch der andern, die Intimität mit den andern gemocht. Und ausgerechnet er hatte fünfzehn Jahre lang mit einer gelähmten Frau, die überhaupt nichts selber machen konnte und die wütend wurde, sobald man Anstalten machte, das Fenster zu öffnen, in einem Zimmer gelebt.

Vielleicht war es gar nicht ihre Schuld, und man mußte es ihrem Gesundheitszustand zuschreiben? In den letzten Jahren jedenfalls war Mathilde schmutzig, so schmutzig, daß es manchmal aussah, als tue sie es absichtlich, um ihn herauszufordern. Manchmal kam es vor, daß sie ihn mit einer kleinen, grausamen Flamme in den Augen fragte:

»Findest du nicht, daß ich stinke?«

Er kauerte sich vor den Kamin, um die Holzscheite anzuzünden. Er hatte nie Schwierigkeiten mit dem Feuer, das nur ganz kurze Zeit brauchte, bis es hell brannte. Es war kälter als an den vorhergehenden Tagen, eine andere Kälte. Als er das Rollo leicht beiseiteschob, sah er, daß der nächtliche Himmel sehr hell und eisig war, und die Berührung mit der Scheibe ließ seine Fingerspitzen vor Kälte erstarren.

Der Regen hatte also aufgehört. Die ganze Stadt würde sich darüber freuen. Er nicht. Das kam einen Tag zu früh. Es war wie ein Verrat des Himmels ihm gegenüber, so etwas wie ein persönliches Scheitern. Er hätte die Angelegenheit gern in der gleichen Atmosphäre zu Ende gebracht. Der Regen in den schwarzen Straßen, mit einer Strahlenkrone um jedes Licht herum und den Reflexen auf dem Boden, hatte ihm nicht nur immer eine gewisse Erregung verschafft, sondern hatte auch seine Bewegungen erleichtert. Es waren weniger Leute auf den Straßen. Die Leute gingen dicht an den Häusern entlang, dachten nur daran, sich vor dem Wasser des Himmels und dem Schlamm der Pfützen zu schützen.

Bei den Kachoudas' war noch niemand aufgestanden. Kein Licht. Der kleine Schneider schlief, an seine gute, dicke Frau gepreßt; nach seiner Zecherei vom Vortag hatte er sich sicherlich die ganze Nacht hin und her geworfen, geschnarcht, vielleicht laut gesprochen?

Sie hatte ihm keine Vorwürfe gemacht, als er nach Hause gekommen war. Dabei hatte sich seine Trunkenheit, kaum daß er daheim war, noch verschärft, wahrscheinlich wegen des Übergangs von der Kälte in die Wärme. Er war die Wendeltreppe hinaufgegangen (die gleiche wie bei Monsieur Labbé) und hatte dabei vergessen, den Laden zu schließen und das Licht auszumachen, was er immer selber tat, und als er dann in der Werkstatt war, hatte er sich auf einen Stuhl fallen lassen, einen Arm auf der Lehne und seinen Kopf in der Armbeuge.

Weinte er? Das war nicht ausgeschlossen. Oder

fühlte er sich vielleicht krank? Sein Sohn, der dreieinhalb oder vier Jahre alt war, war um ihn herumgestrichen, dann die beiden kleinen Mädchen, und schließlich war Madame Kachoudas aus ihrer Küche gekommen, ein Bügeleisen in der Hand. Sie war sich sofort im klaren darüber gewesen, was vorgefallen war, und sie hatte nichts gesagt, ihre Lippen hatten sich nicht bewegt, sie war in dem anderen Zimmer verschwunden, aus dem sie einige Minuten später mit einer großen Tasse schwarzen Kaffees zurückgekommen war.

»Trink, Kachoudas.«

Sie nannte ihn Kachoudas. Niemand nannte den Schneider bei seinem Vornamen. Selbst am Schaufenster stand nur sein Familienname, der eher ein Stammesname war, den man wohl in Hunderten von Ortschaften im Orient fand.

Kachoudas hatte schließlich den Kopf gehoben, und man hatte, selbst über die Straße hinweg, verstanden, daß er sich schämte. Er hatte seine Frau etwas gefragt, vielleicht ob die Kinder ihn in diesem Zustand gesehen hätten? Sie hatte ihm geholfen, seinen Kaffee zu trinken, und nachdem er kaum die Hälfte davon hinuntergestürzt hatte, mußte er losrennen zum hinteren Teil der Wohnung.

Monsieur Labbé hatte ihn den ganzen Abend nicht mehr gesehen. Madame Kachoudas war heruntergekommen, um die Läden anzubringen und die Tür mit dem Vorhängeschloß zu verschließen. Sie hatte die Lampe in der Werkstatt gelöscht und in der Küche weitergearbeitet, während alle andern im Bett lagen.

Es war Sonntag, und fast mit Sicherheit würde die

Sonne scheinen. Monsieur Labbé machte die gewohnten Verrichtungen, brachte sein Bett in Ordnung, dessen Leintücher er wechselte, trug die schmutzige Bettwäsche und die Handtücher der Woche auf den Treppenabsatz, ließ Wasser in die Badewanne laufen und vergaß auch nicht, von Zeit zu Zeit zu sprechen, irgend etwas zu sagen, um den Anschein zu wahren.

Mit den Jahren war es ihm schließlich gelungen, seine Bewegungen wie eine Art Ballett zu regeln. Das ging automatisch. Er brauchte gar nicht daran zu denken. Das war ihm so in Fleisch und Blut übergegangen, daß er, wenn sich der Rhythmus zufällig änderte, einen ganzen Augenblick lang reglos stehenblieb, manövrierunfähig, wie eine kaputtgegangene Mechanik, bevor er sich wieder in Bewegung setzte. So hatte er zum Beispiel, während er das Bad einließ, Zeit, seine Kleider vom Vortag in den Schrank zurückzuhängen, die Jacke auf einem Kleiderbügel, die Hose sorgfältig gefaltet, und dann seine Socken, sein Hemd, seinen Kragen, seine Krawatte zu richten und ans Bettende zu legen. Es gab für alles eine Zeit, und es kam selten vor, daß er die Reihenfolge seiner Handlungen umkehrte.

Wenn man sich die Mühe gemacht hätte zu zählen, hätte das Hunderte, vielleicht Tausende von Handlungen ergeben, die, aneinandergereiht, schließlich den Tag ausfüllten, und er verrichtete sie mit einer gewissen Befriedigung, vor allem sonntags, weil er wußte, daß er nach den Riten des frühen Morgens über einen langen freien Tag verfügen würde, ganz allein im Haus.

Als er hinunterging, hatte er schon, um einen Vorsprung zu bekommen, Mathildes Sessel vor das Fenster geschoben, mit dem Holzkopf im richtigen Winkel, und die Rollos hochgezogen, obgleich es noch nicht hell war.

Er traf Louise am Herd in der Küche an, eine große Tasse Kaffee in der Hand, ganz angekleidet, ausgehfertig, mit ihrem Sonntagskleid und ihrem Sonntagsmantel, den Hut auf dem Kopf.

»In der Speisekammer ist alles, was Sie brauchen«, verkündete sie mit ihrer eintönigen Stimme, die so etwas wie die Negation der Lebensfreude war.

Sie war dumm. Sie war ein Stück Vieh. Man durfte sie nicht beachten. Jeden Sonntag nahm sie den ersten Autobus nach Charron, wo sie den Tag mit ihrer Familie und ihren Freundinnen verbrachte.

Sie hatte eine Art, Monsieur Labbé anzusehen, an die er sich einfach nicht gewöhnen konnte. Sie starrte ihn an, als sehe sie ihn nicht. Oder aber sie sah ihn anders als die andern, und manchmal war er darüber beunruhigt. Welche Vorstellung hatte sie von ihm? Fand sie nicht, daß dies ein komisches Haus war? Hatte sie Hintergedanken? Was dachte sie?

»Geht es Ihrer Frau gut?«

»Wie gewöhnlich. Danke, Louise.«

Er zog es vor zu warten, bis sie weg war, bevor er sich zu Tisch begab, denn ihre Gegenwart genügte, um ihm die Freude zu verderben. Er schloß die Ladentür hinter ihr ab, lauschte, ihrem Schritt, der sich auf dem Gehsteig entfernte, schallender als sonstwo, wegen der Arkaden, und schon begannen die Glocken zu läuten.

Er hatte immer eine Vorliebe für die Sonntage gehabt, selbst zu Mathildes Zeit, als dieser Tag ihn dort oben einschloß und ihm nur Stunden voller Langweile brachte. Vielleicht hatte er sich am Ende an die Langeweile gewöhnt, hatte angefangen, sie zu mögen?

Er las beim Essen. Er las den analytischen Rechenschaftsbericht über den Prozeß eines Brandstifters, der 1882 im Jura das Volk so stark erregt hatte, daß es beinahe zu einem Aufstand gekommen war und man Truppen hatte schicken müssen. Es war übrigens unwichtig, was er las. Am nächsten Tag erinnerte er sich nicht mehr daran. Er ersteigerte seine Bücher im Auktionslokal zwei Häuser weiter, wählte sie auf gut Glück, mal Romane, mal historische Erzählungen. Es waren immer wieder Bücher mit vergilbten Seiten, über denen ein besonderer Geruch schwebte und in denen man manchmal eine getrocknete Blume, dann wieder eine zerquetschte Fliege fand. Es kam vor, daß er einen Brief mit verblichener Tinte darin entdeckte, der als Lesezeichen gedient hatte, und es war selten, daß auf der Titelseite nicht ein Name stand oder sich nicht der violette Stempel einer öffentlichen Bibliothek fand.

Heute hatte er sich vorgenommen, eine wichtige Arbeit zu leisten. Er hatte schon lange Lust dazu. Aber zuerst stand er auf, um unter dem Wasserhahn seine Tasse und seinen Teller abzuwaschen, das Tischtuch auszuschütteln und den Fußboden, auf dem Brotkrumen herumlagen, zu fegen. Er sah auch in der Vorratskammer nach, was Louise zum Mittagessen für ihn gerichtet hatte, und er war zufrieden, denn er brauchte nur das Ragout vom Vortag im Wasserbad aufzuwärmen.

Als er in den ersten Stock hinaufging, wobei er durch

den Laden mußte, wo er sonntags die Gasheizung nicht anzündete, waren die Kachoudas auf. Der Himmel war hell, von einem grünlichen Blau; Schritte dröhnten auf der Straße, während der Lärm der Glocken die ganze Stadt überzog.

Der kleine Schneider, der noch nicht Toilette gemacht hatte, trug über seinem Nachthemd eine Hose ohne Hosenträger. Man wusch immer zuerst die Kinder, damit sie aus dem Weg waren. Waren sie dann aber angezogen, bestand die Schwierigkeit darin, sie daran zu hindern, ihre guten Kleider schmutzig zu machen.

Die Älteste, Esther, die im Prisunic arbeitete, lief im Unterrock durch die Wohnung, und Monsieur Labbé konnte den Ansatz ihrer Brüste erkennen. Sie war noch mager, vor allem an den Hüften, doch hatte sie eher zuviel Brust als zuwenig, wie viele Mädchen ihres Alters. Ob sie sich abends in den dunklen Ecken, auf den Türschwellen, unter den Torbögen von Freiern betätscheln ließ? Das war möglich. Es schockierte Monsieur Labbé – er hätte nicht sagen können, warum –, daß Männer an der Tochter Kachoudas', an Kachoudas-Fleisch Gefallen finden konnten.

Der kleine Schneider, der schlecht aussah, wußte nicht, wo er sich verkriechen sollte. Man spürte, daß er sich nicht wohl fühlte. Sein Gewissen plagte ihn sicherlich genauso wie sein Magen. Wie gewöhnlich nutzte er den Sonntag, um in seiner Werkstatt aufzuräumen, aber er tat es lustlos, er war mit den Gedanken anderswo, und er schaute mehrere Male zu dem Haus gegenüber, wo der Hutmacher hinter den Vorhängen unsichtbar blieb.

Wozu sollte er sich wegen ihm den Kopf zerbrechen? Er würde nichts sagen. Er lebte in Angst und Schrekken. Konnte ein Mann wie er zur Polizei gehen und dort mit dem Akzent, den er nie verloren hatte, erklären:

»Der Mörder, den Sie suchen, ist mein Nachbar, der Hutmacher.«

»Wirklich?«

»Ich habe ein kleines Stück Papier auf dem Umschlag seiner Hose gesehen, zwei Buchstaben, die aus einer Zeitung ausgeschnitten waren.«

»In der Tat sehr interessant!«

»Ich bin ihm gefolgt, und er hat vor meinen Augen Mademoiselle Irène Mollard erwürgt.«

»Sieh an!«

»Dann hat er mit ganz normaler Stimme zu mir gesagt: ›*Sie würden einen Fehler machen, Kachoudas!*‹«
Er würde tatsächlich einen Fehler machen. Käme man wohl nicht auf den Gedanken, ihn zu fragen, ob er nicht zufällig hin und wieder einen beigen Regenmantel trage? Sind nicht zu allen Zeiten und in allen Ländern der Welt die Kachoudas die auserwählten Verdächtigen gewesen?

Ach was, es war Zeit, daß er sich an die Arbeit machte, denn mit den manchmal einzeln auszuschneidenden Buchstaben, die er in den Artikeln suchen und symmetrisch aufkleben mußte, dauerte es lange, selbst wenn er daran gewöhnt war.

Monsieur Labbé machte keinen ersten Entwurf. Ein Sonnenstrahl schob sich durchs Fenster und warf auf die Wand ihm gegenüber die überladenen Blumenmuster des Spitzenvorhangs. Dazu sahen zwei kleine Sonnenflecken, die sich auf dem Mahagoni des Sekretärs wie lebendige Tiere bewegten, aus, als spielten sie miteinander.

In der Rue du Minage gingen Türen auf und wieder zu. Familien begaben sich zur Saint-Sauveur-Kirche zwischen dem Kanal und dem Hafen. Man hörte die Sirenen der Schiffe. Ohne sich um den Sonntag zu kümmern, profitierten die Fischer davon, daß sich der Nebel aufgelöst hatte, und fuhren aufs Meer hinaus. Sie mußten die Durchfahrt im Gänsemarsch passieren.

Die Stadt strahlte goldgelb in der Sonne; der Hafen war uniblau: Bald würden auch die Kachoudas das Haus verlassen, die Kleinen würden vorangehen in ihren schönen Kleidern, dann kämen Kachoudas und seine Frau, die an diesem Tag immer ein wenig linkisch waren und sich viel weniger wohl fühlten als in der Woche.

Nach der Messe würden sie in die Konditorei in der Rue des Merciers gehen, und auf dem Nachhauseweg würde der kleine Schneider einen Karton mit einer roten Kordel tragen.

Kleines Memorandum über die Opfer des Würgers

Er benutzte das Wort absichtlich, nicht ohne eine gewisse Ironie, denn es war das Wort, das die Leute benutzten. Es lag ihm wenig daran, ob man die Ironie verstand oder nicht.

Bevor er anfing, stieg er auf einen Stuhl, griff mit der Hand über den Schrank, wo er einen Gegenstand nahm, ein Foto auf dickem Karton in einem schmalen schwarzen Holzrahmen. Zwei Monate früher hatte es noch an der Wand gehangen, über Mathildes Bett, und man konnte auf der Tapete noch ein helleres Rechteck sehen.

Es war das Foto einer Schulklasse des Klosters der Unbefleckten Empfängnis, an einem Tag der Preisverleihung.

Es waren insgesamt fünfzehn Mädchen, Monsieur Labbé hatte sie oft gezählt, und er war in der Lage, jedes Gesicht mit einem Namen zu verbinden. Sie waren alle zwischen sechzehn und achtzehn Jahre alt. Sie trugen alle dieselbe marineblaue Uniform, einen Faltenrock, hatten die Haare zu einem Zopf geknotet und eine Schleife mit einer Medaille um den Hals. Mitten unter ihnen stand eine blasse, magere, asketische Nonne, die einem Heiligenbildchen glich und die ihre Hände in den Ärmeln versteckt hielt. Wollte man Mathilde glauben, so war sie trotz ihres engelhaften Lächelns ein richtiges Feuereisen.

Die Mädchen in der zweiten Reihe standen auf einer Art Estrade, die mit einem Teppich bedeckt war, und grüne Pflanzen rahmten die Gruppe ein.

Das Foto vor sich, das an dem kupfernen Tintenfaß lehnte, das nicht mehr gebraucht wurde, seit er einen Füllhalter hatte, machte er sich wieder an die Arbeit, wobei er bisweilen die Zunge herausstreckte.

Jacqueline Delobel, 60 Jahre, Witwe eines Infanteriehauptmanns.

Es war die dritte von links, eine kleine Dunkelhaarige mit übermütigen Augen und spitzer Nase, die sich beim Anblick des Fotografen, dessen Kopf sicherlich unter einem schwarzen Tuch versteckt war, das Lachen zu verkneifen schien.

Gute Familie. Tochter des Notars Massard, der mehrere heimatgeschichtliche Werke geschrieben hat. Hat mit ihrem Mann in verschiedenen Garnisonsstädten gelebt, unter anderem in Besançon. Hat zwei Kinder gehabt. Eine Tochter, die mit einem Importkaufmann aus Marseille verheiratet ist, und einen Sohn, augenblicklich Oberleutnant bei den Spahis. Lebte allein in einer Wohnung in der Rue des Merciers, über einem Händler für Seile und Korbwaren. Mit ihrer Tochter verkracht. Kleine Rente. Nahm von ihrem Sohn kein Geld an und verkaufte ganz diskret kleinere Wäschearbeiten.

Nach einem Augenblick des Nachdenkens fügte er noch hinzu:

Ihre Tochter ist nicht zur Beerdigung gekommen. Ihr Sohn, in Syrien in Garnison, hatte nicht rechtzeitig benachrichtigt werden können.

Soweit die erste. Sie hatte ihm keine Mühe gemacht. Sie war nicht sehr gesund. Sie verzichtete auf vieles, um über die Runden zu kommen. Sie trippelte abends durch die Straßen, um ihre Näharbeiten abzuliefern, und es ist in La Rochelle schwierig, von einer Geschäftsstraße zur andern zu gehen, ohne dabei durch dunkle Gäßchen zu müssen.

Zum Glück hatte er mit ihr angefangen. Bei einer kräftigen Frau wie Léonide Proux wäre seine Tat vielleicht mißlungen. Tatsächlich war er damals noch nicht auf den Gedanken gekommen, zwei kleine Stückchen Holz – wie die, die manche Geschäftsleute noch als Griff an den Paketen anbringen – an den beiden Enden der Cello-Saite anzubringen.

Trotz des geringen Widerstands von Madame Delobel, des völlig fehlenden Widerstands sogar, hatte er sich dabei so tief in die Finger geschnitten, daß er geblutet hatte.

Beinahe hätte er noch einen anderen Fehler begangen. Es war nicht weit vom Kanal entfernt geschehen, hinter der Saint-Sauveur-Kirche, und der Gedanke war ihm gekommen, die Leiche in den Kanal zu stoßen. Es herrschte Ebbe, und die Strömung war stark. Man hätte Madame Delobel erst mehrere Tage, mehrere Wochen später, vielleicht nie gefunden.

Und das hätte alles geändert, denn er hätte danach mit den andern Leichen nicht genauso verfahren können. Kann man sagen, daß es keine Symmetrie gegeben hätte? Es war nicht genau das. Auf jeden Fall hätte das Ganze nicht den gleichen Charakter gehabt.

Danach hatte er ins Café des Colonnes gehen und einen Robber machen können, wozu er seinen Picon-Grenadine trank.

Madame Cujas (Rosalie), Buchhändlerin, Rue des Merciers, Ehefrau von René Cujas, Angestellter auf dem Bürgermeisteramt.

Wieder ein Mädchen aus guter Familie, er vermerkte es sehr sorgfältig. Er hätte ganz einfach sagen können, daß sie im Kloster der Unbefleckten Empfängnis erzogen worden war, was auf dasselbe herausgekommen wäre, aber das war gefährlich. Es war übrigens merkwürdig, daß niemand gemerkt hatte, daß die innerhalb weniger Wochen erwürgten alten Frauen alle in dem gleichen Kloster erzogen worden waren.

Nur der kleine Jeantet, der intelligent war, hatte festgestellt, daß sie alle ungefähr das gleiche Alter hatten, daß es so etwas wie eine Ähnlichkeit zwischen ihnen gab.

Auf dem Foto war die kleine Alain (das war ihr Mädchenname) wahrscheinlich die schönste, von einer ein wenig kalten Schönheit.

Ihr Vater, trug er ein, *war zwanzig Jahre lang stellvertretender Bürgermeister von La Rochelle gewesen.*

Sie waren reich. Sie hätte alle Heiratsmöglichkeiten gehabt. Warum hatte sie mit dem Heiraten gewartet, bis sie achtundzwanzig Jahre alt war?

»Sie war zu wählerisch«, hatte Mathilde bitter gesagt. »Sie wollte auf die große Liebe warten.«

Mathilde hatte ohne Bitterkeit hinzugefügt:

»Als ob es das gäbe.«

Mit achtundzwanzig Jahren hatte sie Cujas geheiratet, weil damals ihr Vater gestorben war und eine verworrene Erbschaft hinterlassen hatte und ihre Brüder sie los sein wollten. Cujas hatte sich in zwanzig Berufen versucht, bevor er auf dem Bürgermeisteramt angestellt worden war. Er war nicht schön. Er war nicht besonders intelligent. Er war immer kränklich, und seine Frau trug ihren Teil zum Haushalt bei.

Monsieur Labbé kannte die kleine Buchhandlung gut. Wenn er im Auktionslokal nichts nach seinem Geschmack fand, wühlte er in den beiden Kästen mit den antiquarischen Büchern, die an der Wand standen. Es war keine bedeutende Buchhandlung. Man verkaufte vor allem Postkarten und Füllhalter, Bleistifte, Radiergummis. Aber es gab noch einen Raum hinter dem Laden, in den nur die Stammkunden durften, und der Hutmacher wußte, daß dort einige seiner Freunde, wie Arnould, der Mann mit der Sardinenflotte, sich mit erotischen Büchern versorgten.

Er wußte auch, daß es hinten im Laden eine Tür gab, die auf eine Sackgasse führte.

Da Madame Cujas kein Dienstmädchen hatte und nach Ladenschluß höchstens mit Cujas das Haus verließ, um von Zeit zu Zeit ins Kino zu gehen, hätte er monatelang auf die Gelegenheit warten können, sie draußen in der Dunkelheit zu erwischen.

Deshalb war er in den Raum hinter dem Laden eingetreten. Die beiden Stückchen Holz an den Enden der Cello-Saite erwiesen sich als äußerst praktisch. Sie war kräftiger als Madame Delobel. Als er dann draußen war, hatte er sich sogar gefragt, ob er lange genug zugedrückt hatte, und er war erst am nächsten Tag, als er die Zeitung las, beruhigt gewesen.

Einmal, das waren jetzt schon elf oder zwölf Jahre her, hatte Mathilde zu der Buchhändlerin gesagt, als sie darüber sprachen, was aus ihren früheren Schulfreundinnen geworden war:

»Das Leben ist nicht lustig.«

Und Madame Cujas hatte ruhig geantwortet:

»Warum sollte es auch lustig sein?«

Und genau das hätte Monsieur Labbé spüren lassen wollen, aber das war schwierig. Er suchte für jede die Formel.

Betrachtete das Leben als eine Prüfung, setzte er mit ausgeschnittenen Buchstaben zusammen.

Er tat das nicht, um sich zu rechtfertigen. Das brauchte er gar nicht. Es war wichtiger und bedeutender als das, aber es wurde ihm klar, daß die Arbeit, die er, ohne sich entmutigen zu lassen, verrichtete, nahezu unmöglich war. Einige Nächte zuvor hatte er einen merkwürdigen Traum gehabt, und vielleicht war es wegen dieses Traums, daß er nun heute arbeitete. Er befand sich in einem Saal, der dem Saal eines Wohltätigkeitsvereins glich, und auf den Stühlen saßen alle bekannten Personen der Stadt nebeneinander. Er stand auf dem Podium, eine Leinwand hinter sich, einen langen Stock in der Hand, denn er hielt einen Vortrag mit Lichtbildprojektionen.

Was auf die Leinwand projiziert wurde, war das einst im Kloster aufgenommene Foto, und er zeigte nacheinander auf jedes der jungen Mädchen.

Er hatte, im leichten Plauderton, mit einer hastigen Eliminierung angefangen.

»Wir wollen nicht von den Toten sprechen...«

Es waren zwei. Die eine, mit Sommersprossen und

kurzem, gekräuseltem Haar um die Ohren und am Zopfansatz, war mit zweiundzwanzig Jahren in einem Schweizer Sanatorium an Schwindsucht gestorben. Die andere, mit den glühenden Augen, die schon in der Schule eine Frau war, hatte einen einflußreichen Reeder der Stadt geheiratet und war bei ihrer ersten Niederkunft gestorben. Das Kind hingegen war am Leben geblieben. Es war jetzt ebenfalls Reeder, in Bordeaux.

Blieben noch dreizehn. Eine von ihnen hatte mit ihrem Mann, einem Konsul, in allen Hauptstädten Europas gelebt und wohnte jetzt in der Türkei. Von einer anderen wußte man nichts, außer daß sie mit neunzehn Jahren von zu Hause weggelaufen war und damit einen Skandal ausgelöst hatte. Ihre Mutter war aus Gram darüber gestorben. Ihr Vater hatte sich wiederverheiratet.

Blieben noch elf. Die Leute im Saal hörten ihm zu, ohne so richtig zu begreifen, und er bemühte sich vergeblich, ihnen seine Gedanken nahezubringen. Von Zeit zu Zeit wechselte man das Diapositiv im Vorführapparat, wenn er mit seinem Stock aufs Podium klopfte, und man sah dann eine Panoramaansicht von La Rochelle auftauchen, eine Ansicht, wie es gar keine gab, denn man erkannte alle Straßen, alle Häuser, die Passanten und sogar, wie durch ein Wunder, die Leute in den Häusern.

Unter den Mädchen aus dem Kloster war eine, die in Paris die Frau eines Ministers geworden war und deren Tochter einen österreichischen Aristokraten geheiratet hatte. Man sah oft ihr Bild in den Zeitungen; kürzlich war sie wegen einer Operation, über die nichts Näheres mitgeteilt wurde, in eine Klinik gekommen.

Die Kachoudas kamen zurück, und schon zogen sie die Kleinen aus, um sie in ihre Alltagskleider zu stecken. Nach dem Mittagessen würden sie den Saint-Honoré-Kuchen essen und Milchkaffee dazu trinken. Kachoudas würde ebenfalls seine Kleider wechseln und auf seinen Tisch steigen, falls er nicht den Sonntag dazu nützen würde, um seine Geschäftsbücher auf den neusten Stand zu bringen, was ihm immer schwerfiel.

Es war der einzige Tag in der Woche, den alle in der Werkstatt verbrachten, außer Esther, die nachher von ihren Freundinnen abgeholt werden würde. Unter dem Fenster stehend, die Hand als Sprachrohr am Mund, würden sie rufen:

»Huhu!...«

Die zehnte... Er kam ein wenig durcheinander. Er hätte sich Notizen machen sollen, als Mathilde, die das alles auswendig kannte, noch da war. Also... Da war eine, die Theater spielte, nicht in Paris, sondern in der Provinz, auf Tourneen.

Noch zwei... Er zeigte mit der Spitze seines Füllers auf das Foto, wie er es im Traum mit seinem Stock getan hatte. Da war die, die die Pocken gehabt hatte... Sie war erste Verkäuferin in einem Modegeschäft in London, und sie war mehrmals nach La Rochelle zurückgekommen, um ihre Mutter zu besuchen, die noch lebte und ganz zusammengeschrumpft war.

Die letzte von denen, die die Stadt verlassen hatten, wohnte in Lyon, das war alles, was er von ihr wußte.

Blieben, außer Mathilde, noch sieben, und damit ging die Rechnung auf, denn von der Nonne auf dem Foto, die Mutter Sainte-Joséphine hieß und schon längst tot war, konnte keine Rede sein.

Mademoiselle Anne-Marie Lange, Kurzwarenhändlerin, Rue Saint-Yon.

Die Kachoudas' saßen zu Tisch. Nach dieser hier würde er auch essen gehen. Für die andern hätte er dann den Nachmittag. Ein dickes Mädchen, das sich mit Kuchen vollstopfte und ein Haus voller Katzen hatte. Sie war blond und rosig, immer hell gekleidet, mit einer hohen Stimme und den Modulationen von Litaneien.

Gute Familie. Ihr Vater...

Ihr Vater war hinter den kleinen Arbeiterinnen her, und das hatte ihm Unannehmlichkeiten eingebracht, es war zu Skandalen gekommen, die man hatte vertuschen müssen. Mit fünfundsiebzig Jahren ließ er immer noch nicht davon ab, und seine Familie war gezwungen, ihn zu überwachen, ihm auf seinen Spaziergängen zu folgen, man ließ ihm keinen Pfennig Taschengeld, und schließlich hatte man die Dienstmädchen entlassen und nur die männlichen Angestellten im Haus behalten. Jetzt war er tot. Eine seiner Töchter war in den

Vereinigten Staaten, und Anne-Marie, die sich nicht verheiratet hatte, lebte mit einer autoritär wirkenden pensionierten Volksschullehrerin in ihrem Kurzwarengeschäft. Böse Zungen behaupteten, die beiden kämen sehr gut ohne Männer aus.

Das war möglich. Für sie jedenfalls war die Formel einfach. Er brauchte sie nur aus der Zeitung zu übernehmen.

Bei der Autopsie des Opfers wurden ein Fibrom und ein Tumor festgestellt, die aller Wahrscheinlichkeit nach zu einer Krebskrankheit geführt hätten.

Am Tag von Mademoiselle Lange regnete es so stark, daß er sie mitten auf der Rue Gargoulleau, zwei Schritte vom Hôtel de France entfernt, hatte überfallen können. Sie hatte die Arme voller Päckchen, die sich über den Gehsteig verstreut hatten, darunter eine Flasche Rahm, die zerbrochen war.

Er mußte essen gehen. Er ging hinunter, machte sein Ragout warm, warf einen Teil davon ins Klo, weil er nicht immer für zwei essen konnte. Sonntags brauchte er das Tablett nicht hinaufzutragen, so daß er wenigstens die Zeit sparte. Danach spülte er das Geschirr.

»Sie könnten es ruhig stehen lassen, ich würde es dann spülen, wenn ich zurückkomme«, hatte Louise vorgeschlagen.

Er hätte es tatsächlich stehen lassen können. Aber er konnte es nicht leiden, wenn irgend etwas herumstand, vor allem schmutzige Teller. Außerdem hatte er dadurch eine Beschäftigung. Es gehörte zu den Riten des Sonntags.

Er ging wieder hinauf, wusch sich sorgfältig die Hände. Die Kleinen bei Kachoudas spielten auf dem Boden. Madame Kachoudas war damit beschäftigt, Wollsocken zu stopfen, und der Schneider versuchte, seine Buchhaltung zu machen, wobei er von Zeit zu Zeit seinen Bleistift mit Spucke befeuchtete und seiner Frau eine Frage stellte:

»Sieben oder neun?«

Es kam vor, daß Monsieur Labbé die Siesta in seinem Sessel hielt, einem mit purpurrotem Samt überzogenen Sessel, wie der Mathildes, doch heute hielt ihn seine Arbeit wach. Es ging dem Ende entgegen. Wenn alles gut ging, war sie morgen abend beendet. Er empfand dabei Ungeduld und gleichzeitig so etwas wie die Vorahnung einer Leere.

Er bräuchte dann nur noch an Kleinigkeiten zu denken, die zur Routine geworden waren und ihn nicht mehr weiter beschäftigten.

Bis dahin hatte er keinen einzigen Fehler begangen: Er war sicher, daß er auch weiterhin keinen begehen würde. Selbst der Zwischenfall mit dem kleinen Schneider war ohne Folgen geblieben. Das machte ihm keine Angst. Im Gegenteil. Er war fast zufrieden darüber. Vielleicht war er vorher zu allein gewesen?

Bei Louise hatte er absichtlich gewisse Unvorsichtigkeiten riskiert.

Von nun an gab es einen, der Bescheid wußte, und das war bestens so. Übermorgen würde Kachoudas seinen Bericht im *Echo des Charentes* lesen.

Vielleicht würde er dann gewisse Dinge verstehen?

Madame Geoffroy-Lambert, die Witwe des Präsidenten der Ausgleichskasse...

Justine! So nannten alle die Schwester seines Freundes Julien Lambert, des Versicherungsagenten. Er war zu ihrer Beerdigung gegangen und zu allen anderen, da es sich um Personen handelte, die er kannte.

Wieder eine Witwe. Es waren einige Witwen darunter. Allerdings hatte Justine einen Mann geheiratet, der zwanzig Jahre älter war als sie, eine reiche, hochgestellte Persönlichkeit. Er besaß in der Rue Réaumur in La Rochelle die schönste Villa der Stadt und dazu eine andere in Paris, wo er die meiste Zeit des Jahres lebte.

Er war einer jener hohen Staatsbeamten, deren Aufgabe für die gewöhnlichen Sterblichen ein Geheimnis bleibt. Er hatte über die Finanzinspektion Karriere gemacht. Er war Staatsrat, und man behauptete, er sei der gehörnteste Ehemann Frankreichs gewesen.

Seit seinem Tod jedenfalls hieß es von Justine, sie habe eine übertriebene Vorliebe für junge Männer. Es wurde kräftig bei ihr getrunken, bis in den frühen Tag hinein getanzt, und mit sechzig Jahren machte sie nicht die geringsten Anstalten, das Spiel aufzugeben.

Sie hatte einen Chauffeur, von dem es hieß, er sei ihr Geliebter, doch um die Kaufhäuser in der Rue du Palais unsicher zu machen, wo sie sich mit schriller Stimme ein wenig wie eine Königin aufspielte, hatte sie nur ein kurzes Stück Weg zurückzulegen, und das tat sie zu Fuß. Zum Glück!

Sie hatte ihm die meiste Mühe gemacht. Sie hatte einen Regenschirm in der Hand, und an einem der Fischbeinstäbchen hätte er sich beinahe ein Auge ausgestoßen, als er sich auf sie gestürzt hatte. Er hatte sie zuerst mit der Cello-Saite am Kinn erwischt, und sie hatte sich gewehrt, hatte ihm Fußtritte versetzt, so daß er schon im Begriff war zu fliehen, ohne sie erwürgt zu haben.

Er war schließlich doch mit ihr fertig geworden; es war das erste Mal, wo er hatte laufen müssen, denn noch keine zehn Meter von ihm entfernt war eine Tür aufgegangen, und er glaubte noch eine Männerstimme zu hören, die höflich sagte:

»Danke, Madame. Aber gewiß, ich werde das berücksichtigen. Ich darf Ihnen versichern, daß, wenn ich allein darüber zu entscheiden hätte, Ihre Ansprüche schon längst befriedigt wären.«

Sicher der Vertreter eines Unternehmers oder etwas Ähnliches.

Justine war nicht krank. Sie war weder unglücklich, noch hatte sie mit dem Leben abgeschlossen. Sie hatte nicht die geringste Lust, in eine andere Welt überzuwechseln. Es widerstrebte dem Hutmacher, etwas zu schreiben:

Ist es ein Verlust für die Gesellschaft?

Nicht einmal für die Familie, die ständig in der Erwartung eines möglichen Skandals lebte, so daß ihre Tochter, die mit einer hochgestellten Persönlichkeit verheiratet war, ihr verbot, sich in Paris blicken zu lassen.

Er begnügte sich, nachdem er eine Zusammenfassung ihres »Lebenslaufes« gegeben hatte, mit einem Fragezeichen.

Léonide Proux, 61 Jahre alt, Hebamme in Fétilly...

Die Proux' hatten zwanzig Bauernhöfe und zwei Schlösser besessen, und Léonide war jetzt so weit gekommen, daß sie in Fétilly wohnen mußte, einem Vorort der Stadt, in der Nähe des Gaswerks, der von Eisenbahnern, kleinen Beamten und Arbeitern bewohnt war.

War ihr Vater, Luc Sabord, der sein Vermögen bei lächerlichen Spekulationen verloren hatte, verrückt, wie manche behaupteten? Hatte ihr Mann, der mit einundvierzig Jahren gestorben war, die Syphilis gehabt? Auf jeden Fall war eine mißgestaltete Tochter im zarten Kindesalter gestorben, und ihr Sohn war nicht, wie er sein sollte; trotzdem hatte er sich verheiratet und lebte jetzt, ohne etwas zu tun, bei seinen Schwiegereltern, die einen kleinen Weinberg in der Dordogne bewirtschafteten.

Proux schlief zu seinen Lebzeiten die Hälfte der Zeit außer Haus. Es kam vor, daß er in Gesellschaft von Frauen, die er irgendwo aufgelesen hatte, manchmal sogar im Kasernenviertel, nach Hause kam, und eines Nachts hatte er Léonide vor den Augen dieser Weiber geschlagen, und zwar unter dem Vorwand, daß er es hasse, sie weinen zu sehen, und sie absichtlich weine, um ihm das Leben zu vergällen.

Sie hatte sich in Behandlung begeben müssen. Im

Krankenhaus hatte sie den Beruf einer Hebamme erlernt. Ihre Haare waren grau, ihr Teint gipsfarben. Sie war ruhig, eiskalt; es hieß, sie sei in ihrem Beruf sehr geschickt. Niemand hatte sie je lachen oder auch nur lächeln sehen, und sie hatte eine Art, die Neugeborenen an den Füßen zu packen, daß es den Wöchnerinnen kalt über den Rücken lief.

Die Schwierigkeit bestand nur darin, das alles in wenigen Sätzen verständlich zu machen und zu sagen, was es bedeutete, denn er konnte natürlich nicht bis in alle Ewigkeit Buchstaben aus der Zeitung schneiden.

Es war falsch, daß er sie angerufen haben soll. Er hatte sie zufällig erwischt, als er um ihr Haus herumschlich, um über ihr Kommen und Gehen Näheres in Erfahrung zu bringen. Er hatte an diesem Tag sogar gezögert, seine Cello-Saite mitzunehmen. Das Haus, in dem sie wohnte, war ganz klein, mit Licht über der Tür.

Léonide war herausgekommen, als er erst einige Minuten da war, und sie hielt ihren Schlüsselbund in der Hand. Er war ihr bis zum Gaswerk gefolgt. Er hatte gewartet, bis ein Auto vorbeigefahren war. Sie hatte ihn erkannt, hatte die Zeit gehabt, den Kopf umzudrehen, aber es war schon zu spät. Sie hatte weder Verwunderung noch Furcht gezeigt. Er wagte nicht zu schreiben, daß sie erleichtert gewesen war, was fast stimmte.

Was Irène Mollard anging, so hatte er schon am nächsten Tag der Zeitung geschrieben, was er dazu zu sagen hatte. Sowohl auf dem Foto als auch an dem

Abend, als sie von ihrer letzten Klavierstunde gekommen war, hatte sie ihn an einen Vogel erinnert, der aus dem Nest gefallen war. Es war ein Wunder, daß sie so lange gelebt hatte.

Es blieb nur noch eine, Armandine de Hautebois, augenblicklich Mutter Sainte-Ursule, die auf anderen Fotos von Abschlußklassen, mit anderen jungen Mädchen, nun die Rolle übernahm, die früher Mutter Sainte-Joséphine gespielt hatte.

Sie war gewissermaßen vom Foto ins Kloster gegangen. Sie hatte sich nicht die Mühe gemacht zu leben, hatte nicht einmal den Versuch unternommen, und dabei war sie reich, hatte Geschwister, die ihren Weg in der Welt gemacht hatten.

Es würde morgen geschehen, denn sie verließ das Kloster der Unbefleckten Empfängnis nur einmal im Monat, am zweiten Montag, um sich zum Sitz des Bischofs zu begeben. Sie würde nicht allein sein. Die Nonnen gingen nie allein aus. Sie hatte auf ihrem Weg kaum fünfzig Meter in der Dunkelheit zurückzulegen, und Monsieur Labbé hatte einen ziemlich komplizierten Plan aufstellen müssen.

Würde Kachoudas ihm wieder folgen? Im Grunde wünschte der Hutmacher es fast.

Wenn sich die Dinge genauso abspielten, wie er es voraussah, würde morgen um zehn Uhr alles vorbei sein.

Er wollte nicht an Louise denken. Die Versuchung war lächerlich. Das hatte keinen Sinn.

Er sagte sich mehrere Male, während er Holzscheite

aufs Feuer legen ging, dann die Rollos herunterließ, denn die Nacht war hereingebrochen:

»Vor allem nicht Louise!«

Er ging hinunter, um sich ein Glas Cognac einzugießen aus der Flasche, die er in dem Schrank im Eßzimmer stehen hatte. Nachdem er die Flasche wieder an ihren Platz zurückgestellt hatte, um nicht in Versuchung zu kommen, sich ein zweites Glas einzugießen, setzte er sich hin, um ihn langsam zu trinken, in kleinen Schlucken.

5

Es gab eine Menge kleiner Dinge, die ihm mißfielen, ihn ärgerten, und zwar schon gleich am Morgen. Valentin kam mit einer halben Stunde Verspätung zur Arbeit, mit fieberglänzenden Augen, einen Umschlag um den Hals; sein Schnupfen hatte solche Ausmaße angenommen, daß er sich gar nicht mehr damit aufhielt, sein Taschentuch wieder in die Tasche zu stecken. Der Geselle hatte den ganzen Tag über buchstäblich getropft; man sah, wie er sich verflüssigte, und seine Stimme war so heiser, daß man kaum verstand, was er sagte.

Der Hutmacher hätte ihn nach Hause schicken müssen. Die Mutter des Jungen sah ihn wahrscheinlich als einen Menschenschinder an, ihn unter solchen Umständen zur Arbeit dazubehalten. Valentin selbst hatte erwartet freizubekommen. Und das Tollste war, daß Monsieur Labbé auch noch Mitleid mit ihm hatte. Es entging ihm nicht, daß sich dem armen Jungen manchmal richtig der Kopf drehte.

»Haben Sie Aspirin genommen, Valentin?«

»Ja, Monsieur.«

»Haben Sie weiße Flecken im Hals?«

»Nein, Monsieur. Mama hat heute morgen noch nachgeschaut. Mein Hals ist zwar sehr rot, aber weiße Flecken sind keine da.«

Um so besser, denn Monsieur Labbé bekam leicht eine Angina, und dazu war nicht der richtige Zeitpunkt. Dieser Schnupfen Valentins war um so lächerlicher, als es gar nicht mehr regnete und der Himmel ganz klar war. Allerdings war es so kalt, daß der Atem der Passanten noch bis um neun Uhr morgens eine Dampfwolke bildete.

Als er seine Zeitung kaufen ging, brachte er für Valentin Eukalyptuspastillen mit. Zwei- oder dreimal am Morgen sagte er aus seinem Raum hinterm Laden zu ihm:

»Ruhen Sie sich etwas aus. Bleiben Sie nicht neben dem Schaufenster stehen. Stellen Sie sich ans Feuer.«

An den Scheiben war die Luft eisig.

Auch Louise machte ihm Sorgen. Sie war am Abend zuvor um neun Uhr zurückgekommen, wie gewöhnlich, und seitdem hatte sie das, was er ihren Kalbskopf nannte. Es war periodisch. Vielleicht fiel es mit bestimmten Funktionen ihres Organismus zusammen? Allerdings hatte er festgestellt, daß es in der Regel auf einen ihrer Besuche in Charron folgte.

Vermutlich machte ihr dort irgend jemand etwas vor, ihre Eltern, ein Liebhaber oder eine Freundin. Monsieur Labbé bezahlte sie gut. Er hatte ihr, ohne lange zu diskutieren, den Lohn gezahlt, den sie verlangt hatte. Sie durfte bei ihm essen, was sie wollte. Es kam selten vor, daß er sie tadelte. Trotzdem hatte sie einen Hintergedanken, hegte vielleicht gar einen Groll gegen ihn? Wer hätte erraten können, was in ihrem beschränkten Hirn vorging?

Man erkannte diese Laune allein schon an ihrem Schritt, an der Art, wie sie die Gegenstände bewegte.

Was konnte das dem Hutmacher schon ausmachen?

Zum Ausgleich für diese kleinen Unannehmlichkeiten hatte er seinen Bericht in den Briefkasten des Hauptpostamtes geworfen, und er hatte auf der ersten Seite der Zeitung eine Bekanntmachung gefunden, die man sogar noch eingerahmt hatte.

Der Bürgermeister von La Rochelle, Offizier der Ehrenlegion, bittet die Bevölkerung dringend, am Abend des Montags, 12. Dezember, vorsichtiger denn je zu sein. Die Person, die seit über einem Monat die Stadt terrorisiert und auf deren Konto bereits sechs Opfer gehen, hat, sicherlich aus Prahlerei, für diesen Tag einen neuen Mord angekündigt. Wir bitten vor allem die Damen, nach Einbruch der Nacht nicht allein auf die Straße zu gehen, und appellieren an die Mütter, ihre Kinder daran zu hindern, das Haus zu verlassen.

Die Stadtverwaltung wird einen Hilfsdienst einrichten, um die Büroangestellten, Verkäuferinnen und Arbeiterinnen heimzubringen.

Die Patrouillen werden verstärkt werden.

Er schaute nach gegenüber. Bei Kachoudas gab es keine besonderen Vorkommnisse. Den Schneider hatte ein Arbeitsfieber gepackt, und es kam kaum vor, daß er aufsah.

War das alles? Noch ein Detail: Bereits um drei Uhr

nachmittags, als der Himmel sich sanft rosa färbte, erblickte man einen dicken Silbermond.

Am Abend schließlich verhielt sich Kachoudas nicht wie gewöhnlich.

»Schließen Sie nachher den Laden, Valentin.«

»Ja, Monsieur.«

Ein Blick zum andern Haus. Er machte absichtlich langsam. Der kleine Schneider kam endlich aus dem Haus, aber erst, als der Hutmacher bereits gut hundert Schritte zurückgelegt hatte. An den anderen Abenden wartete er nicht so lange.

Monsieur Labbé betrat das Café des Colonnes, drückte Chantreau, Caillé, Laude und Oscar, dem Wirt, die Hand.

»Ich habe die Karten übernommen, bis Sie kommen«, sagte der Wirt und stand auf.

»Ich habe heute keine Zeit zum Spielen.«

»Ein Robber, Léon«, drängte der Arzt.

»Mathilde hat den Schnupfen. Ich habe ihr versprochen, gleich wieder heimzukommen.«

Was tat Kachoudas? Die Tür des Cafés ging nicht auf. Sonst kam er immer wenige Augenblicke nach dem Hutmacher herein. Der ärgerte sich darüber. Gabriel hatte ihm wie immer seinen Mantel abnehmen wollen, aber er hatte abgelehnt, wegen des Stückes Bleirohr, das seine Tasche schwer machte.

»Ich bleibe nur ein paar Minuten.«

Es war Laude, der dumme Witze machte.

»Man könnte meinen, du hättest ebenfalls Angst vor dem Würger! Wenn das so weitergeht, wird die ganze Stadt noch hysterisch.«

Was Kachoudas wohl tun mochte? Er war hinter ihm, als er in der Rue du Minage um die Ecke gegangen war.

Er kippte seinen Picon-Grenadine.

»Einen Robber«, bat Chantreau von neuem. »Nur so lange, bis ein vierter Mann kommt.«

Er mußte ablehnen. Die Zeit war gekommen aufzubrechen. Die Pflastersteine waren fast weiß unter dem Mond, der die Schatten so einwandfrei ausschnitt wie Blech.

Es war das erste Mal, daß er nervös wurde. Er hatte den Eindruck, daß man, während er wegging, über ihn sprach. Was mochte man wohl sagen? Er überquerte den Parkplatz der Place d'Armes, um zur Rue Réaumur zu gelangen, und erst da hörte er Schritte hinter sich, drehte sich um und erblickte die Silhouette des kleinen Schneiders.

Er hatte also ganz überlegt seine Handlungsweise geändert. Er war nicht ins Café gegangen. Da er wie jedermann gelesen hatte, daß der Mörder an diesem Tag sein siebtes Opfer angreifen würde, konnte er sich denken, daß der Hutmacher nur ganz kurz im Café des Colonnes bleiben würde. Wollte er vermeiden, daß er wieder einmal gleich hinter ihm hinausging, was schließlich sehr auffallen würde?

Vielleicht hatte er auch jemanden getroffen, als er hineingehen wollte. Kommissar Pigeac zum Beispiel? Das war unwahrscheinlich. Pigeac würde an diesem Tag wahrscheinlich nicht ins Café kommen. Sicherlich leitete er von seinem Hauptquartier aus sowohl die

Polizeiverstärkungen als auch die Freiwilligenpatrouillen.

Monsieur Labbé ging an der Präfektur vorbei, erreichte den kleinen Platz vor dem bischöflichen Palais und brauchte nur noch zu warten. In dem alten Gebäude aus grauen Steinen brannte Licht. Kachoudas hielt sich vorsichtig in fünfzig Meter Entfernung von ihm auf.

Die Nerven des Hutmachers waren so überreizt, daß er beinahe aufgegeben hätte und nach Hause gegangen wäre, denn er konnte natürlich nach dem, was er über Mathildes Zustand gesagt hatte, nicht ins Café zurück.

Er hatte das deprimierende Gefühl einer an ihm begangenen Ungerechtigkeit. Er hatte alles getan, was er hatte tun können. Wochenlang hatte er sich keine Entspannung erlaubt, er hatte an alles gedacht, an die kümmerlichsten Einzelheiten. Und gerade deswegen, wegen der Mühe, die er sich gemacht hatte, war ihm alles ohne Schwierigkeiten gelungen.

Er gelangte ans Ziel. An diesem Abend sollte alles vorbei sein. Er hatte, ohne sich dagegen aufzulehnen, ein zusätzliches Risiko hingenommen, denn die Mutter Sainte-Ursule würde von einer anderen Nonne begleitet werden. Und für die war das Bleirohr bestimmt. Er würde fest zuschlagen, um sie zu betäuben, was ihm die Zeit gäbe, die einstige Armandine de Hautebois zu erledigen. Mit ihrem langen, faltenreichen Rock könnte sie wohl kaum zu laufen anfangen. Er konnte sich auch nicht vorstellen, daß sie aus Leibeskräften schreien würde.

Es war heikel, schwierig. Es erforderte Genauigkeit

und Kaltblütigkeit. Noch gestern abend dachte er mit einem gewissen Vergnügen daran, zog ohne Nervosität die Gegenwart des kleinen Schneiders in Betracht.

Warum verspürte er seit heute morgen so etwas wie eine Verschwörung gegen ihn? Die Mitte des Platzes war weiß wie Milch. Eine Patrouille kam durch die Straße, und er erkannte die Gestalt eines Fischhändlers, der immer betrunken war und der wegen seiner Brutalität bekannt war.

Normalerweise mußten die beiden Nonnen zu diesem Zeitpunkt im bischöflichen Palais sein. Es war der Tag der Mutter Sainte-Ursule. Sie ließ ihn nie aus. Mathilde hatte es ihm nicht nur oft gesagt, sondern er hatte sich auch im letzten Monat dessen vergewissert.

Das letzte Mal hatte sie das bischöfliche Palais um Viertel vor sechs verlassen. Und Viertel vor sechs hatte es bereits geschlagen. Es war fast sechs Uhr, und die Lichter in dem Steingebäude waren reglos, man hörte kein Geräusch. Monsieur Labbé starrte vergebens nach der Tür, die nicht aufging, während Kachoudas von Zeit zu Zeit mit den Füßen aufstampfte, um sich warm zu machen.

Auch der Hutmacher hatte kalte Füße. Und plötzlich dachte er stärker an Mutter Sainte-Ursule. Hatte sie nicht bemerkt, daß alle Opfer des Würgers ehemalige Klassenkameradinnen waren?

Las sie keine Zeitungen? In diesem Fall hatte man ihr sicherlich davon erzählt. Die Namen waren ihr vertraut. Daß die andern nicht auf den Gedanken gekommen waren, hier einen Zusammenhang zu sehen, war zur Not noch zu verstehen. Aber sie?

Man war nicht mehr weit vom 24. Dezember entfernt. Dieses Datum mußte unweigerlich ihre Erinnerungen wieder lebendig werden lassen.

Er konnte nicht am bischöflichen Palais klingeln und fragen, ob die Nonne da sei. Die Minuten vergingen. Es schlug sechs Uhr. Was dachte wohl Kachoudas während dieser ganzen Zeit? Denn er dachte. Monsieur Labbé hatte sogar den Eindruck, daß er auf eine neue Weise zu denken begonnen hatte. Sein neues Verhalten war der Beweis dafür.

Er wollte seine zwanzigtausend Francs, das war menschlich. Er folgte dem Hutmacher nur, weil er hoffte, dieser würde schließlich einen Fehler begehen und ihm damit einen Beweis liefern, der es ihm erlaubte, die Belohnung zu fordern.

Aber seine verschlungenen Gedankengänge? Die hätte Monsieur Labbé gerne gekannt. Das bischöfliche Palais zum Beispiel? Was bedeutete das für den kleinen Mann aus dem Orient?

Mutter Sainte-Ursule zeigte sich nicht. Sie war wahrscheinlich nicht da. Sie hatte ihr Kloster nicht verlassen. Gleichgültig, ob aus Vorsicht oder aus irgendeinem anderen Grund. Der Bischof hätte verreist sein können, aber das war nicht der Fall, denn Monsieur Labbé las aufmerksam die Zeitung, und die Reisen des Kirchenfürsten wurden darin regelmäßig angekündigt.

Die Wahrheit war vielleicht trivialer. Die Nonne konnte, wie Valentin, den Schnupfen oder Halsschmerzen haben.

Es war unmöglich, endlos dazubleiben. Er wartete bis Viertel nach und setzte sich dann in Marsch. Ein

Unbehagen hatte ihn überkommen, das nicht nur Furcht war.

Offen gestanden war es überhaupt keine Furcht. Was Kachoudas dachte war unerheblich. Gewiß, er hatte ihm ein kleines Stück Faden geliefert. Der Geist des kleinen Schneiders würde an dieser Spur des bischöflichen Palais weiterarbeiten. Für jemanden, der seine Kindheit in der Stadt verbracht hatte, besonders aber für jemanden, der eine Schwester im Kloster gehabt hatte, hätte das unter Umständen irgendwo hinführen können.

Bei einem armen armenischen Handwerker war das nicht der Fall. Monsieur Labbé hatte vor Kachoudas keine Angst. Daß er absichtlich seine Arbeit schwerer und gefährlicher gemacht hatte, indem er den Tod seines siebten Opfers für diesen Montag angekündigt hatte, war der Beweis dafür.

Er wollte wegen Louise nicht früher als gewöhnlich nach Hause kommen. Auch sie war nicht imstande zu denken, da war er ganz sicher, aber er wollte nichts dem Zufall überlassen, er hatte keine Lust, in den leeren Augen des Mädchens Verwunderung zu lesen.

Er ging unter der Großen Turmuhr hindurch und nutzte die Gelegenheit, daß niemand in der Nähe war, um das Bleirohr ins Hafenwasser zu werfen. Am Kai hatten eine Menge Kneipen geöffnet, Lokale, in denen vor allem Fischer verkehrten; er wäre gern hineingegangen, um etwas zu trinken, doch er mußte sich zusammenreißen.

Er hatte keine Angst. Es war komplizierter und besorgniserregender. Die andern Male, selbst das letzte

Mal, als Kachoudas ihm als Zeuge gedient hatte, war er sich seiner sicher, gab es in seinem ganzen Sein so etwas wie Wellen des Selbstvertrauens, der Beruhigung.

Kachoudas achtete sorgfältig darauf, sich in gebührender Entfernung zu halten. Wer weiß, vielleicht war es gerade heute angezeigt, vorsichtig zu sein?

Es war dumm. Monsieur Labbé wollte sich nicht solchen Gedanken hingeben, und doch gelang es ihm nicht, sie völlig zu verjagen. Er gab sich selber gute Gründe an.

»So groß Kachoudas' Angst auch sein mag, er wird am Ende doch reden.«

Aber das war gar nicht sicher. Wenn er Freunde gehabt hätte, vielleicht. Doch er war hier in La Rochelle isoliert, die Kachoudas bildeten so etwas wie eine fremde Insel in der Stadt. Er spielte mit niemandem Karten, er gehörte keiner Gruppe, keiner Gesellschaft an. Es gab in La Rochelle keine anderen Menschen seiner Rasse. Sie lebten unter sich, mit ihrer Küche, ihren Gewohnheiten, ihrem Geruch.

Was würde es schon bringen, ihn anstelle der Mutter Sainte-Ursule umzubringen? Außerdem würde er wie ein Hase zu laufen anfangen, sobald Monsieur Labbé Anstalten machen würde, sich ihm zu nähern.

Wie war ihm dieser Gedanke überhaupt in den Kopf gekommen? Er ging auf dem Gehsteig, die Hände in den Taschen, als ihm eine Patrouille entgegenkam; der Metzger von gegenüber, der dazugehörte, sagte höflich:

»Guten Abend, Monsieur Labbé.«

Er kam in der Nähe des Kanals vorbei, dort, wo er

Madame Delobel überfallen hatte, und es überkam ihn das nostalgische Gefühl einer vergangenen Epoche, und zwar so stark, daß es ihn fast überwältigte.

Würde er weich, furchtsam, schwankend werden? Es war mehr physisch als moralisch, wie gewisse Erschöpfungszustände, die einen plötzlich überkommen, wie die Grippe.

Vielleicht hatte Valentin die Grippe, und Monsieur Labbé hatte sie erwischt? Dieser Gedanke tröstete ihn. Er war nicht sehr weit vom Kloster der Unbefleckten Empfängnis entfernt, und er fragte sich von neuem, warum Mutter Sainte-Ursule nicht ausgegangen war. Kachoudas folgte ihm immer noch in gebührender Entfernung, und der Hutmacher dachte, daß er gern mit ihm gesprochen hätte.

Er war der einzige Mensch heute, mit dem er hätte reden können. Er hatte ihn handeln sehen. Er wußte Bescheid. Doch wie würde er seine Handlungen interpretieren?

Natürlich war er unfähig zu verstehen. Weder er noch sonst irgend jemand würde verstehen, und auch das war eine seiner Sorgen. Mit Genie hätte Kachoudas vielleicht, vom bischöflichen Palais ausgehend, zur Wahrheit gelangen können. Gerade er, der seit Jahren Mathildes unbewegliche Silhouette hinter dem Vorhang und das Kommen und Gehen des Hutmachers im Zimmer sah.

Der Metzger hatte ungefähr das gleiche Schauspiel vor Augen. Allerdings stieg er nur zum Schlafen ins zweite Stockwerk, und außerdem war er ab acht Uhr abends halb betrunken.

Louise? Die dachte nicht. Er haßte sie. Er haßte sie täglich mehr, ohne genauen Grund. Er empfand sie in seinem Haus wie einen Splitter in seiner Haut. Ihre Gegenwart allein genügte schon, ihm ein physisches Unbehagen zu bereiten.

Er ging an der Buchhandlung von Madame Cujas vorbei, wo der Witwer ein junges Mädchen hinter den Ladentisch gestellt hatte. Sie bereitete dem Rathausangestellten die Mahlzeiten zu und schlief im Hause. Sie würden am Ende miteinander schlafen.

Monsieur Labbé dachte an Mademoiselle Berthe und bedauerte, daß er sie nicht aufsuchen konnte. Das war heute unmöglich. Es war zu spät. Er hatte seinen Freunden verkündet, daß er wegen seiner Frau gezwungen war, früh nach Hause zu gehen.

Er würde sie morgen aufsuchen. Es wäre amüsant, wenn Kachoudas vor der Tür in der Rue Gargoulleau warten würde, während er sie bearbeitete.

Aber... Zum Glück dachte er an alles. Niemand war erstaunter darüber als er. Es waren so viele Einzelheiten in Betracht zu ziehen, so viele Möglichkeiten vorauszusehen, daß es entschuldbar gewesen wäre, etwas zu vergessen.

Er stellte plötzlich fest, daß er Mademoiselle Berthe gar nicht mehr aufsuchen konnte, wie er es ein- oder zweimal monatlich zu tun gewohnt war. Wegen Kachoudas! Dieser wäre tatsächlich imstande, in Panik zu geraten, sich vorzustellen, er wolle das Mädchen erwürgen, um darauf die Polizei zu benachrichtigen.

Kachoudas war lästig, und doch brauchte er ihn

immer. Selbst das Geräusch seiner Schritte, hinter ihm, wurde ihm schließlich fast unentbehrlich.

Er bog um die Ecke der Rue du Minage. Er fühlte sich immer zerschlagener, suchte immer noch nach dem Grund dafür, und der Ärger, den das in ihm hervorrief, verwandelte sich in Angst.

Sonst hatte er stets ein solches Gefühl der Fülle gehabt, wenn er in die Nähe seines Hauses kam!

Er hätte das niemandem eingestanden, nicht einmal Kachoudas, der Bescheid wußte. Heute hatte er so etwas wie ein Schuldgefühl. Das Gefühl von jemandem, der eine Arbeit, die ihm aufgetragen worden war, nicht erledigt hatte.

Eines Tages würde er vielleicht mit dem Schneider darüber sprechen, daß er ihn nie erwürgen könne. Erstens war er nicht auf der Liste. Zweitens wohnte er gegenüber, und die Leute würden vielleicht an den Hutmacher denken.

Er zog seinen Schlüsselbund aus der Tasche, verschloß sorgfältig die Tür und legte den Riegel vor. Es war warm im Laden, in dem noch ein Geruch nach Eukalyptus schwebte, der so etwas wie der Geruch von Valentins Schnupfen war.

»Hat meine Frau nicht gerufen?«

»Nein, Monsieur.«

Hatte Louise bemerkt, daß ihre Chefin, die sie nie gesehen hatte, nie rief, wenn Monsieur Labbé abwesend war? Was mochte sie sonntags wohl ihren Eltern und ihren Freundinnen erzählen?

Sie kochte Kohl. Sie wußte genau, daß er keinen Kohl mochte, und sie setzte ihm trotzdem welchen vor. So war sie nun einmal. Wenn er sie darauf hinwies, sah sie ihn ruhig an, ohne etwas zu sagen, ohne sich zu entschuldigen. Sie aß gern Kohl!

Er zog seinen Mantel aus, nahm den Hut ab, schob die Cello-Saite in den hohlen Holzkopf in dem Raum hinter dem Laden. Dann stieg er die Wendeltreppe hinauf, und er fühlte sich immer noch traurig, ohne Empfinden, ohne Schwung.

Er sorgte sich darüber immer mehr. Er tat alles, was er zu tun hatte, befolgte gewissenhaft die Riten: die Rollos, der Sessel, dann das Abendessen, das er ins Klo schütten würde, die Wasserspülung. Er vergaß nicht, halblaut zu sprechen, und als er wieder herunterkam, sah er Louise haßerfüllt an, und die Versuchung war so heftig, daß er beinahe in die Werkstatt gegangen wäre, um die Cello-Saite zu holen.

Zum Glück dauerte das nicht an. Das war wirklich das letzte, was er tun durfte. Vor allem bei sich zu Hause! Und vor allem bei dieser mißtrauischen Bauernfamilie, die ihm sogleich auf die Pelle rücken würde.

»Ist jemand gekommen?« fragte er und gewann seine innere Sicherheit zurück.

»Niemand!«

Sie schien zu sagen:

»Wozu fragen Sie mich eigentlich, es kommt ja doch nie jemand!«

Es kam nie jemand! Seit Jahren und aber Jahren! Weil in der Stadt alle wußten, daß Mathilde die Gegenwart keines Menschen mehr ertrug außer der ihres Mannes und daß das geringste verdächtige Geräusch ihr eine Höllenangst einjagte.

Gegen seinen Willen schlich er noch im Eßzimmer herum, schielte manchmal zu dem dicken, dummen Mädchen hin und machte schließlich das Büffet auf, um die Cognacflasche herauszunehmen. Sollte sie doch denken, was sie wollte! Doch diese Gebärde, die Tatsache, daß er mit einer Flasche und einem Glas in der Hand die Treppe hinaufging, erhöhte noch seine Furcht, das Gefühl seiner Schuld.

Er trank abends nach dem Abendessen nie Alkohol. Warum tat er es heute? Er war noch verwirrter, als er das Rollo beiseiteschob und Kachoudas nicht an seinem Platz auf dem Tisch sah, denn der Schneider hatte genug Zeit gehabt, zu Abend zu essen. Vergebens suchte er ihn mit den Augen in dem Raum. Wie zufällig war die Tür zur Küche zu. Welche Ränke schmiedete er? Sollte er sich eingeschlossen haben, um seine Frau in Kenntnis zu setzen?

Monsieur Labbé mußte sich unbedingt beherrschen. Er war noch wütender auf sich, als er beinahe einen Schluck Cognac direkt aus der Flasche getrunken hätte, und er zwang sich, bis zum Sekretär zu gehen, sein Glas langsam zu füllen, es in kleinen Schlucken zu leeren.

Als er wieder ans Fenster zurückging und von neuem das Rollo beiseiteschob, war Kachoudas da. Er schien nie seinen Platz verlassen zu haben, so daß sich der Hutmacher fragte, ob er vorhin richtig hingesehen hatte.

Um diese Zeit hätte alles vorbei sein müssen. Er hatte so sehr auf diese Entspannung gesetzt! Seit Wochen schon dachte er daran, Tag für Tag!

Und jetzt war nichts vorbei. Mutter Sainte-Ursule

war in ihrem Kloster noch am Leben. Vielleicht hatte auch sie ein Foto zurückbehalten von ihrer Abschlußklasse? Ihr Blick brauchte nur auf dieses Foto zu fallen, und sie hätte sofort begriffen.

Plötzlich blieb er mitten im Zimmer stehen, und jegliche Verkrampfung schwand aus seinen Zügen, seine Muskeln entspannten sich, und es sah für einen kurzen Augenblick so aus, als würde er in Gelächter ausbrechen. Schließlich lächelte er nur, aber das kam auf dasselbe heraus.

Man glaubt an alles zu denken, man zerbricht sich den Kopf, daß man nichts vergißt, und dann ist da eine winzige Kleinigkeit, die man übersehen hat.

Es war wegen des Fotos. Er hatte sich auf das Foto gestützt. Mit dessen Hilfe hatte er seine Liste aufgestellt. Das Foto hatte auch weiterhin sowohl sein Tun und Lassen als auch seine Gedanken beherrscht.

Warum hatte er sich wohl so beeilt, daß er in einer Woche zwei Frauen umbrachte? Doch wohl nur wegen des 24. Dezember.

Doch Mutter Sainte-Ursule hatte nie einen Fuß in das Hutgeschäft gesetzt, weder am 24. Dezember noch zu einem anderen Zeitpunkt. Wahrscheinlich durfte sie gar nicht. Hatte Mathilde nicht gesagt, daß es ihr sogar verboten war, das Haus ihrer Mutter zu betreten, als sie im Sterben lag?

Sie begnügte sich, Mathilde ein frommes Bild zu schicken, zusammen mit einem vierseitigen Brief in einer feinen, gleichmäßigen Schrift, der immer so endete:

... Ich bete zu Gott, daß er Dich in Seine heilige Obhut nehme.

Nun? Daran hatte er nicht gedacht, und er hatte sich unnötige Sorgen gemacht, er hatte seine Zeit damit verschwendet, sich vor dem bischöflichen Palais ein Loch in den Bauch zu stehen.

Es gab überhaupt keinen Grund, Mutter Sainte-Ursule auf die Liste zu setzen.

Gab es noch andere Dinge dieser Art, die ihm entgangen waren? Er wurde unruhig, legte Holzscheite in den Kamin, kehrte ans Fenster zurück, vergewisserte sich, daß der kleine Schneider an seinem Platz saß, und durch die halbgeöffnete Tür im Hintergrund erblickte er Madame Kachoudas, die im Spülbecken in der Küche Kinderwäsche wusch.

Er mußte alles von Anfang an noch einmal durchgehen, doch heute abend war er dazu nicht imstande. Er hatte gerade hintereinander drei Glas Cognac getrunken, und er schämte sich deswegen.

Er erinnerte sich voller Bitterkeit an die vergangenen Wochen, als er sich seiner so sicher fühlte, als er aller Welt so überlegen war.

Louise stieg mit schleppenden Schritten die Treppe hinauf, wobei sie auf dem Treppenabsatz wie gewöhnlich lauten Krach machte, und Monsieur Labbés Finger krampften sich zusammen, als hätten sie sich um ihre Kehle zusammenkrampfen wollen.

Das würde genügen, damit man ihn faßte. Er würde sich fast zwangsläufig fassen lassen, wenn er sich dazu hinreißen ließe. Und dann? Wäre das nicht die Gelegenheit, ihnen alles zu erklären?

Er trank weiter. Er rührte sein Buch nicht an. Seit einer halben Stunde schon hätte er friedlich in den Prozeß des Brandstifters aus dem Jura vertieft sein müssen.

Was wollte er wohl in seinen Briefen an die Zeitung, und zwar nicht nur einmal, sondern mehrere Male, selbst auf die Gefahr hin, die Polizei oder den kleinen Jeantet auf seine Spur zu bringen, immer wieder klarmachen?

Daß es sich um eine Notwendigkeit handelte.

Was er ihnen sagte, war im Grunde folgendes:

»Ihr nennt mich einen Verrückten, einen Wahnsinnigen, einen Besessenen (man hatte auch von einem Sexualtäter gesprochen, obwohl keine der alten Frauen vergewaltigt worden war). Ihr irrt euch. Ich bin ein geistig vollkommen gesunder Mensch. Wenn meine Taten euch anormal erscheinen mögen, so liegt es daran, daß ihr nicht Bescheid wißt. Und leider verbietet es mir die Sorge um meine persönliche Sicherheit, euch über die Hintergründe aufzuklären. Ihr würdet verstehen. Es stehen sieben Frauen auf der Liste, und ich habe diese Zahl nicht auf gut Glück festgesetzt. Ich habe logisch gehandelt, weil es notwendig ist. Ihr werdet das erst merken, wenn die siebte tot sein wird. Nichts wird mehr geschehen. La Rochelle wird seine Ruhe wiederfinden.«

Er hatte die siebte nicht umgebracht. Die Zeitung würde es morgen früh verkünden. Deshalb würde man ihm nicht mehr glauben. Er hatte sie nicht nur nicht umgebracht, sondern er hatte soeben auch noch die Feststellung gemacht, daß der Tod der Mutter Sainte-Ursule überflüssig war.

Was würden die Leute denken? Daß er irgend etwas schriebe, nur um sich interessant zu machen? Daß er sich seine Opfer aufs Geratewohl aussuche?

Daß er Angst bekommen habe? Daß die Bekanntmachung des Bürgermeisters ihre Wirkung gezeigt habe?

Er war in Pantoffeln, im Schlafrock, wie an den andern Abenden. Er zündete seine Meerschaumpfeife an, jene, die er gewöhnlich um diese Stunde rauchte und die einen anderen Geschmack hatte als die andern, setzte sich in seinen Sessel, mit seinem Buch, behielt aber den Cognac in Reichweite. Das genügte, ihn darauf hinzuweisen, daß etwas nicht in Ordnung war.

Wenn er so etwas wie eine Zuneigung zu dem jungen Jeantet gefaßt hatte, so lag es daran, daß dieser ihm die Gelegenheit gegeben hatte, seinen eigenen Fall zu diskutieren. Es war eine ausgesprochene Polemik, die sie in den Spalten des *Echo des Charentes* entfacht hatten, wobei jeder immer wieder nach neuen Argumenten suchte.

Jeantet hatte sogar eine Reise nach Bordeaux unternommen, um einen berühmten Psychiater nach seiner Meinung zu fragen, und dieser hatte nach langen wissenschaftlichen Erwägungen vorausgesagt:

»Er wird erst aufhören, wenn er gefaßt ist.«

Er hatte, nach einigem Nachdenken, wie Jeantet unterstrich, noch hinzugefügt:

»Es sei denn, er begeht Selbstmord.«

Der Hutmacher hatte selbstsicher geantwortet:

»Man wird mich nicht fassen. Ich werde nicht Selbstmord begehen. Ich habe auch keinen Grund, das zu tun. Wenn die siebte Person auf der Liste ausgelöscht sein wird, wird alles vorbei sein.«

Er hatte noch einmal wiederholt:

»Es ist eine *Notwendigkeit*.«

Es war keine Notwendigkeit mehr, sieben umzubringen, die siebte auch noch zu beseitigen, da Mutter Sainte-Ursule am 24. Dezember keinen Fuß in das Haus in der Rue du Minage setzen würde.

Bis auf einen Punkt war es also nach dem, was er selber angekündigt hatte, vorbei. Er brauchte sich nur noch zu entspannen. Er konnte mit Kachoudas weiterhin Katz und Maus spielen, und der würde nichts begreifen, wenn er sehen würde, wie er von nun an ein völlig normales Leben führte.

Er würde ihm auch weiterhin jeden Tag folgen, ihn im Café des Colonnes belauern.

Eine Patrouille ging durch die Straße, drei oder vier Männer, deren Schritte auf dem gefrorenen Pflaster dröhnten. Es gab insgesamt vielleicht zwanzig in der ganzen Stadt. Die freiwilligen Polizisten lösten sich ab, wärmten sich nacheinander am großen Ofen der Polizeiwache auf. Der Bürgermeister hielt sich dauernd in seinem Dienstzimmer auf, wohin man ihm telefonisch negative Berichte durchgab. Jeantet blieb in der Druckerei, bei den Maschinen, die bald wieder in Gang kommen würden, damit er im letzten Moment noch einen kurzen Artikel schreiben konnte.

Monsieur Labbé schnellte hoch, seine Nerven lagen bloß. Er war im Begriff zu handeln, irgend etwas zu tun, derart beeinflußte ihn schließlich die Reglosigkeit in diesem Zimmer, wo die Luft, weil sie stagnierte, fast fest geworden war.

Er hätte nicht trinken dürfen, aber jetzt mußte er weitertrinken. Andernfalls wäre er imstand gewesen, aus dem Haus zu gehen, durch die Straßen zu laufen, imstand vielleicht, die Cello-Saite und die beiden Holzstücke mitzunehmen?

Er hörte im Zimmer des Dienstmädchens die Metallmatratze quietschen, und sein Haß auf das dicke Mädchen erreichte eine solche Intensität, daß er schon pathetisch wurde.

Er glaubte sich zu beruhigen, indem er seine Schere nahm und die Zeitung, aus der er Buchstaben und Wörter ausschnitt, indem er den Leimtopf aufmachte, ein Blatt weißes Papier vor sich legte.

Er würde ihnen sagen...

Was würde er ihnen sagen? Er saß da, die Schere hocherhoben, und zum ersten Mal seit Jahren hätte er plötzlich am liebsten geweint. Er hatte das stechende Gefühl, daß das Schicksal ihm übelwollte. Er hatte ganz einfach und mutig zuviel getan. Er hatte mit viel Geduld und Vorsicht alles arrangiert, er hatte an alles gedacht, er...

Heute abend hätte alles vorbei sein sollen, und jetzt war nichts vorbei. Man würde sich über ihn lustig machen, und die andern hatten recht.

Es war nicht der kleine Schneider von gegenüber, der ihn verwirrte, ihn durcheinanderbrachte, mit seinem nagenden Denken, das doch zu nichts führen würde. Es war auch nicht Mutter Sainte-Ursule, aristokratisch und hochmütig, in der heiteren Gelassenheit ihres Klosters.

Er hatte vor niemand Angst, das hätten sie sich sagen müssen, alle, die sie da waren, an erster Stelle Kommissar Pigeac, und auch der Bürgermeister, der glaubte, er sei eine große Persönlichkeit, genauso wie der kleine Jeantet.

Niemand machte ihm angst.

Nur er selbst. Denn er begann zu begreifen, was mit ihm geschehen war vorhin, genau in dem Augenblick, als er über den Quai Duperré ging. Er hatte zuerst geglaubt, seine schlechte Laune rühre daher, daß ihn die Nonne vor dem bischöflichen Palais versetzt hatte.

Sein Unbehagen war dann immer größer geworden, und für den Zeitraum einer Sekunde hatte er daran gedacht, Mutter Sainte-Ursule durch den kleinen Schneider zu ersetzen.

Das bewies, daß er sich geirrt hatte.

Warum war er dann um Louise herumgestrichen?

Es war nicht das erste Mal, das merkte er jetzt. Es war schon vorgekommen, daß er zu sich sagte, wenn er sie ansah:

»Vielleicht danach, wenn ich mit den anderen fertig bin?«

Er trank. Er mußte trinken. Er spürte, wie ihn ein Schwindel erfaßte. Was er da voraussah, war entsetzlich. Er glaubte, wieder ganz auf der Höhe zu sein, zwang sich, ruhiger zu denken, als er das Foto holen ging, doch diese Mädchengesichter, erstarrt in einem künstlichen Ausdruck, riefen keinerlei Widerhall in ihm wach.

Louise, dieses Aas, schlief nicht, drehte sich unaufhörlich in ihrem Bett hin und her, als wittere sie eine Gefahr im Haus.

Sie durfte beruhigt sein! Er würde ihr nichts tun. Er war ruhig. Er wurde wieder ruhig. Er mußte eben nur nachdenken, doch es war sinnlos, das schon heute zu versuchen. Er hatte getrunken. Na und? Am besten, er trank gleich weiter, wegen der nötigen Bettschwere, um tief zu schlafen, und morgen wäre er wieder auf der Höhe.

Er würde ihnen dann beweisen, daß er sowohl körperlich als auch geistig gesund war. Er war ohne Gebrechen, das hatte er sich mehrmals von ernstzunehmenden Ärzten bestätigen lassen. Sein Vater war mit zweiundsiebzig Jahren im Vollbesitz seiner geistigen Kräfte an einer Herzkrankheit gestorben. Er war Hutmacher gewesen, im selben Haus, in derselben Straße, zu einer Zeit, als die Rue du Minage noch eine der Hauptgeschäftsstraßen der Stadt war, und er war eine einflußreiche Persönlichkeit gewesen, die dem Stadtrat angehörte.

Der Sohn hatte in Poitiers mit dem Jurastudium begonnen, und aus freien Stücken hatte er im sechsten Semester den Entschluß gefaßt, das Hutgeschäft zu übernehmen.

Das war seine Sache. Das war einzig und allein seine Sache.

Er war vollkommen gesund.

Es brannte zwar noch Licht bei dem kleinen Schneider, aber dieser saß nicht mehr auf seinem Tisch. Er hatte sich dagegengelehnt, rauchte eine Zigarette, die er gerade gedreht hatte, und plauderte friedlich mit seiner Frau, die sich für einen kurzen Augenblick gesetzt hatte.

Monsieur Labbé würde sich von niemandem beeindrucken lassen.

»Sie sollen sagen, was sie wollen, sie sollen denken, sie sollen schreiben, was sie wollen!«

Er hatte fast die Hälfte der Flasche getrunken, und er begann zu begreifen. Es war keineswegs Zufall, daß man dies oder jenes über ihn veröffentlichte. Das gehörte alles zu einem vorgefaßten Plan. Man hatte die Absicht, ihn auf die Palme zu bringen, seine Nerven zu zerrütten, um ihn dann um so sicherer zu fassen.

Jeantet, der Bürgermeister, Pigeac und selbst sein Freund Caillé machten gemeinsame Sache. Sie hatten einen Plan. Vielleicht war das Interview mit dem Psychiater aus Bordeaux nur ein Witz? Es sei denn, man hätte auch ihn in den Plan eingeweiht?

Louise konnte sich in ihrem quietschenden Bett noch so hin und her wälzen, er würde sich nicht rühren.

Er würde sich sofort hinlegen. Was blieb ihm noch zu tun? Er durfte nichts vergessen. Sein Kopf war schwer. Es wäre dumm, wenn er sich bei Valentin die Grippe geholt hätte, er hätte ihn besser zu seiner Mutter zurückgeschickt.

Er brachte das Foto, die Zeitungen, die Schere wieder an ihren Platz zurück, setzte den Deckel wieder auf den Leimtopf.

Gewiß, er hatte Mutter Sainte-Ursule verpaßt. Aber da sie am 24. Dezember sowieso nie kam, war das ohne Bedeutung.

Also war er fertig.

Das mußte er sich immer wieder sagen. Er war fertig. Er brauchte nur noch zu schlafen, notfalls ein letztes Schlückchen Cognac zu trinken – und diesmal trank er direkt aus der Flasche.

Hatte er es verdient oder nicht?

Fer-tig!

Was sie auch immer tun mochten!

Warum umklammerte er dann so krampfhaft sein Kopfkissen, wie ein Kind, das gleich weinen wird?

6

Er machte alle Bewegungen, vergaß nichts. Aber es kam immer häufiger vor, daß er reglos stehenblieb, wie in Trance, daß er mit zuerst unruhigem, dann schmerzverzerrtem Gesicht um sich blickte. Seine Stirn legte sich in Falten. Einmal hatte Valentin ihm helfen wollen.

»Haben Sie etwas vergessen?«

Monsieur Labbé hatte ihn angesehen, wie man die Menschen wohl ansähe, wenn man von einem anderen Planeten käme, und hatte sich nicht einmal die Mühe gemacht, ihm zu antworten. Er hatte kaum mit den Achseln gezuckt. Einige Sekunden später war der Kontakt wieder hergestellt. Er wußte wieder, was er tun mußte, und war nach hinten zum Wandschrank gegangen, dem, der abgeschlossen war, um an der Schnur zu ziehen.

Am Dienstagmorgen war er blaß, er machte ein verstörtes Gesicht, die Augenlider waren gerötet. Es war ihm schon lange nicht mehr passiert, daß er soviel getrunken hatte wie am Abend zuvor, und sein Kopf war leer, seine Finger hatten gezittert, während er sich rasierte.

Das verrückteste aber war, daß nicht er, sondern der kleine Schneider wirklich krank war. Vielleicht nicht ernstlich? Monsieur Labbé konnte es noch nicht wissen. Beim kleinsten Hin und Her im Haus erriet er, daß etwas Ungewöhnliches vorging. Es war Madame Kachoudas, die man als erste gesehen hatte. Und dann war Esther viel früher als üblich fertig angezogen aus der Küche gekommen.

Es ist merkwürdig zu sehen, wie eine Wohnung, sobald die Riten gestört sind, leicht etwas Katastrophenhaftes bekommt. Das junge Mädchen war hinuntergegangen, hatte eine ganze Weile gebraucht, bis sie die Riegel der Ladentür zurückgeschoben hatte, und hatte sich dann auf dem Gehsteig entfernt.

Auf den Pflastersteinen war an diesem Morgen eine glatte Schicht weißen Reifs. Wieso hatte Monsieur Labbé sofort herausgefunden, daß sie zum Apotheker ging? Wahrscheinlich, weil nur Krankheit oder Tod Menschen wie Kachoudas daran hindern konnten, auf ihrem Posten zu sein.

Seine Frau schubste die Kleinen herum, die sich anzogen, um in die Schule zu gehen. Esther mußte wahrscheinlich von Apotheke zu Apotheke laufen, bevor sie eine fand, die offen war. Als sie zurückkam, hatte sie ein Päckchen in der Hand, und als sie die Treppe hinaufging, erschien Kachoudas trotz der Proteste seiner Frau in der Werkstatt. Er war in Pantoffeln, mit einer alten Hose und einer alten Jacke über seinem Nachthemd und einem schwarzen Schal von seiner Frau um den Hals. Man sah, daß er Fieber hatte, und an der Art und Weise, wie er sprach, begriff man, selbst über die Straße hinweg, daß er keinen Ton hervorbrachte.

Man machte das Päckchen vom Apotheker auf.

Esther gab mit großer Zungenfertigkeit Erklärungen. Madame Kachoudas steckte ihrem Mann das Thermometer in den Mund, das ihre Tochter gerade gebracht hatte, und sie entzifferte die Anweisungen auf einer Flasche und auf einer kleinen Schachtel. Man half dem Kranken, seinen Mantel anzuziehen, nicht weil er ausgehen wollte, sondern weil er trotz des Feuers im Ofen zu zittern begann.

Sie waren alle drei ernst, als sie das Thermometer ansahen. Sie beratschlagten miteinander. Wahrscheinlich machte man den Vorschlag, einen Arzt zu rufen, und Kachoudas lehnte das energisch ab. Esther ging zur Arbeit. Ihre Mutter brachte die beiden Kleinen bis zum Gehsteig, und sich bei der Hand haltend, liefen sie zur Schule. Die jüngste hatte eine gestrickte Mütze aus grober roter Wolle an sowie Handschuhe von der gleichen Farbe.

»Und jetzt zu uns!« schien Madame Kachoudas zu sagen, als sie zu ihrem Mann zurückkam.

Sie setzte Wasser zum Kochen auf, bereitete Kompressen vor, gab ihm Pillen zu schlucken, wahrscheinlich Abführpillen. Der kleine Schneider, der untätig war, sah verlangend nach seinem Arbeitstisch, und sobald man ihn allein ließ, machte er Anstalten, aus seinem Rohrstuhlsessel vor dem Ofen, in den man ihn gesetzt hatte, aufzustehen.

Er hatte sicherlich die Grippe oder eine Angina wie Valentin, der sich nach wie vor ununterbrochen die Nase putzte.

Hatte Louise wirklich vor dem Hutmacher Angst gehabt, als er ins Eßzimmer gekommen war, während sie den Tisch deckte? Als sie ziemlich plötzlich aufgeschaut hatte, hatte sie den Eindruck erweckt, sie sei überrascht, ihn vor sich zu sehen, und nach einer Pause hatte sie, statt guten Morgen zu sagen, gefragt:

»Was haben Sie denn?«

Er hatte einen Kater, gewiß, vor allem aber betrachtete er sie mit neuen Augen. Er betrachtete sie nicht nur, sondern er beschnupperte sie, einem ungeheuren Ekel und Groll ausgeliefert, von denen er sich nicht mehr freimachen konnte. Wie oft war er am Abend zuvor versucht gewesen, in die Küche hinunterzugehen, und dann, später, als sie im Bett lag, zu ihr aufs Zimmer zu gehen und sie aus dem Weg zu räumen?

Jetzt sah er sie, wog sie, maß sie. Er stellte sie sich auf dem Boden liegend vor, und der Magen drehte sich ihm dabei um. Er machte ihr Vorwürfe und würde ihr ewig Vorwürfe machen wegen dem, was er beinahe getan hatte.

Das erinnerte ihn an seine ersten erotischen Erfahrungen, als er etwa siebzehn Jahre alt gewesen war. Er hatte lange widerstanden, bevor er ins Kasernenviertel lief, wo fünf oder sechs Nuttenhäuser waren, mit Mädchen, die in der Tür standen. Zuerst ging er schnell durch, machte einen Umweg, als er am Ende der Straße angekommen war, um vom andern Ende aus wieder durchzulaufen. Er nahm sich jedesmal vor auszuwählen, und dennoch lief er schließlich mit dröhnenden Ohren in den erstbesten Korridor.

Danach haßte er sie alle für Stunden, wegen der Schande, die sie ihm selbst und der menschlichen Gattung machten. Er machte es ihnen zum Vorwurf, daß er der Versuchung erlegen war, und dieses Gefühl war so stark, daß er kriminelle Anwandlungen davon bekam.

Auch bei Louise, diesem Kalb, war er beinahe der Versuchung erlegen, einer anderen Versuchung, und das war noch schlimmer. Bis dahin hatte er nur getan, was er zu tun beschlossen hatte, das, was notwendig, unumgänglich war, wie er es der Zeitung geschrieben hatte.

Im Verlauf des Morgens faßte er den Plan ins Auge, sie zu entlassen, aber das wäre nicht klug. War Valentin imstande, den Unterschied zu erkennen? War dieser rothaarige Junge mit der quasi blutroten Nase in der Lage zu beobachten?

Der Hutmacher war schwerfälliger geworden. Früher, selbst wenn er schweigsam und versunken blieb, hatte er leicht und flink gewirkt, so seltsam das auch erscheinen mochte. Er zeigte sich ernst, gewiß, aber mit heiterer Gelassenheit. Er lebte ganz allein, nach innen, aber ohne daß man irgendeinen Kampf, irgendeine Unruhe verspürte.

Wenn er heute morgen auch nicht so ängstlich war wie am Vortag, so war dennoch Verwirrung in ihn eingedrungen.

Er dachte nicht klar. Das Bild der nichtswürdigen Louise und das, was beinahe passiert wäre, verfolgte ihn, dann kamen ihm, ihretwegen, andere Bilder wieder, Bilder aus dem Kasernenviertel, und schließlich, wohl oder übel, die Erinnerung an Madame Binet.

Er arbeitete in seinem Raum hinter dem Laden, damit beschäftigt, Hüte aufzufrischen, sie zu formen.

Zweimal in einer Stunde war er in den Laden hinausgegangen, um Kunden zu bedienen, und hatte dabei kurze Blicke auf das Haus gegenüber geworfen.

Plötzlich, als er die vertraute Umgebung betrachtete, die braunen Regale, die Spiegel, die Holzköpfe, den Gasofen, seinen Namen, den er spiegelverkehrt auf der Scheibe lesen konnte, hatte er den Eindruck gehabt, daß hier etwas stehengeblieben war, wie eine Uhr:

Seit er den Laden übernommen hatte, war darin nichts verändert worden.

Andere hatten wenigstens versucht, in irgendeiner Richtung etwas zu unternehmen. Selbst Paul Chantreau, der Doktor, hatte sich lange abgequält.

Er dagegen war mit dreiundzwanzig Jahren aus Poitiers zurückgekommen, wo er studiert hatte, um sich hier – wie manche Tiere, wenn der Winter naht – in den Bau zu verkriechen und zusammenzukuscheln.

Und das nur wegen Madame Binet! Er hatte es nie gesagt. Er hatte es nie zugeben wollen. Es stimmte nicht ganz. Und doch kam es der Wahrheit am nächsten.

Er wohnte bei ihr in Poitiers. Auch sie war Witwe. Erst jetzt begann er sich der beachtlichen Zahl von Witwen und ihrer Bösartigkeit bewußt zu werden.

Sie war vierunddreißig oder fünfunddreißig Jahre alt. Ihr Mann war zu Lebzeiten ein ziemlich hoher Beamter gewesen, und sie besaß ein schönes Haus in der Oberstadt, wo sie mit ihrem Sohn Albert wohnte, der damals ein vierzehnjähriger Gymnasiast war.

Um ihr Einkommen etwas aufzubessern, hatte sie beschlossen, ein Zimmer an einen Studenten zu vermieten. Monsieur Labbés Mutter hatte das erfahren. Wie? Er hatte es vergessen. Das ganze war durch Beziehungen zustande gekommen, es war zu einem umfangreichen Briefwechsel gekommen, die beiden Frauen hatten sich getroffen, und Madame Labbé war beruhigt über die Situation ihres Sohnes nach La Rochelle zurückgekehrt.

Madame Binet war dunkelhaarig. Sie hieß Jeanne mit Vornamen, und ihr Sohn, der sehr schlecht erzogen war, rief sie bei ihrem Vornamen.

Das erste Mal war es passiert, als Léon Labbé gerade eine Angina hatte. Jedes Jahr bekam er so um den Herbst herum oder zu Anfang des Winters eine Angina. Er hatte seine Vorlesungen nicht besucht. Sie waren beide allein im Haus. Madame Binet trug einen veilchenblauen Morgenrock, unter dem man die Spitzen sah.

Er hatte ein wenig Fieber. Das Zimmer roch nach Eukalyptus. Sie pflegte ihn mit Nachdruck. Sie hatte darauf bestanden, ihn zu Bett zu bringen, und trotz ihres mütterlichen Verhaltens hatten sie schließlich doch miteinander geschlafen.

Es war das erste Mal, daß ihm das außerhalb des Kasernenviertels passierte. Er war erschreckt gewesen über die Heftigkeit seiner Partnerin, über das, was sich in ihr so schnell vollzog und sie fast entstellte. Bei dem Gedanken an den Jungen, der im Gymnasium war und bald heimkommen würde, fühlte er sich schuldig.

Die Sache hatte zweieinhalb Jahre gedauert – die zweieinhalb Jahre, die er in Poitiers verbracht hatte. Seine Freunde an der Universität hatten seiner Wirtin den Spitznamen »la Binette«, »die Fratze«, gegeben. Sie behaupteten, daß er nicht der erste war. Da er damals mager war, wurde behauptet, sie sauge seine ganze Substanz auf, und vielleicht stimmte das auch, denn sie ließ ihn nicht in Ruhe, kam zu ihm aufs Zimmer, wenn ihr Sohn es hören konnte, und war so außer Rand und Band, wie er nie wieder eine Frau außer Rand und Band gesehen hatte. Sie war so schamlos, wie man nur schamlos sein konnte. Sie tat es absichtlich, unbeherrscht. Sobald sie in Trance war, gebrauchte sie die unanständigsten Wörter, die er nur in den Bordellen gehört hatte und über die er errötete.

Er wagte es nicht, die Unterkunft zu wechseln, denn er hätte seinen Eltern eine Erklärung geben müssen. Außerdem wäre sie ihm bestimmt auch anderswohin gefolgt.

Es bürgerte sich ein, daß man ihn in den Vorlesungen »den Binet der Binette« nannte, und als er ins sechste Semester kam, hatte er schon so etwas wie eine Vorahnung, daß er bei der Prüfung durchfallen würde. Als er während der Osterferien nach La Rochelle zurückkehrte, fühlte er sich im Hutgeschäft in der Rue du Minage geborgen, zauderte noch zwei oder drei Tage. Die Erinnerung an Albert, der siebzehn Jahre alt war, der alles wußte und der zynisch von seiner Mutter sprach, verfolgte ihn.

»Da du schon immer gewünscht hast, daß ich einmal das Hutgeschäft übernehme«, sagte er eines Tages zu seinem Vater, »glaube ich, daß ich mich jetzt dafür entscheiden werde.«

Das war alles.

Daran dachte er heute, und an andere Dinge, die nicht viel angenehmer waren, denn er verspürte das Bedürfnis, eine Art Bestandsaufnahme zu machen. Er war unsicher. Es kam mehrere Male vor, daß er sich in den Spiegeln im Laden betrachtete, und der Anblick seines Gesichts machte ihn mürrisch. Er fand sich alt. Er interessierte sich für die Gesundheit des kleinen Schneiders. Er zog öfter als gewöhnlich an der Schnur, um eine Gelegenheit zu haben hinaufzugehen, so daß schließlich der arme Valentin seinen Mut in beide Hände nahm und fragte:

»Geht es Madame Labbé nicht gut?«

Er sah ihm starr in die Augen, ohne eine Antwort zu geben. Auch wenn der Himmel noch so klar und durchsichtig war, wie das Perlmutt einer Austernmuschel, so herrschte um ihn herum dennoch ein Nebel, der die Physiognomie der Leute und der Gegenstände unkenntlich machte.

Hatte Louise, dieses schmutzige Vieh, etwa bemerkt, daß die Cognacflasche nicht im Büffet stand? Er hatte sie oben stehenlassen, und kurz vor Mittag ging er einen Schluck trinken.

Er hatte den Zeitpunkt, an dem er sich an der Straßenecke die Zeitung kaufte, hinausgezögert, weil er wußte, daß das seine Laune weiter verfinstern würde.

Zum ersten Mal, schrieb Jeantet feierlich, *hat der Mörder die Tat, die er angekündigt hatte, nicht ausgeführt.*

Er stellte darüber eine ganze Spalte lang Vermutungen an. Bluff? Krankheit? Furcht vor dem außergewöhnlichen Aufwand der Polizei?

Es kann aber auch sein, daß das siebte Opfer, nach den Anweisungen des Bürgermeisters der Stadt, nicht aus dem Haus gegangen ist.

Und Jeantet stürzte sich in den Bereich der Hypothesen.

Gab es überhaupt ein zuvor bestimmtes siebtes Opfer? Das werden wir in einigen Tagen wissen. Der Würger hat von Anfang an weiszumachen versucht, daß er nicht jede beliebige Frau angreifen würde, nur auf gut Glück, sondern daß er eine Liste aufgestellt habe, daß er einem vorgefaßten Plan folge.

Stimmt das? Stimmt das nicht? Muß man darin nicht eine nachträglich gegebene Erklärung sehen, eine List gar, um jeden Verdacht abzulenken oder um sich einen gewissen Nimbus zu geben?

Die Menschen müssen alles beschmutzen, sie können gar nicht anders.

Würde er gezwungen sein, sich fassen zu lassen, nur um ihnen die Wahrheit zu erklären, um ihnen Beweise zu liefern? Die Versuchung kam ihn an, vielleicht nicht sehr stark, nicht wirklich echt, aber sie kam ihn an. Wer weiß, ob das nicht besser war?

Kachoudas saß immer noch in seinem Sessel, und jede Stunde wechselte seine Frau den feuchten Umschlag.

Am Mittag brachte sie ihm Eier in Milch, die er langsam mit einem kleinen Löffelchen aß, wobei er den Teller auf seinen Knien hielt. Einmal, als sie die Ladenglocke hörte, ging sie hinunter, um mit dem Kunden zu reden, dem sie sicher erklärte, daß ihr Mann krank sei.

Gegen zwei Uhr hatte Monsieur Labbé bereits beschlossen, diese Gelegenheit zu nutzen. Eins war aufs andere gefolgt. Wegen des Dienstmädchens hatte er an das Kasernenviertel gedacht, dann an Madame Binet, und er war wieder nach oben gegangen, um zu trinken.

Er hatte heftige Kopfschmerzen. Das Aspirin half nicht dagegen. Er brauchte etwas anderes. Bis vier Uhr, bis die Lampen angezündet wurden, kämpfte er dagegen an, dann zog er seinen Mantel an und setzte seinen Hut auf.

»Ich habe eine Besorgung zu machen, Valentin. Wenn ich vor sechs Uhr nicht zurück bin, schließen Sie den Laden.«

Er hatte die Hand schon auf dem Türgriff, als er kehrtmachte und sich in den Raum hinter dem Laden begab. Seine Hand glitt in die Höhlung des Holzkopfes, hielt für einen Augenblick inne. Entsetzt widerstand er, denn er hatte noch die Kraft zu widerstehen.

Er ging weg, ohne etwas mitzunehmen, und machte sich auf den Weg zur Rue Gargoulleau.

Er ging von Zeit zu Zeit dort hin, immer um diese Zeit. Kurz vor der Place d'Armes, links, stand eine Villa aus dem 18. Jahrhundert, die berühmte Persönlichkeiten beherbergt hatte. Über dem großen Portal thronte immer noch ein Wappen, flankiert von zwei

Steinsäulen. Es gab einen gepflasterten Hof mit Gebäuden auf drei Seiten, und jetzt war die Villa in mehrere Wohnungen aufgeteilt. Man sah sogar Kupferschilder am Eingang. Im ersten Stock hinten waren die Räumlichkeiten eines Zahnarztes, den Monsieur Labbé in der Schule gekannt hatte. In weiteren Räumen verkaufte eine Gesellschaft Kühlschränke, und oben hatte der Archivar des Departements seine Wohnung.

Der linke Flügel hatte nur ein Stockwerk und wies nur zwei Eingänge auf. Die zweite Tür ging direkt auf eine Treppe, die in den ersten Stock führte, und vor dieser Treppe blieb Monsieur Labbé stehen.

Jedesmal, wenn er gekommen war, hatte er den gleichen Anflug von Angst verspürt wie früher, wenn er ins Kasernenviertel ging. Dabei war er nicht der einzige, der vor dieser Schwelle haltmachte. Die andern, einschließlich des Doktors, empfanden keine Scham, darüber zu sprechen. Chantreau sagte ganz offen, wenn er zu spät zum Kartenspiel kam:

»Ich bin noch Berthe ficken gegangen.«

Julien Lambert sagte nichts, weil er Protestant war und vor allem weil er große Angst vor seiner Frau hatte, aber er leugnete auch nicht, versteckte sich kaum.

Wie viele waren es, die in die schmucke, mit einem hellen Atlasteppich ausgelegte Wohnung kamen, eine Wohnung, die voll war mit Teppichen, Sitzkissen, Lehnsesseln, zerbrechlichen und anmutigen Nippsachen?

Sieben oder acht. Mademoiselle Berthe war keine Prostituierte. Zwei Jahre lang war sie von Rist, dem

Reeder, ausgehalten worden, von Rist dem Älteren, denn es gab vier oder fünf Rists, die so etwas wie einen Clan in der Stadt bildeten, ebenfalls Protestanten, die eines der größten Vermögen in der Stadt besaßen.

Rist der Ältere war zu dieser Zeit sechzig Jahre alt. Sein Sohn und seine beiden Töchter waren verheiratet. Einer der Schwiegersöhne leitete die Pariser Büros.

Die ganze Familie war im Geschäft tätig, und nie sah man einen Rist im Café oder in einem Kasino an der Küste.

Vielleicht hatte Rist der Ältere bis zu seinem sechzigsten Lebensjahr nie eine andere Frau gekannt als die seine, die inzwischen so vertrocknet war, daß man ihre Gelenke knacken hörte.

Er hatte die Wohnung von Mademoiselle Berthe gemietet und eingerichtet. Er hatte sich so diskret wie nur irgend möglich verhalten, und doch wurde er zwei Jahre lang von der ganzen Sippe bedrängt, einschließlich seiner eigenen Kinder und seiner Schwiegersöhne.

Es wurde behauptet, daß es zu epischen Szenen gekommen war, daß er sie sogar auf Knien angefleht habe, ihm am Ende seiner Tage in Ruhe ein wenig Freude zu gönnen.

Die Familie hatte schließlich das Spiel gewonnen. Eines Abends hatte er vor den versammelten Rists das feierliche Gelübde abgelegt, nie wieder das Haus in der Rue Gargoulleau zu betreten und Mademoiselle Berthe nicht mehr wiederzusehen.

Nicht einmal, um ihr den Entschluß mitzuteilen, der gerade gefaßt worden war. Das hatte einer der Schwiegersöhne übernommen, der die Geldfrage sehr knausrig behandelt hatte.

Seitdem fuhr Rist der Ältere einmal monatlich mit dem Nachtzug nach Paris, und es wurde behauptet, daß er die Erlaubnis hatte, ein bestimmtes Haus in der Gegend von Notre-Dame-de-Lorette aufzusuchen.

Mademoiselle Berthe hatte ihren friedlichen Lebensstil, ihr gedämpftes Leben einer ausgehaltenen Frau beibehalten, da aber niemand in der Stadt den Reeder ersetzen konnte, hatte sie ihre Tür einigen sorgfältig ausgewählten Herren geöffnet.

Monsieur Labbé sah Licht durch die Ritzen der Jalousien und wußte, daß sie zu Hause war. Sie war fast immer zu Hause, aber es war erst noch die Prüfung der elektrischen Klingel zu bestehen. War sie selbst oder einer ihrer Liebhaber auf diese Idee gekommen? Fest stand jedenfalls, daß man in diese Klingel einen Unterbrecher eingebaut hatte. Wenn sie einen Besucher hatte, unterbrach sie den Kontakt, und niemand bestand darauf, eingelassen zu werden, weil jeder wußte, was das bedeutete.

Monsieur Labbé streckte den Arm aus und drückte auf den Klingelknopf, doch auf der anderen Seite der Tür gab es keinen Ton.

Es war jemand da, vielleicht der Doktor, und seine Laune verfinsterte sich noch mehr. Er fühlte sich nicht wohl. Er brauchte etwas, er wußte nicht genau, was. Er hatte geglaubt, es hier zu finden, und er konnte auch nicht im Viertel umherirren, von Zeit zu Zeit hierherkommen, um zu klingeln.

Er hatte die Cello-Saite nicht mitgenommen. Das

bedeutete nicht unbedingt, daß er einen Entschluß gefaßt hatte. Tatsächlich war die Cello-Saite nur draußen notwendig, wo er sehr schnell, geräuschlos, überraschend handeln mußte.

Für Mathilde, die lag, hatte er sie nicht benutzt.

In Wahrheit hatte er, als er herkam, überhaupt nichts beschlossen. Jetzt ging er langsam, mit hängenden Schultern, die Gehsteige entlang. Er wollte vor seinen Freunden keine harten Sachen trinken, weil das nicht zur Tradition gehörte und er weiterhin vorsichtig war. Er konnte wenigstens in ein anderes Lokal gehen. Das hatte er schon öfter getan. Um den geschlossenen Markt herum gab es mehrere. Er ging an den Körben der Fischhändlerinnen vorbei und erkannte eine von ihnen wieder, die er in den letzten Klassen am Gymnasium mindestens zwei Jahre lang begehrt hatte. Er hatte nie mit ihr gesprochen. Sie war zu jener Zeit eine Straßengöre mit spitzen Brüsten. Er hatte sie mehrere Male in dunklen Ecken mit einem Mann gesehen. Seine Kameraden kannten sie. Es hieß von ihr, daß sie alles tat, was man von ihr verlangte, mit jedem, nicht etwa für Geld, sondern weil sie Gefallen daran fand. Man hatte ihr einen Spitznamen gegeben, der schonungslos eines ihrer Talente spezifizierte.

Er hatte sich nie an sie herangewagt, und jetzt war sie eine alte Frau, die auf einem Klappstuhl saß, vor einem Stand mit Stockfischen. Sie wußte, wer er war, wie alle in der Stadt. Was sie aber nicht ahnen konnte, das war, daß sie einen solchen Platz in seinen Gedanken eingenommen hatte, und auch nicht, daß er ihretwegen so oft den Ekel in den Bordellen bei den Kasernen suchte.

Er trank zwei Glas Cognac, und der Blick des Kellners störte ihn. Dabei dachte der Kellner bestimmt an nichts.

Er hatte sich vorgenommen, nicht in die Rue Gargoulleau zurückzukehren. Er wußte, daß der Platz noch nicht frei war. Trotzdem betrat er den Hof und drückte vergeblich auf den Klingelknopf.

Die Hand in der Tasche seines Mantels suchte mechanisch nach der Cello-Saite, die nicht drin war. Mit schwerem, fast mißtrauischem Blick betrat er das Café des Colonnes, und es war ihm unangenehm, den kleinen Schneider nicht hinter sich zu spüren.

Er war in den vergangenen Wochen so ruhig, so sehr Herr seiner Nerven gewesen! Gewiß, er war gezwungen, an alles zu denken, selbst die kleinste seiner Handlungen zu berechnen, doch er hatte Vertrauen, und mit seiner Liste im Kopf kam er langsam, aber sicher voran, wie ein Mann, der sich eine Aufgabe gestellt hat und den nun nichts mehr beeinflussen kann.

Der Doktor war hier. Also hatte er Mademoiselle Berthe heute nicht besucht. Auch Julien Lambert nicht, der die Karten mischte, während er mit Arnould und dem Doktor geduldig auf den vierten Mann wartete.

Warum runzelte Chantreau die Stirn, während er zusah, wie der Hutmacher sich hinsetzte? Weil er nicht ganz pünktlich war?

»Wie immer, Monsieur Labbé?« fragte Gabriel, der sich geradezu mütterlich um die kleine Gruppe kümmerte.

»Spielst du?«

Er spielte. Er hatte viel Zeit zum Spielen. Er hatte vor sieben Uhr abends nichts zu tun. Er würde von nun an nichts mehr zu tun haben, und das gab ihm ein fast schwindelerregendes Gefühl der Leere. Er war nicht einmal mehr gehalten, Vorsichtsmaßnahmen zu ergreifen!

»Du siehst müde aus«, bemerkte Paul Chantreau und sah ihn über seine Karten hinweg an.

»Ich weiß nicht.«

»Es ist merkwürdig. Meine Kollegen behaupten, die Feuchtigkeit sei ungesund. Dabei stelle ich hier jedes Jahr das gleiche Phänomen fest. Während des Regens halten sich die Leute gut. Dann, nach dem ersten Frost, sind die Grippe- und Halserkrankungen nicht mehr zu zählen. Bei mir waren es heute morgen elf.«

»Passe.«

»Passe.«

»Pik.«

»Passe.«

»Zwei Karo.«

Monsieur Labbé hatte nicht die Grippe, er war jetzt ganz sicher. Trotzdem wurde er immer mürrischer. Er grollte ihnen, ohne genau zu wissen, weshalb. So wie er Louise grollte, wie er auch, seit einer Stunde, Mademoiselle Berthe grollte.

Dabei litt er nicht unter Verfolgungswahn. Er war nicht verrückt. Dem kleinen Jeantet war es nicht gelungen, ihn mit seinen Beweisführungen oder seinen ganz frischen Kenntnissen in der Psychiatrie zu beeindrucken.

Jeantet war nicht hier, auch sein Chef nicht, Monsieur Caillé. Vielleicht war es Caillé mit seinem dicken Bauch und seiner Behaarung überall, der gerade bei Mademoiselle Berthe im Bett lag?

Ihm grollte er ebenfalls. Und er grollte dem kleinen Schneider, dessen Stuhl frei blieb.

Einen Augenblick später bemerkte Julien Lambert, nachdem er auf die Uhr gesehen hatte, die Viertel nach fünf zeigte:

»Sieh an! Du hast deinen Hund verloren.«

Der Hutmacher verstand nicht gleich. Da er einen Schreck davor hatte, nicht zu verstehen, wurde er schroff:

»Ich habe nie einen Hund gehabt«, brummte er.

Die andern, die gleich erraten hatten, brachen in Gelächter aus.

»Kachoudas sitzt nicht auf seinem Stuhl. Gewöhnlich folgt er dir auf dem Fuß. Ich habe ihn im Verdacht, daß er seine Uhr nach der deinen stellt oder daß er dich auf seiner Schwelle erwartet.«

Hatte Julien Lambert einen Hintergedanken, als er so sprach?

»Kachoudas ist krank.«

»Woher weißt du das?«

»Ich habe ihn durchs Fenster gesehen.«

»Ich habe drei Treff geboten«, sagte Arnould ungeduldig, denn er mochte es nicht, wenn während des Spiels gesprochen wurde, da man dann leicht Fehler machte. »Paul hat gepaßt, André hat ein Karo gesagt, Léon hat gepaßt, ich habe drei Treff gesagt. Du bist dran, Julien...«

Es war klebrig. Monsieur Labbé hätte nicht erklären

können, warum es klebrig war. Das Wetter war trocken, die Straßen lagen im Mondschein. Das Lokal war noch nicht von Tabakrauch erfüllt. Oscar, der Wirt, der hinter ihnen stand, hatte seine Zunge noch nicht verknotet.

Und es war trotzdem klebrig, klebrig wie eine Rabenfalle. Er mußte wieder anfangen, geradlinig zu denken, ohne sich von verworrenen Empfindungen überfluten zu lassen.

Dabei tat es ihm gut zu trinken. Er hatte sein Glas, an dem er gewöhnlich eine halbe Stunde hatte, bereits geleert und Gabriel ein Zeichen gemacht, es wieder zu füllen.

»Wie geht es Mathilde?«

Einer war immer darunter, der diese Frage stellte. Was für Gesichter würden sie wohl machen, wenn er ruhig zur Antwort gäbe:

»Sie ist schon seit sechs Wochen tot.«

Es war selten Caillé, der sich nach ihr erkundigte, denn er war, vor dem Hutmacher, Mathildes Verlobter gewesen. Man wußte nicht so genau, warum das Verlöbnis aufgelöst worden war. Es war ganz diskret geschehen, ein Jahr vor der Heirat mit Monsieur Labbé. Hatten sie miteinander geschlafen? Das war gut möglich. Auf jeden Fall war Monsieur Labbé nicht der erste gewesen.

Seine Mutter hatte jedoch zu ihm gesagt:

»Ein junges Mädchen von bemerkenswerter Erziehung.«

Sie war in der Tat im Kloster der Unbefleckten Empfängnis erzogen worden. Ihr Vater war beim Zoll, ein ziemlich hoher Dienstgrad. Ihre Mutter war tot.

»Ich werde nicht immer dasein, um den Haushalt zu führen.«

Madame Labbé war eine kleine, unscheinbare Person, die täglich, nur um durch die Zimmer zu trippeln, Kilometer zurücklegte. Wenn sie an jemandem vorbeiging, wenn ein Kunde im Laden war, wenn sie auch nur das geringste Geräusch machte, stammelte sie eilig:

»Verzeihung.«

Er glich eher seiner Mutter als seinem Vater, physisch jedenfalls. Sein Vater war ein ruhiger, kräftiger, selbstsicherer Mann gewesen.

»Du weißt genau, was der Doktor gesagt hat, Léon.«

Daß sie nicht mehr lange zu leben hätte. Es hatte zehn Jahre gedauert, zehn Jahre, in denen die alte Madame Labbé nicht mehr lange zu leben hatte. Ein Hohlkopf von Arzt war auf den unglücklichen Gedanken gekommen, ihr das vorzumachen, und sie hatte so etwas wie eine Erpressung daraus gemacht.

»Warum heiratest du nicht wie alle Welt? In deinem Alter war dein Vater schon verheiratet.«

Hatte ihn das so glücklich gemacht, wie sie es zu verstehen gab? Auf jeden Fall mischte er sich nie in diese am Ende fast täglich geführten Diskussionen ein.

Sie besaßen eine kleine Villa in Fourras, nahe am Hafendamm, wohin Monsieur Labbé, der Vater, der für sein Leben gern fischte, sich eines Tages zurückziehen wollte.

»Nur deinetwegen ziehen wir nicht schon jetzt dorthin.«

»Das solltet ihr nicht. Ich komme alleine sehr gut zurecht.«

Das stimmte. Seine Eltern brauchten ihm nur das Dienstmädchen dazulassen, das seit zwanzig Jahren im Haus war.

»Hast du nie bemekrt, daß die kleine Courtois in dich verliebt ist?«

Die kleine Courtois, das war Mathilde, deren Vater im Haus verkehrte. Sie war dunkelhaarig, wie Madame Binet. Zu jener Zeit glich sie nicht der Witwe aus Poitiers, sonst hätte er es sicherlich bemerkt. Doch sie hatte die gleichen, sehr dunklen, sehr glänzenden Augen, die so hartnäckig auf den Leuten und den Dingen ruhten, als ob sie sie beherrschen oder in sich aufnehmen wollte.

Warum hatte er schließlich ja gesagt? Vielleicht weil es seiner Mutter schlechter ging, weil sie jetzt mehrere Anfälle am Tag hatte? Sie litt sehr, schrumpfte zusehends zusammen.

»Ich würde viel ruhiger sterben, wenn ich dich verheiratet wüßte!«

Sie hatten sich verlobt, und seine Mutter war drei Wochen vor der Hochzeit gestorben. Es war zu spät. Sein Vater hatte nur eines im Kopf: sich in sein Haus in Fourras zurückzuziehen. Er hatte sich schon ein kleines Boot gekauft, das er an den Sommersonntagen benutzte.

»Kein Trumpf?« fragte sein Partner, der gerade eine Karo-sechs ausgespielt hatte.

Er betrachtete sein Spiel, war verwirrt.

»Verzeihung, ich habe welche.«

»An was hast du gedacht?«

»An nichts.«

Chantreau beobachtete ihn von Zeit zu Zeit heimlich mit einem scharfen Blick, als sei er beauftragt, eine Diagnose zu stellen. Trotz seines struppigen Barts und seines ungepflegten Aussehens war er der intelligenteste von allen, und selbst wenn er getrunken hatte, vielleicht gerade dann, wenn er getrunken hatte, war seine Verstandesschärfe beunruhigend.

Der Hutmacher zögerte, sich einen dritten Picon zu bestellen. Er hatte ihn nötig. Er durchlebte, in Gegenwart seiner Freunde, ein entsetzliches Abenteuer. Er saß da, nach außen hin sehr ruhig, die Karten in der Hand, und bemühte sich, dem Spiel zu folgen, wobei es ihm gelang, so wenig Fehler wie möglich zu begehen.

Und plötzlich wurde etwas in ihm ausgelöst: seine Finger begannen zu zittern, sein Sehvermögen war getrübt, er hatte den Eindruck, daß er weich wurde, daß seine Nerven ihn im Stich ließen, daß er sich einer ernsten Gefahr aussetzte, wenn er in der Wärme des Ofens sitzen blieb, daß er um jeden Preis aufstehen, sich bewegen, eine bestimmte Bewegung machen mußte.

»Gabriel!«

»Ja, Monsieur Labbé.«

Weshalb sah Chantreau ihn so an? Hatte er etwa nicht das Recht, drei Picons zu trinken? Machte er vielleicht einen betrunkenen Eindruck?

Vielleicht war niemand mehr in der Wohnung in der Rue Gargoulleau. Das erinnerte ihn an ein widerliches Erlebnis, als er, gleich nach einem Soldaten, in der Nähe der Kasernen mit einer Frau geschlafen hatte.

Diese Gefahr bestand bei Mademoiselle Berthe nicht. Von allen Frauen, die er kannte, hätte sie wahrscheinlich die angenehmste Ehefrau abgegeben. Sie war sanft, lächelte immer. Sie hatte instinktiv Respekt vor dem Mann, und obgleich sie die Männer genau kannte, war es bei ihr so etwas wie eine diskrete Nachsicht. Ihr Charakter war wie ihre Haut, wie die Kurven ihres Leibes, wie die Beschaffenheit ihres Fleisches, wie der Rahmen, den sie sich geschaffen hatte.

Nachher, in dem ungenügend beleuchteten Eßzimmer, wo das elektrische Licht immer gelblich war, würde er wieder Louise vor sich haben. Er würde ihr widerstehen müssen, denn es würde ihn wieder überkommen. Er hätte sie sich am liebsten vom Hals geschafft.

Es war unbestimmt, vage. Es bedeutete nichts. Jetzt ging es nur darum, in Erfahrung zu bringen, ob trinken ihm gut tat oder ob es im Gegenteil seinen Schwindel noch vergrößerte.

Er hätte Chantreau die Frage stellen können. Er hatte fast Lust dazu. Was hinderte ihn daran, zu warten, bis Paul wegging, was nicht mehr lange dauern würde, und wie zufällig mit ihm hinauszugehen.

»Sag mal, Paul!«

Er hatte ganz eindeutig das Recht, die Einhaltung des Berufsgeheimnisses zu verlangen. Es war also noch ungefährlicher als mit Kachoudas.

»Ich muß dich um einen Rat fragen. Ich habe neulich an einem Abend Mathilde umgebracht.«

Ganz ruhig. Er würde ihm vor allem erklären müssen, daß er es ganz ruhig und kaltblütig getan hatte. Er hatte gerade im Auktionslokal die Einzelbände über die Prozesse des 19. Jahrhunderts ersteigert. Er hatte mit dem Prozeß der Madame Lafarge begonnen, deren Geschichte er nur ziemlich ungenau kannte.

Mindestens alle Viertelstunden hörte er, während er vor dem Feuer saß, eine schrille, bösartige Stimme, die rief:

»Léon!«

Es war sinnlos, so zu tun, als hörte er nicht. Der Ton duldete keinen Widerspruch. Sie hatte sich diesen Ton schon seit langem angewöhnt, lange vor ihrer Krankheit, fast gleich nach ihrer Hochzeit, ungefähr zur gleichen Zeit, als sie anfing, Madame Binet zu gleichen. Denn er hatte eines Tages diese Ähnlichkeit, die ihm nie zuvor aufgefallen war, entdeckt. Es war die gleiche Stimme, die gleiche Selbstsicherheit; es war vor allem der gleiche Besitzanspruch.

Er hatte kaum mit einem Kapitel angefangen, als sie, ohne sich zu rühren, kaum die Lippen bewegend, sagte:

»Léon!«

Er mußte aufstehen. Sie nahm sich Zeit, bevor sie sagte, was sie wollte, mal ein Glas Wasser, mal die Bettdecke hochziehen oder zurückschlagen oder ihr den Nachttopf reichen oder ihr eine ihrer Pillen geben. Es war ihr zu warm oder zu kalt, oder aber das Licht tat ihren Augen weh.

Nichts davon stimmte. Sie erfand es zum Vergnügen, brachte ihre Zeit damit zu, irgend etwas Neues zu erfinden, und zwar von dem Augenblick an, da er sich setzte.

Während er ihr gehorchte, folgte sie ihm mit einem harten Blick, und nie sagte sie danke.

Sie mißtraute ihm schon lange, seit dem vierten oder fünften Jahr ihrer Krankheit, und sie behauptete, daß er den Plan habe, sie zu vergiften, um frei zu sein.

Auch das war nicht wahr. Sie glaubte es auch nicht wirklich. Es war wieder eine Erfindung, um ihn zu quälen.

»Du hast wieder Zwiebeln gegessen, nur um mich mit deinem Atem krankzumachen. Nur nicht ungeduldig werden! Ich mach es nicht mehr lange.«

Selten gelang es ihm, zwei Seiten zu lesen, ohne unterbrochen zu werden. Er mußte mit der Lektüre desselben Abschnitts zwei- oder dreimal neu anfangen und geriet schließlich mit den Namen und Daten durcheinander.

»Léon!«

Sie wußte, daß ihn dieses Buch fesselte, und seitdem er es angefangen hatte, ersann sie immer neue Vorwände.

»Lies mir einen Abschnitt laut vor.«

Es grauste ihn davor. Vor allem, da sie dann die vorausgegangenen Kapitel erklärt haben wollte, nichts verstand, ihn zwang, wieder von vorn anzufangen.

»Léon!«

Sie hatte keinen Durst. Sie brauchte keinen Nachttopf. Sie tat nur so, eine kleine, perfide Flamme in den Augen.

Er gehörte ihr! Sie besaß nur noch das auf der Welt, aber sie besaß es voll und ganz, und sie mußte sich dessen unaufhörlich vergewissern. Das war der Grund, weshalb sie weder eine Krankenschwester noch ein Dienstmädchen in ihrem Zimmer wollte, der Grund auch, weshalb sie es ablehnte, irgend jemanden zu empfangen. So besaß sie ihn besser. Er hatte keinen Vorwand, um, und sei es auch nur für einen Augenblick, eine andere Luft einzuatmen als die ihre.

»Léon!«

Im Verlauf von fünfzehn Jahren hatte er kein einziges Buch in Ruhe lesen können, und dabei war Lesen seine letzte Zuflucht.

Er war erst bis zur Hälfte der Geschichte von Madame Lafarge gelangt, und zwar genau bis zur Zeugenaussage des Apothekers, der ihr das Gift verkauft hatte.

»Léon!«

Der Bericht war düster, ohne einen Sonnenstrahl. Alles spielte sich zwischen beengenden Mauern ab, und man konnte sich nicht eine einzige Person vorstellen, die auch nur ein einziges Mal wie andere gelächelt hätte.

»Léon!«

Darauf war er eines Tages entschlossen aufgestanden und hatte sein Buch zugeklappt. Hatte sie begriffen, was sich in ihm verändert hatte? Hatte sie gespürt, daß er endlich einen Entschluß gefaßt hatte?

»Siehst du, Paul, ich war sehr ruhig, wahnsinnig ruhig. Ich wußte schon seit langem, daß es eines Tages so kommen mußte.«

Wie hätte der Doktor reagiert?

Dem Hutmacher war gerade ein Kleinschlemm geglückt, mechanisch, durch die Macht der Gewohnheit. Chantreau sah ihn von neuem auf beharrliche Weise an.

Nein! Er würde nichts verstehen. Es hieße sich vergeblich bemühen. Außerdem hatte sein Fall nichts mit Medizin zu tun. Er war nicht krank. Er war nicht verrückt. Er hatte kein Gebrechen.

»Gabriel!«

Was soll's! Er dachte weniger an Louise, die ihn an ein dickes, ländliches Federbett erinnerte. Er sah sie riesengroß vor sich, wie wenn man Fieber hat, wenn man spürt, wie die Finger, die Hände, der ganze Körper anschwellen und man den Eindruck hat, das ganze Zimmer auszufüllen.

Er lächelte höhnisch, weil der junge Jeantet an seinem Platz saß. Er hatte ihn nicht hereinkommen sehen. Er saß da und beschrieb ganz ernst Papier auf dem Marmortisch.

Er hielt sich wohl für eine bedeutende Persönlichkeit.

7

An diesem Abend, Dienstag, den 14. Dezember, begann er zu schreiben. Er hatte nicht auf Chantreau gewartet, um das Café des Colonnes zu verlassen. Er erinnerte sich, daß er in dem Augenblick, in dem er die Tür aufgemacht hatte, gedacht hatte:

»Was werden sie jetzt sagen, wo ich ihnen den Rücken gekehrt habe?«

Er wußte nur eins, und das machte ihm keine Freude. Er hatte nie darauf angespielt. Außerdem war es auch nur von untergeordneter Bedeutung. Wenn sie in seiner Abwesenheit über ihn sprachen – er hatte sie einmal gehört, als sie nicht wußten, daß er da war –, sagten sie weder Labbé noch Léon, sondern *der Hutmacher*.

Natürlich lohnte das nicht einmal die Mühe, daran zu denken. Man hätte ihm zur Antwort geben können, daß man ja auch *der Doktor, der Senator* sagte, aber das war etwas anderes, diese Wörter klangen eher wie Ehrentitel. Schließlich kam ja auch niemand auf die Idee zu sagen: *der Versicherungsagent* oder *der Drucker*.

Es waren mindestens schon sechs Jahre her, seit er zufällig diese kleine Entdeckung gemacht hatte; er hatte mit niemandem darüber gesprochen, und er hatte es ihnen auch nicht nachgetragen, was darauf schließen ließ, daß es ihn nicht berührte.

Die Rue du Minage war entsetzlich leer, ohne jedes Geräusch, ohne Schritte vor oder hinter ihm. Das grelle Licht im Fenster des kleinen Schneiders hatte etwas Trostloses.

Er tat das, was er zu tun hatte, doch zum ersten Mal tat er es von oben herab, mit souveräner Verachtung, sprach die Worte aus, ohne daran zu glauben, wie manche, die weiterhin ihre Gebete aufsagen.

»Hat meine Frau nicht gerufen?«

Sie brauchte keine Angst zu haben, das schmutzige Mädchen: Er würde sie nicht anrühren. Er war sich seiner jetzt sicher. Was auch immer geschehen würde, sie würde er jedenfalls in Ruhe lassen.

Er ging hinauf, sprach vor sich hin. Er vergaß keinen der Riten. Er verschob den Sessel, warf einen Blick aus dem Fenster und bekam einen Schock, als er sah, wie sich in der Werkstatt gegenüber Madame Kachoudas mit Doktor Martens unterhielt. Kachoudas war nicht im Raum. Man hatte ihn wahrscheinlich zu Bett gebracht. Wenn diese Leute den Arzt riefen, mußte es schon ernst sein. Er erinnerte sich an die Niederkunft bei dem Letztgeborenen, vor vier Jahren. Die Hebamme war erst gekommen, als alles vorbei war.

Man sah ganz deutlich, daß sie leise sprach, daß sie Fragen stellte und daß Martens – von der Generation der Vierzig- bis Fünfzigjährigen – stockend antwortete.

Würde Kachoudas sterben?

Monsieur Labbé war darüber so erschrocken, daß

er beinahe hinuntergegangen wäre, um den Doktor auf der Straße zu erwarten und ihm ebenfalls Fragen zu stellen.

Nachdem Martens gegangen war, wurde Esther wieder zum Apotheker geschickt, diesmal mit einem Rezept, und er sah, wie das junge Mädchen zögerte, begriff plötzlich, daß sie Angst vor dem Würger hatte. Es war absurd. Er wollte ihr zurufen, daß nicht die geringste Gefahr für sie bestand.

Er aß. Trug das Tablett hinauf. Er schüttete Mathildes Essen ins Klo und betätigte mehrmals die Wasserspülung. Er war mit seinen Gedanken woanders. Die ganze Zeit über hatte sein Gesicht den Ausdruck eines Mannes, der eine überwältigende Aufgabe vor sich hat, eine große Verantwortung.

Vielleicht hatte Louise gemerkt, daß er nach Alkohol roch? Hatte sie ihm nicht gestanden, daß ihr Vater sich jeden Sonntag betrank und daß man ihn dann meistens angezogen aufs Bett legen mußte und sich lediglich damit begnügte, ihm seine klobigen Schuhe auszuziehen?

Er durfte nichts vergessen. Er vergaß nichts. Er ging hinunter in den Keller, um eine andere Flasche Cognac zu holen, mußte sich Mathilde auf weniger als zwei Meter nähern, dachte aber nicht einmal an sie. Genauer gesagt, er dachte erst beim Hinaufgehen auf der Kellertreppe an sie. Er machte die Feststellung, daß es ihm überhaupt nichts ausmachte, in den Keller zu gehen, ebensowenig wie die Erinnerung an das, was am 2. November, dem Tag nach Allerheiligen geschehen war.

Hätte er sich sorgfältig an die Riten gehalten, so hätte er, nachdem die Holzscheite im Kamin lagen und er seinen Morgenrock angezogen hatte, damit begonnen, die Druckbuchstaben auszuschneiden, um auf den Zeitungsartikel zu antworten. Aber das war so sinnlos! Er konnte auf diese Weise fast nichts sagen.

Er lief im Kreise herum wie ein Hund, der einen Platz sucht, auf den er sich fallen lassen kann, rauchte fast eine ganze Pfeife, ohne sich festzulegen, ging noch einmal ans Fenster, um hinauszuschauen, und sah neben dem Tisch des Schneiders die beiden Frauen, Madame Kachoudas und Esther, die sich leise unterhielten und dabei von Zeit zu Zeit einen ängstlichen Blick auf die Tür im Hintergrund warfen.

Dann setzte er sich plötzlich vor den kleinen Schreibsekretär, nahm Briefpapier aus der Schublade, Papier mit dem Briefkopf des Hutgeschäfts, was ein Beweis dafür war, daß ihm von nun an alle Vorsichtsmaßnahmen gleichgültig waren. Er goß sich ein Glas Cognac ein und tauchte seine Lippen hinein, bevor er zu schreiben anfing.

Es ist gleichgültig, was man sagen und was man denken wird ...

Das stimmte nicht, denn er machte sich ja die Mühe, zur Feder zu greifen. Es war aber auch nicht ganz falsch. Seine Botschaft war nicht für jedermann bestimmt. Doch es wäre ihm zum Beispiel unlieb gewesen, wenn der kleine Schneider gestorben wäre, ohne Bescheid zu wissen.

Die Sache war äußerst kompliziert, und der Kopf tat ihm weh. Er hatte schon den ganzen Tag über Kopfschmerzen gehabt. Er war beunruhigt, als er seine eigene Schrift sah. Es war wahrscheinlich wegen des Alkohols, wegen des Zitterns seiner Finger. Die Buchstaben waren unregelmäßig, und manche überlappten sich.

Es war sehr heiß im Zimmer, wie immer. Trotzdem traf ihn so etwas wie ein kühler Hauch auf die linke Wange, denn er war nur einen Meter vom Fenster entfernt, und die Scheiben waren vereist.

Was ganz klar hätte bewiesen werden müssen, war die Tatsache, daß er bisher in aller Klarheit und mit vollem Bedacht gehandelt hatte. Er glaubte, den Satz gefunden zu haben:

Ich habe die Verantwortung voll auf mich genommen und tue das auch weiterhin.

Auch das stimmte nicht genau. Gewiß, er hatte sie auf sich genommen. Doch war er sicher, sie auch in Zukunft auf sich zu nehmen? War es nicht genau das, was ihn erschreckte?

Sein ganzes Leben lang hatte er, was man auch immer sagen mochte, ruhig die Verantwortung auf sich genommen. Es stimmte nicht so ganz, daß er nur wegen dieser »Binette«, die er fast genauso haßte wie Louise, Hutmacher geworden war.

Er wollte sich über diesen Punkt näher auslassen. Nein, das hieß zu weit zurückgehen. Das würde kein Ende mehr nehmen. Das ging nur einige an. Er wußte schon, was er meinte. In seinem Kopf war das ganz klar.

Was war zum Beispiel mit den jungen Mädchen auf dem Foto geschehen, mit den fünfzehn, die im selben Jahr aus der Schule des Klosters der Unbefleckten Empfängnis entlassen worden waren? Manche waren fortgegangen, andere waren geblieben. Einige hatten geheiratet, andere waren ledig geblieben.

Eine von ihnen hatte schon gleich von sich aus, aus freien Stücken, ohne daß irgend etwas von außen sie dazu gezwungen hätte, aufgegeben. Es war die, die im Kloster unter dem Namen Mutter Sainte-Ursule bekannt war.

Nun, auch bei den Männern zeigte sich in jeder Generation immer wieder das gleiche Phänomen. Es war schade, daß er kein Gruppenfoto von denen hatte, die jetzt sechzig waren.

Auf der einen Seite die Chantreaus, die Caillés, die Julien Lamberts, Senator Laude, Lucien Arnould, ein paar andere noch, die man nicht im Café des Colonnes sah oder die man dort nur selten antraf, die aber der Stadt treu geblieben waren.

Auf der anderen Seite jene, die weggegangen waren, um ihr Glück in Bordeaux, in Paris oder anderswo zu versuchen. Unter ihnen nannte man sogar einen, der in Indochina in der Verwaltung eine sehr hohe Persönlichkeit geworden war.

Manche tauchten dann und wann wieder auf, anläßlich einer Hochzeit oder einer Beerdigung, um ihre Familie zu besuchen, die im Land geblieben war. Sie machten in der Regel einen kleinen Gang ins Café des

Colonnes. Und sie erweckten den Anschein, als wollten sie sich selbst mit einem Heiligenschein umgeben. Ihr Verhalten war vertraulich und ein wenig reserviert zugleich, mit einem Wort, herablassend.

»Na, wie geht es unserer guten alten Stadt?«

Vor allem die, die es zu etwas gebracht hatten, von denen man manchmal in der Zeitung las.

»Ihr habt ein schönes Leben hier!« seufzten sie, wobei sie aber durchaus zu verstehen gaben, daß sie nicht daran glaubten.

Unter ihnen war ein Rechtsanwalt, der ein berühmter Strafverteidiger geworden war und von dem man als dem zukünftigen Präsidenten der Anwaltskammer sprach.

Auch Monsieur Labbé hatte die Wahl gehabt, und er hatte das Hutgeschäft in der Rue du Minage gewählt.

Nebenbei bemerkt, manche meinten, es sei das Haus, in dem er geboren war. Das war falsch. Er war zwar in der Rue du Minage zur Welt gekommen, in einem Haus, das genauso aussah wie das, in dem er jetzt wohnte, aber es war fünfzig Meter weiter, und seine Eltern waren umgezogen, als er acht Jahre alt war.

Madame Binet hatte ihn angewidert, wie ihn vierzig Jahre später Louise anwiderte. Trotzdem hätte er in Poitiers bleiben oder gar nach Paris gehen können.

Er hatte La Rochelle gewählt. Nicht aus Angst vor dem Kampf. Er hatte keine Angst, er hatte vor nichts Angst.

Wer hatte sich denn dazu entschlossen, seinen Militärdienst bei den Dragonern abzuleisten, obgleich er während seiner ganzen Kindheit mit keinem Pferd in

Berührung gekommen war? Er. Er war sogar seiner Einberufung zuvorgekommen, um die Wahl der Waffe zu haben.

Und wer hatte im Ersten Weltkrieg darum nachgesucht, der Luftwaffe zugeteilt zu werden?

Wieder er, Léon Labbé. Auf Grund geheimnisvoller Versetzungen hatte man ihn, als der Krieg ausgebrochen war, in ein Infanterieregiment gesteckt. Er hatte die Schützengräben kennengelernt. Er hatte dort gelitten, im Schlamm, in der Menge, in der anonymen Masse, die man wie einen Gegenstand hin und her schob.

Als er dann Flieger war, hatte er nie Angst gehabt. Er hatte sich nur widerwillig mit einem Glas Schnaps aufputschen lassen, wenn er, allein in seinem Jagdflugzeug, zu einem Erkundungsflug aufstieg.

Er lebte in einer Welt für sich, innerhalb einer Elite. Ein Bursche kümmerte sich um ihn, um seine Kleider, um seine Schnürschuhe.

Er war nicht einmal verwundet worden. Es waren die harmonischsten zwei Jahre seines Lebens.

Doch wenn er so weit zurückging, würde er nie ein Ende finden, obgleich er dunkel spürte, daß das unerläßlich war für seine Geschichte.

Ich habe mich immer frei entschieden, und ich werde das auch weiterhin tun, schrieb er auf das Blatt Papier mit dem Briefkopf des Hutgeschäfts, während er Louise hinaufgehen hörte, um zu Bett zu gehen.

Was er getan hatte, hieß nicht den Kampf aufgeben oder den Rückzug antreten.

Im Gegenteil, sein Lächeln war mit den Jahren

immer mitleidiger geworden, wenn er die andern für ein paar Tage aus Paris in die Heimat zurückkommen sah, wo sie glaubten sich aufspielen zu müssen.

Er wußte genau, daß er recht gehabt hatte, daß er den richtigen Weg gegangen war.

Später habe ich beschlossen zu heiraten.

Auch das war fast wahr, denn es gehört eine Frau ins Haus, und es ist widerlich, von Zeit zu Zeit irgendwohin zu gehen, um sich zu befriedigen. Damals gab es Mademoiselle Berthe in der Rue Gargoulleau noch nicht. Man mußte sehr tief hinabsteigen, ins Gemeine.

Er hatte Mathilde nicht gewählt. Das war wieder falsch. Er hatte sich dafür entschieden, nicht mit seiner Mutter zu kämpfen, dafür entschieden, ihr Freude zu machen, weil sie krank war, weil er fand, daß sich der Unterschied zwischen dem einen jungen Mädchen und dem anderen nicht lohnte, daß man seine Zeit vergeudete und anderen Kummer machte.

Nachdem er den privaten Fliegerklub gegründet hatte – denn den hatte er gegründet –, hatte er sich wieder dafür entschieden, sich zurückzuziehen, weil man, sich bei ihm dafür entschuldigend, den Reeder Borin zum Präsidenten gewählt hatte, denn Borin, reich und hochmütig, war in der Lage, die Vereinskasse kräftig aufzufüllen.

Er hätte Sekretär oder Vizepräsident werden können. Er hatte es vorgezogen, nichts zu werden.

Es war weder Trotz noch fehlender Kampfgeist.

Wenn er sich die Mühe gemacht hätte, gegen die Kandidatur Borins zu kämpfen, hätte er ihn ausgestochen. Er, und nur er allein, war der Ansicht gewesen, daß es nicht die Mühe lohne.

Dieses Gefühl, so klar und deutlich in seinem Innern, ließ sich unmöglich erklären. Er fühlte in seinem Leben so etwas wie eine kontinuierliche Linie, die er mit der Spitze seiner Feder hätte zeichnen können. Bloß, die Worte brachten alles durcheinander, sagten zuviel oder nicht genug.

Und Louise, dieses schmutzige Vieh, begann in ihrem Zimmer mit ihrem widerwärtigen täglichen Krach. Auf einem Raum von acht Quadratmetern machte sie allein soviel Lärm wie alle Soldaten eines Mannschaftszimmers. Man hörte, wie die Schuhe einer nach dem andern auf den Fußboden fielen, man erriet, daß sie schnaufend das Kleid über den Kopf streifte, daß das Gesicht ganz rot wieder zum Vorschein kam, er glaubte sogar zu sehen, wie sie sich die Brüste rieb, nachdem sie den Büstenhalter abgelegt hatte, sah dann den roten Streifen, den das Gummiband ihrer Hose auf der Taille hinterließ.

Daß er nicht mit ihr geschlafen hatte, war wiederum seine Entscheidung. Er hätte es gekonnt. Wer weiß, ob sie das nicht immer erwartet hatte? Sie hätte sich fügsam hingelegt. Sicher verstand sie gar nicht, warum er nicht zu ihr kam.

Hatte sie gespürt, daß er es am Anfang beinahe getan hätte und daß er sich diese Versuchung immer noch übelnahm?

Sie nannten ihn den *Hutmacher*, als ob es eine

Beleidigung wäre, auf jeden Fall ein lächerliches Wort, etwas Drolliges.

Doch er hatte stets bei allem die Entscheidung getroffen. Infolgedessen war er doch der Stärkere, oder nicht?

Er hatte sich auch dafür entschieden, Mathilde aus dem Weg zu räumen, und er hatte vor ihrem Leichnam nichts empfunden, er hatte keine Gewissensbisse gehabt. Keinen Augenblick lang hatte er, während er zudrückte und sie ihn mit mehr Verblüffung als Entsetzen ansah, Mitleid gehabt.

Vielleicht war es seit langem schon ohne sein Wissen entschieden worden. Er hatte sich gesagt:

»Wenn sie die Grenzen überschreitet...«

Er hatte die Grenzsteine ziemlich weit gesteckt, um ihr eine Chance zu geben. Er hatte sie fünfzehn Jahre geduldet. Er hatte die Zügel derart schleifen lassen, daß sie sich eingebildet hatte, ihr sei alles erlaubt.

Er hatte sie nicht wegen Madame Lafarge umgebracht, sondern weil sie übertrieben hatte.

Louise, die neu im Haus war, schlief noch in einem Zimmer, das er ihr in der Stadt gemietet hatte, in einem Mansardenzimmer an der Place du Marché, über einem Stoffladen.

Danach hatte er die ganze Nacht vor sich gehabt, und er hatte sich Zeit gelassen, um nichts dem Zufall zu überlassen.

Der Boden im Keller war nicht zementiert. Ein gutes Drittel der Fläche, unter dem Kellerfenster, war mit Kohlen bedeckt.

Er hatte sich angestrengt, um einen Teil dieser Fläche

freizumachen und dort ein etwa ein Meter tiefes Loch in den Boden zu graben. Er hatte Mathildes Leiche auf dem Rücken hinuntergetragen, was auf der Wendeltreppe nicht einfach war, dann war er wieder hinaufgegangen, um aus Zartgefühl ein Bettuch im Zimmer zu holen.

Er hatte bei seiner Arbeit nicht einmal vergessen, das Kellerfenster zuzuhängen, denn man hätte sich darüber wundern können, daß die ganze Nacht über im Keller Licht zu sehen war.

Um fünf Uhr morgens war es vorbei, die Kohle wieder an ihrem Platz, das Kellerfenster frei. Er hatte die Stufen der Treppe eine um die andere gescheuert, dann in der Badewanne seine Kleider gereinigt.

In diesem Augenblick glaubte er, seine Arbeit sei erledigt. Er hatte die notwendigen Vorsichtsmaßnahmen festgelegt, was leicht war, da Mathilde niemanden hatte sehen wollen und er seit Jahren der einzige Mensch war, der das Zimmer betrat.

Manche werden behaupten, daß ich mich freimachen wollte. Das ist idiotisch.

Er wußte, bevor er zur Tat schritt, daß er nicht freier sein würde als zuvor, denn er würde sich so verhalten müssen, als ob seine Frau noch lebte, müßte daher täglich die gleichen Bewegungen machen, zu den gleichen Zeiten zu Hause sein.

Sie hatte das Maß überschritten, es gab nichts anderes zu sagen.

Am ersten Tag war er fast fröhlich. Es war amüsant,

das Essen hinaufzutragen und es dann ins Klo zu schütten, auch weiterhin keinen Fisch zu essen, weil Mathilde den Geruch nicht ertragen konnte, am Seil zu ziehen, um das Geräusch des Stockes auf dem Fußboden nachzuahmen, den Holzkopf vor das Fenster zu rollen und ganz allein für sich zu reden, während er im Zimmer auf und ab lief.

»*Hat meine Frau nicht gerufen?*«

Valentin hatte nichts geargwöhnt. Louise auch nicht. Auf jeden Fall hatte sie nichts durchblicken lassen.

Am fünften Tag war er vor dem Gruppenfoto stehengeblieben, das damals noch an der Wand hing. Darauf hatte ihn für den Zeitraum eines Augenblicks seine Kaltblütigkeit verlassen, er war blaß geworden, hatte wirklich Angst bekommen.

Denn es stimmte nicht so ganz, daß niemand das Zimmer betrat. Es war eine Tradition, seitdem Mathilde bettlägrig geworden war, daß ihre Schulfreundinnen, die noch in der Stadt wohnten, ihr jedes Jahr an ihrem Geburtstag am 24. Dezember gratulieren kamen und ihr Geschenke brachten.

Sie waren zwar nur alte Frauen, alte Mädchen, und doch piepsten sie an diesem Tag durcheinander wie Pensionatszöglinge.

Er hatte die Situation nüchtern ins Auge fassen müssen. Er konnte sie natürlich einige Tage vor Weihnachten eine nach der andern aufsuchen, um ihnen mitzuteilen, daß Mathilde sich nicht wohl fühlte und daß sie es vorzog, niemanden zu empfangen.

Im darauffolgenden Jahr hätte er das wieder tun

müssen, dann in den anderen Jahren, bis sie alle tot wären, und das würde am Ende möglicherweise Verdacht erregen.

Er hatte sechs Wochen vor sich. Er kannte die Geschichte einer jeden einzelnen, ihre Gewohnheiten. Es war so ziemlich der einzige Gesprächsstoff Mathildes. Wenn es ihr gut ging, erzählte sie endlose Geschichten aus dem Kloster, und zwar mit einer solchen Leidenschaft, als ob das alles erst gestern gewesen wäre. Es kam vor, daß sie noch nach über vierzig Jahren von Mutter Sainte-Joséphine träumte.

»Heute nacht habe ich geträumt, daß Anne-Marie Lange mir gesagt hat...«

Sie sprang oft ohne Übergang von der Vergangenheit in die Gegenwart.

»Ich frage mich, ob Rosalie Cujas glücklich ist. Im Augenblick ist sie wohl in ihrem Laden in der Rue des Merciers.«

Er hatte lange nachgedacht. Was ihn beim Tod Mathildes am meisten überrascht hatte, war die Geschwindigkeit, mit der das geschehen war.

Gewiß, die andern waren gesund, doch sie hatten alle das gleiche Alter. Es hatte mehrere Tage gedauert, bis er an die Cello-Saite gedacht hatte, die er dann, über das Gäßchen und den Hof, ins zweite Stockwerk holen gegangen war.

Er hatte sich entschieden, seine Wahl getroffen. Er hatte sich nicht feige für den leichtesten Weg entschieden. Er hatte alle Möglichkeiten in Betracht gezogen, und das, wofür er sich entschieden hatte, war nicht sonderlich angenehm.

Ich schwöre, daß ich kein perverses Vergnügen daran gefunden habe, schrieb er gegen halb elf Uhr abends.

Er war nicht betrunken. Er war überzeugt davon, daß der Alkohol mit dem, was er empfand, nichts zu tun hatte. Ein Beweis dafür war, daß er schon gleich am Morgen so empfunden hatte und sogar am Vorabend, auf dem Quai Duperré, als der kleine Schneider auf seinen Fersen war.

Ein Vergleich kam ihm in den Sinn. Er schrieb ihn auf, denn er glaubte, daß es von nun an sinnvoll sei, alles aufzuschreiben. Er wußte, daß es am nächsten Tag vielleicht nicht mehr so klar und deutlich in seinem Gedächtnis sein würde.

Und gerade um Klarheit und Deutlichkeit ging es. Als er klein war, hatte er sehr gute Augen. Die Bilder waren also für ihn vollkommen klar, alles zeichnete sich genau ab, die Konturen der Gegenstände, die Farben, die kleinsten Einzelheiten.

Zu jener Zeit lebte noch seine Großmutter – die Mutter seines Vaters –, und sie trug eine Brille mit Silberfassung. Es waren Gläser, die so dick waren wie eine Lupe, und manchmal machte er sich einen Spaß daraus, sie vor seine Augen zu halten, und sofort wurden die Dinge verschwommen, ihre Proportionen änderten sich, er sah die Welt wie durch einen Wassertropfen hindurch.

Bis zu dem Zwischenfall vor dem bischöflichen Palais – genau genommen handelte es sich um das Fehlen eines Zwischenfalls, denn es war ja nichts geschehen – war alles vollkommen klar gewesen, und sogar noch klarer als früher, mit grellen Tönen, mit sich scharf abhebenden Schwarz- und Weißtönen, Linien, die wie mit Tinte gezeichnet waren.

Er ging geradeaus seinen Weg, tat das, was er zu tun beschlossen hatte, brauchte auch nicht zu trinken, um seine Kaltblütigkeit zu festigen, ein Wort, das ihm schon gar nicht in den Sinn kam.

Wenn er nach Hause kam, strich er in Gedanken einen Namen auf der Liste, einen Kopf auf dem Foto aus, kostete es zufrieden aus, daß er seine Aufgabe erfüllt hatte.

Er ging jetzt sogar so weit, daß er diese Zeit als eine der glücklichsten seines Lebens ansah, eine der erfülltesten, vielleicht nur noch seiner Zeit in der Luftwaffe gleich, wenn er, auch damals, in aller Ruhe die abgeschossenen feindlichen Flugzeuge zählte, die Palmzweige auf seinem Kriegsverdienstkreuz.

Wie bei der Luftwaffe lebte er ständig in Gefahr. Er mußte an alles denken, gute Reflexe haben, durfte nichts dem Zufall überlassen.

Wie schon während des Krieges sagte er sich:

»In einigen Wochen wird es vorbei sein, und ich werde meine Ruhe haben.«

Er hatte keine Alpträume, war nicht verwirrt oder unsicher. Er hatte sich an ein gewisses kleines Fieber gewöhnt, das ihn in dem Augenblick überkam, in dem er zu einer seiner Expeditionen aus dem Haus ging, an den Eindruck der Erleichterung, den er empfand, wenn er dann heimkam.

Wäre es auch noch jetzt so, wenn Mutter Sainte-Ursule am Montag ausgegangen wäre, wie sie es hätte tun sollen, und wenn er seine Liste ganz abgehakt hätte?

Er schrieb, mit stoßweisen Bewegungen seiner Hand, die er einfach nicht kontrollieren konnte:

Es hat sich nichts geändert, da ihr Tod in Wirklichkeit nutzlos ist. Sie ist nie ins Haus gekommen. Am 24. dieses Monats wird sie sich damit begnügen, wie in den anderen Jahren Glückwünsche und ein frommes Bild zu schicken. Und schließlich war ich es immer, der ihr im Namen Mathildes geschrieben hat, um ihr zu danken.

Zum andern habe ich keinen Grund, ihr böse zu sein. Ich habe kein Interesse an ihrem Tod.

Infolgedessen ist meine Arbeit beendet. Ich habe genau das ausgeführt, was ich mir vorgenommen hatte.

Das stimmte gar nicht, und hier geriet er in Verwirrung, schnüffelte gewissermaßen in den geheimen Winkeln von sich selbst herum, beunruhigt, sich in seiner Haut nicht wohl fühlend.

Er mußte jetzt trinken, um seine Kaltblütigkeit zu bewahren, um nicht wieder zu spüren, wie seine Nerven nachgaben, um diese innere Panik zu vermeiden, die überhaupt nichts mit Angst zu tun hatte.

Denn er hatte keine Angst, vor nichts, nicht einmal davor, verhaftet zu werden. Im Gegenteil, es wäre eine ausgezeichnete Gelegenheit, sich zu erklären. Man müßte ihm zuhören, und er würde sich viel Zeit lassen.

Manchmal war es vorgekommen, daß er sich absichtlich wünschte, eine Unvorsichtigkeit zu begehen, um die Gefahr zu provozieren, so wie er damals, gegen die Vorschrift, im Tiefflug über die feindlichen Schützengräben geflogen war.

Was hervorgehoben werden mußte, was wichtig war, wichtiger als alles auf der Welt, das war die Tatsache, daß er nie aufgehört hatte klarzusehen.

Warum war plötzlich und ohne Grund die Mechanik kaputtgegangen? Er machte sich keine Illusionen. Er hätte es für eine beginnende Grippe halten können, aber das war falsch. Valentin hatte den Schnupfen. Kachoudas war krank. Er nicht.

Dabei begann die Welt um ihn herum, in ihm selber dem zu gleichen, was er früher durch die Brille seiner Großmutter gesehen hatte.

Er war nicht in normaler geistiger Verfassung zu Mademoiselle Berthe gegangen. Er war ehrlich zu sich selber: als er zu ihr ging, hatte er nicht das geringste Verlangen, Liebe zu machen.

Er hatte auch nicht beschlossen, etwas anderes zu tun, und er hatte die Cello-Saite nicht mitgenommen.

Genau das war bedenklich.

Wie bei Louise. Er hatte Louise nichts getan, er war überzeugt, daß er ihr nichts tun würde, doch die Versuchung bestand fort, nicht in seinem Kopf, dem dieses dicke, dumme Mädchen gleichgültig war, sondern in weiß Gott welcher Falte seines Fleisches.

Jeantet war grausam gewesen, als er die Worte des Psychiaters aus Bordeaux wiedergab:

Er wird erst aufhören zu töten, wenn er gefaßt ist.

Warum? Dieser Mann hatte ihn nie gesehen, wußte

nichts über ihn und erlaubte sich nun, aus der Ferne, von oben herab, mit einer boshaften Selbstsicherheit über sein Schicksal zu urteilen.

Er stand auf, um aus dem Fenster zu sehen, und es brannte immer noch Licht gegenüber. Madame Kachoudas war allein. Sie war im Korbsessel eingedöst. Auf dem Tisch des Schneiders stand der Wecker.

Es war also ernst. Oder aber sie mußte ihm in regelmäßigen Abständen ein Medikament geben. Monsieur Labbé war sicher, daß der kleine Schneider es abgelehnt hatte, sich ins Krankenhaus bringen zu lassen.

Diese Leute klammern sich an ihr Zuhause, werden zu Hause geboren und sterben dort.

Warum erschreckte ihn der Gedanke an den möglichen Tod seines Nachbarn? Kachoudas nutzte ihm gar nichts. Sie kannten sich kaum. Und jetzt sah es so aus, als wolle er sich an ihn klammern. Da war etwas in Unordnung geraten. Alles war in Unordnung geraten. Dreimal an diesem Abend hatte er sich geschworen, daß es das letzte Glas wäre, das er vor dem Schlafengehen trinken würde, und jedes Mal goß er sich ein anderes ein.

Er hatte das Feuer erlöschen lassen und zwei Blatt Papier mit seiner Schrift bedeckt, deren Anblick ihm Unbehagen verursachte.

Wann hatte er angefangen, so schlecht zu schreiben, mit Buchstaben, die fehlten, und anderen, die sich überlappten? Er hatte von Graphologie reden hören. Man hatte im Café des Colonnes darüber diskutiert. Er erinnerte sich, daß Paul Chantreau gesagt hatte: »Man übertreibt zwar gewaltig, aber ein Kern wissenschaftlicher Wahrheit ist doch dran. Jene, die behaupten, daß sie in der Schrift die Vergangenheit und die Zukunft entdecken, sind Scharlatane oder Naivlinge. Es steht aber nichtsdestoweniger fest, daß man aus der Schrift den Charakter eines Menschen und häufig seinen Gesundheitszustand erkennen kann. Ein Herzkranker schreibt zum Beispiel anders als ein Schwindsüchtiger...«

Es war gleichgültig, was er erzählt hatte. Monsieur Labbé war niemals krank gewesen, abgesehen von seiner jährlichen Angina, und er war auch nicht herzkrank. Er hatte sich erst sechs Monate zuvor gründlich untersuchen lassen.

Er würde nicht mehr trinken, denn das war gefährlich, das zerrte an seinen Nerven. Schon im Café hatte Chantreau ihn so seltsam angesehen.

Da seine Arbeit beendet war, würde er nicht einmal mehr die Zeitungen lesen. Jeantet könnte weiter an seinem Fall herumrätseln. Was die andern Reporter anging, so würden sie schließlich in Anbetracht der Tatsache, daß nichts mehr passierte, den Schwung verlieren. Denn es waren Reporter aus Paris gekommen, zuerst sechs oder sieben, die sich im Hôtel des Etrangers eingemietet und das Café de la Poste, gegenüber dem Bürgermeisteramt, zu ihrem Hauptquartier gemacht hatten.

Da sich die Sache ewig hinzog, waren einige wieder abgereist, doch es mußten mindestens noch drei dageblieben sein, darunter ein Fotograf, dem man auf den Straßen begegnen konnte, seinen Apparat auf dem Bauch und eine riesige Pfeife im Schnabel.

Ferner gab es noch die Korrespondenten einer Zeitung aus Bordeaux und einer Zeitung aus Nantes, doch die wohnten in der Stadt und verbrachten den größten Teil ihrer Zeit in einem Lokal in der Nähe der Turmuhr. Beide kannten Monsieur Labbé und grüßten ihn mit Namen.

Er mußte nur durchhalten. Alles, was er gerade geschrieben hatte, war dumm. Er hatte geglaubt, sich klarer auszudrücken, indem er gewisse Stellen unterstrich, doch das war im Grunde nur für ihn von Bedeutung.

Das Feuer war schon lange erloschen, die Kälte drang in den Raum, und der Hutmacher merkte kaum, daß er, die Hände in den Taschen, auf und ab ging, daß die Zeiger vorrückten, daß seine Stunde schon längst vorbei war.

War er noch ruhig genug?

Er trank noch einen Schluck, fühlte sich besser. Er kam immer mehr zu der Überzeugung, daß alles in Ordnung gehen würde. Der kleine Schneider würde gesund werden. Vielleicht würde er eines Tages mit ihm reden, einfach, ganz einfach.

Er würde zu ihm sagen, um ihn zu beruhigen, um ihm seinen Frieden wiederzugeben:

»*Wissen Sie, Kachoudas, es ist vorbei. Sie dürfen nicht mehr daran denken.*«

Merkwürdigerweise hatte er das Gefühl, daß der kleine Schneider durch seine Schuld krank geworden war, und er war darüber bekümmert. Er hätte gern gewußt, wie es ihm ging. Was hinderte ihn eigentlich daran, am nächsten Tag nachzufragen? Sie waren Nachbarn, sie sagten sich jeden Tag über die Straße hinweg guten Tag. Madame Kachoudas würde herunterkommen, wenn sie die Glocke der Eingangstür hörte.

Dann würde sie zu ihrem Mann gehen und sagen:
»Der Hutmacher ist dagewesen und hat sich erkundigt, wie es dir geht.«

Kachoudas bekäme Angst. Weiß Gott, was er sich vorstellen würde. Es war unmöglich. Er durfte das nicht tun.

Er durfte nichts tun, sich nur an seinen Stundenplan halten, an die Gebärden, die er sich auferlegt hatte. Sich sorgfältig an seinen Stundenplan halten, das war alles!

Er spitzte die Ohren. Er hatte gerade die Flasche in der Hand. Es war der letzte Schluck. Morgen würde er den Cognac in den Mülleimer werfen und nur noch seine beiden täglichen Picons trinken, während des Bridge-Spiels.

Jemand ging im Haus herum. Es war ein ungewöhnliches Geräusch. Es streifte etwas an der Tür entlang.

Eine häßliche Stimme sagte:
»Können Sie die Leute nicht schlafen lassen? Was müssen Sie denn die ganze Nacht herumlaufen wie ein Tier?«

Einen Augenblick lang blieb er reglos stehen, völlig reglos. Er war nicht weit von der Tür entfernt. Er brauchte nur den Arm auszustrecken, um den Schlüssel im Schloß herumzudrehen.

»Das darf ich auf keinen Fall tun.«

Er tat es. Er machte die Tür weit auf und sah, schlecht beleuchtet, genau im Rahmen, wie ein Gemälde, Louise im weißen Baumwollhemd, die Haare über den Schultern hängend, mit bloßen Füßen – weil sie barfuß war, machten ihre Schritte nicht das gleiche Geräusch wie gewöhnlich.

Er hatte immer noch die Flasche in der Hand, und diese Flasche starrte sie zuerst erstaunt an, dann das Gesicht des Hutmachers. Sie begriff nicht, was los war. Sie hatte noch keine Angst. Ungeschminkt hatte sie seltsam blasse Lippen. Ihre Brüste unter dem Nachthemd waren prall wie Euter.

Er rührte sich nicht. Er stand ganz und gar reglos, und vielleicht atmete er während dieser ganzen Zeit nicht.

Sie sah das Zimmer hinter ihm, und ihr Blick glitt über die beiden leeren Betten, blieb an dem Sessel, an dem Holzkopf hängen.

Darauf machte sie den Mund weit auf zu einem Schrei, der nicht herauskam. Sicherlich wäre sie am liebsten, so schnell sie konnte, geflohen. Er spürte es. Aber auch sie konnte sich nicht rühren.

Er war der erste, der sich aus seiner Reglosigkeit losriß. Die Cognacflasche zersplitterte auf dem Boden.

Statt Widerstand zu leisten, fiel Louise ganz schlaff hin, und er fiel auf sie, mit dem Kopf auf den Treppenabsatz, einen Fuß zwischen den Stäben des Treppenhauses.

Sie war noch warm und feucht; sie roch stark unter den Achselhöhlen. Eine ihrer Hände hatte das Ohr des

Hutmachers gepackt, und man hätte meinen können, sie versuche, es abzureißen.

Als er wieder aufstand, schwankte er. Er hatte gerade noch die Kraft, ins Zimmer zu gehen und sich, ohne die Tür abzuschließen, auf Mathildes Bett fallen zu lassen.

Er schaute nicht auf die Uhr. Er würde nie wissen, wie lange es gedauert hatte. Er hatte den Eindruck gehabt, einen Abgrund hinunterzupurzeln, wie in einem Alptraum, und er starrte auf den Bettvorleger, wagte nicht den Kopf zu heben.

Sein erstes klares Gefühl war das Gefühl von etwas Sanftem und Warmem: das Blut, das von seinem eingerissenen Ohr herabfloß, in seinen Halsausschnitt lief und ihn kitzelte.

Er bewegte ein wenig den Kopf und sah die bloßen Füße, die Beine, den nackten Bauch Louises, ihr zerrissenes Hemd.

Die Cognacflasche war in Scherben. Mit weichem Körper stand er auf, stürzte ins Badezimmer, um ein Glas Wasser zu trinken, hatte gerade noch Zeit, sich übers Waschbecken zu beugen, um sich zu erbrechen.

8

Auch an diesem Morgen konnte er nicht über die Straße hinweg rufen:

»Guten Morgen, Kachoudas.«

Dem Schneider ging es sicher nicht besser. Zwar waren die Kleinen zur Schule gegangen, doch Esther, die Älteste, schien keine Anstalten zu machen, sich in ihr Kaufhaus zu begeben. Um halb neun hatte sie noch nicht damit angefangen, sich anzuziehen, und sie war dabei, die Wohnung aufzuräumen, während sich ihre Mutter wahrscheinlich ausruhte.

Es war der Tag des kleinen Marktes. Man hörte ein Stimmengewirr aus der Richtung des gedeckten Marktes, und in der Rue du Minage waren einige alte Frauen, immer die gleichen am gleichen Platz, mit einem Klappstuhl, einigen Gemüsekörben, Kastanien, lebendem Geflügel.

Als Valentin ankam, kehrte Monsieur Labbé gerade den Laden und fegte den Schmutz durch die offene Tür auf die Straße hinaus. Der Geselle bemerkte nichts Anormales. Sein Chef hatte mit seiner tiefen Stimme – er hatte eine schöne Stimme – zu ihm gesagt:

»Guten Morgen, Valentin. Wie geht es Ihnen?«

Und er sah ihn interessiert an.

»Ich glaube, es geht mir besser, Monsieur«, antwortete der rothaarige, schnüffelnde junge Mann. »Ich huste ein wenig, aber meine Mutter sagt, das ist nur, weil es sich in der Brust löst.«

Im Haus schien alles in Ordnung zu sein. Der Gasofen war angezündet. Monsieur Labbé war ruhig, eher wohlwollend, wie er das von Zeit zu Zeit war. An diesen Tagen zeigte er sich Valentin gegenüber väterlich, sprach fast mit gesalbter Stimme, und manchmal versuchte er, ihn zum Lachen zu bringen.

Er war wie immer frisch rasiert, trug ein sauberes Hemd, glänzende Schuhe, eine gut geknotete Krawatte.

»Ich bin ziemlich beunruhigt, Valentin. Gestern abend, als ich bei meiner Frau war, habe ich gehört, wie Louise aus dem Haus ging. Ich habe geglaubt, sie hätte an der Straßenecke eine Verabredung mit einem Verehrer, und habe damit gewartet, den Riegel vorzuschieben. Aber sie ist nicht heimgekommen.«

»Glauben Sie, daß sie erwürgt worden ist?«

»Ich werde auf jeden Fall die Polizei benachrichtigen.«

Wieder einmal tat er das, was er zu tun hatte. Gegen seine Erwartung hatte er nicht das aufgedunsene Gesicht wie am Vortag und auch keinen fliehenden Blick. Seine Hände zitterten nicht. Er war ruhig und ernst, ohne besorgt zu sein, wie das vorkommt, wenn man tief geschlafen hat.

Denn er hatte tief geschlafen. Als er aus dem Bad gekommen war, hatte er sich in den Sessel vor das erloschene Feuer gesetzt, und nie in seinem Leben hatte er sich so leer gefühlt. Hatte er sich nicht gerade buchstäblich auf alle möglichen Arten entleert?

Er hatte nichts angeschaut, an nichts gedacht, und

noch keine fünf Minuten später war er in einen traumlosen Schlaf gefallen. Als er die Augen aufgemacht hatte, hatte der Wecker auf dem Kamin die gleiche Stunde angezeigt wie an den übrigen Tagen, wenn er aufstand, und er selber war schon so gewesen, wie man ihn jetzt sah, ruhig, sehr ruhig, mit etwas langsamen Bewegungen, mit einer großen inneren Müdigkeit, aber auch einer ungeheuren Erleichterung.

Sein Denken war ganz natürlich in Gang gekommen. Er mußte nachdenken, sich über den Stand der Dinge Klarheit verschaffen, doch er nahm nichts tragisch.

Es war zu spät, um die Leiche in den Keller hinunterzuschaffen, und außerdem fühlte er nicht die Kraft in sich, den Kohlenhaufen wegzuschaufeln. Er hatte Louise an den Füßen ins Zimmer geschleift und sie unter Mathildes Bett gestoßen. Es war überflüssig, sie zu verstecken. Wenn irgend jemand ins Zimmer käme, würde sowieso alles entdeckt. Was zählte, war nicht das Dienstmädchen. Das war Mathilde. Dennoch war es ihm lieber, das dicke Mädchen nicht jedesmal zu sehen, wenn er hinaufgehen mußte.

Er machte das Feuer an, wie an den anderen Morgen, tat alles, was er zu tun hatte, und machte sich darüber hinaus seinen Kaffee. Es kam sogar vor, daß er vor sich hin sprach, während er im Zimmer hin und her ging, obgleich das heute nicht nötig war.

Gegenüber brannte noch Licht. Madame Kachoudas, die sich die ganze Nacht über nicht hingelegt hatte, machte kraftlos das Frühstück.

Was ihn am meisten berührte, war, daß er in das Zimmer des Dienstmädchens gehen mußte, doch es war unerläßlich. Das Bett war zerwühlt, und auf den Bettüchern waren Flecken. Er mußte es machen. Der Kamm war voller Haare. Der Geruch widerte ihn an. Überall lagen Kleider und Wäsche herum, und in einer Ecke standen zwei billige Koffer.

Es war besser, wenn er nicht behauptete, sie sei mit ihren Sachen weggegangen. Er brauchte nur die Kleider wegzuschaffen, die sie am Tag zuvor getragen hatte, wobei er natürlich nichts vergessen durfte; die Strümpfe, die Schuhe, die Unterhose, den Büstenhalter, den Unterrock, das Kleid. Auch ihren Mantel durfte er nicht vergessen, denn bei der Kälte, die draußen herrschte, wäre sie nicht ohne Mantel aus dem Haus gegangen.

Beinahe hätte er alles gefährdet. Er war im Begriff, hinunterzugehen, als er wie durch ein Wunder an die Haarnadeln dachte, und diese anzufassen ekelte ihn am meisten. Er warf sie ins Klo, wie er es an den übrigen Tagen mit Mathildes Essen gemacht hatte. Was die Kleider anging, so hatte er sich damit begnügt, sie zu dem Leichnam unters Bett zu schieben.

Hatte er nichts vergessen? Er kehrte in Louises Zimmer zurück, machte die Nachttischschublade auf, sah eine mit Muscheln bedeckte Schachtel. Sie enthielt Ringe und Armbänder, wie man sie auf den Jahrmärkten kauft, zwei oder drei Postkarten, einen Schlüssel, sicherlich den einer der beiden Koffer, Kleingeld und das Bild eines jungen Mannes mit dichtem, widerspenstigem Haar, ein Bauer im Sonntagsanzug, der sich auf einem Flugzeug aus Pappmaché hatte fotografieren lassen. Er ließ es da.

Das war alles. Ansonsten mußte er eben auf sein Glück setzen, und er hatte Vertrauen. Was ihn am meisten bekümmerte, war Kachoudas' Krankheit. Zweimal überraschte er Madame Kachoudas, die am Fenster gegenüber zum Hutgeschäft herüberschaute.

Hatte ihr der kleine Schneider etwas erzählt? Hatte er sie einfach nur gefragt:

»Was macht Monsieur Labbé?«

Vielleicht redete er im Fieber? Und würde er nicht einen Priester kommen lassen, wenn er glaubte, schwer erkrankt zu sein?

Er hätte ihn gern besucht. Das war fast unmöglich. Dieser Schritt würde nicht in den Rahmen ihrer offiziellen Beziehungen passen.

Dennoch blieb dieser Gedanke in einer Ecke seines Kopfes haften.

»Ich werde wahrscheinlich in einer halben Stunde wieder hier sein, Valentin. Ich glaube nicht, daß meine Frau rufen wird.«

»Ja, Monsieur.«

Er zog seinen Mantel an, setzte seinen Hut auf, hätte beinahe die Cello-Saite zerstört. Er dachte auch an das Seil, das vom Wandschrank aus das Signal im ersten Stock auslöste. Wozu eigentlich? Wenn man nämlich anfinge, das Haus zu durchsuchen, würde man sowieso der Wahrheit auf die Spur kommen.

Die Sonne war schon fast warm, die Stadt sah an diesem Morgen sehr fröhlich aus. Er hatte nicht getrunken. Er hatte sich wohlweislich davor gehütet zu trinken. Er hatte kaum Lust dazu gehabt.

Er ging schräg über die Place d'Armes, bog in die

Rue Réaumur ein, erreichte das Gebäude, wo Pigeac seine Büros hatte. Es war kein richtiges Verwaltungsgebäude, sondern ein sehr weiträumiges, schönes Privathaus, das man kürzlich zu einem Bürohaus umgebaut hatte. Im Erdgeschoß waren die Räumlichkeiten der Sozialversicherung, wo vor allem junge Mädchen arbeiteten.

Er stieg in den ersten Stock hinauf. Eine Tür stand offen. Drei Männer bewegten sich in einem dichten Rauch. Der Ofen zog nicht und stieß den ganzen Rauch ins Zimmer, dessen Fenster, die auf den Hof gingen, man hatte öffnen müssen. Pigeac saß im Mantel, den Hut auf dem Kopf, auf der Kante seines Schreibtisches und wartete.

»Sieh an!« sagte er. »Der Hutmacher!«

»Guten Morgen, Monsieur Pigeac.«

Eine zweite, offenstehende Tür ging auf ein Badezimmer, in dem man die Badewanne belassen und sich damit begnügt hatte, Regale anzubringen, die voller Ordner standen.

Monsieur Labbé hustete wegen des Rauchs. Pigeac hustete ebenfalls, und seine beiden Inspektoren kämpften mit dem Ofen.

»Entschuldigen Sie bitte, daß ich Sie so empfangen muß, aber obgleich ich vor vierzehn Tagen darum gebeten habe, daß der Kamin gefegt werde, tut sich nichts. Sollen wir ins Treppenhaus gehen?«

Es war nicht beeindruckend, im Gegenteil.

»Welch glücklicher Zufall führt Sie hierher, Monsieur Labbé?«

»Ich fürchte, Herr Kommissar, daß es ein böser

Zufall ist. Das heißt, im Grunde weiß ich es nicht. Vielleicht mache ich mir zu Unrecht Sorgen.«

Er war selbstsicher genug, um seine Sätze zurechtzudrechseln.

»Ich bin sicherlich nicht der erste, der Sie seit den Ereignissen der letzten Zeit unnötig stört. Ich habe, wie alle Welt, ein Dienstmädchen. Es ist vom Lande, aus Charron, genauer gesagt. Sie wissen sicherlich über den Gesundheitszustand meiner Frau Bescheid. Seit Jahren schon will sie niemanden sehen und lebt völlig zurückgezogen in ihrem Zimmer. Deshalb wohnte das Dienstmädchen auch bis vor kurzem in einem Zimmer, das ich an der Place du Marché gemietet hatte.«

Pigeac hörte ihm zu und sah ihn aufmerksam und sogar ein wenig aufdringlich an, aber so sah er alle Leute an, weil er glaubte, sich auf diese Weise mehr Bedeutung zu geben. Unten, in den Büroräumen der Sozialversicherung, hörte man das Geklatsch der kleinen Angestellten.

Alles machte einen unseriösen Eindruck.

»Seitdem diese Morde die Bevölkerung in Schrecken versetzt haben, hat Louise, das Dienstmädchen, mich darum gebeten, im Haus schlafen zu dürfen, um bei Einbruch der Nacht nicht aus dem Haus zu müssen. Trotz des Widerwillens meiner Frau mußte ich einwilligen, da sie uns sonst verlassen hätte.«

»Seit wann schläft sie bei Ihnen?«

»Seit etwa drei Wochen. Wenn ich mich recht erinnere, war es nach dem Tod von Madame Cujas.«

»Schläft sie auf demselben Stockwerk wie Sie?«

»Im ersten, ja, in einem kleinen Zimmer, das auf den

Hof geht. Gestern abend so gegen neun Uhr, ganz genau kann ich es nicht sagen, weil ich damit beschäftigt war, meine Frau zu versorgen, habe ich gehört, wie sie die Treppe hinunterging. Ich habe geglaubt, sie hätte etwas in der Küche vergessen oder sie wolle sich ein warmes Getränk machen.«

»Tat sie das hin und wieder?«

»Nein. Deshalb bin ich schließlich auch unruhig geworden. Ich bin ebenfalls hinuntergegangen. Ich habe sie nicht gefunden. Ich habe festgestellt, daß der Riegel im Laden zurückgeschoben war, und daran habe ich gemerkt, daß sie aus dem Haus gegangen war, denn ich hatte den Riegel vorgeschoben, bevor ich hinaufgegangen war.

»Ist sie nicht heimgekommen?«

»Nein. Weder heute nacht noch heute morgen. Ich habe ziemlich lange auf sie gewartet. Heute morgen habe ich ihr Zimmer so vorgefunden, wie es gestern war. Das Bett war nicht aufgeschlagen.«

»Hat sie ihre Sachen mitgenommen?«

»Ich glaube nicht. Ich habe zwei Koffer und Kleider im Wandschrank gesehen.«

»War sie ein ernsthaftes Mädchen?«

»Ich habe mich nie über ihr Verhalten zu beklagen gehabt.«

»Ist es das erste Mal, daß sie am Abend aus dem Haus ging?«

»Seit sie bei uns wohnte, ja.«

»Ich begleite Sie.«

Pigeac ging in das noch immer von Rauch erfüllte Zimmer und sagte einige Worte zu seinen Inspektoren.

Dann ließ er Monsieur Labbé vor sich die Treppe hinuntergehen. Er war korrekt, aber kühl. Auf der Straße ließ er den Hutmacher zu seiner Rechten gehen, vielleicht ohne sich etwas dabei zu denken.

»Kennen Sie ihre Familie?«

»Ich weiß nur, daß ihre Eltern kleine Bauern aus Charron sind. Sie besuchte sie jeden Sonntag, ging morgens weg und kam abends wieder zurück.«

»Um wieviel Uhr?«

»Mit dem Autobus, der um neun Uhr an der Place d'Armes ankommt. Gegen neun Uhr fünf hörte ich sie stets ins Haus kommen.«

Sie kamen am Café des Colonnes vorbei, wo Gabriel, der die Scheiben mit Kreide scheuerte, sie grüßte.

Sie gingen im Gleichschritt. Es war ein seltsames Gefühl für Monsieur Labbé, so mit dem Sonderkommissar durch die Stadt zu gehen. Er mußte ganz natürlich sein, durfte nicht zuviel reden.

Es war Pigeac, der sagte:

»Vielleicht ist sie wieder zurück, wenn wir ankommen?«

»Das ist sehr gut möglich. Ich hätte Sie auch nicht gestört ohne das, was in den letzten Wochen passiert ist.«

»Sie haben richtig gehandelt.«

Das war's. Vor allem durfte er sich nicht beunruhigen. Die Chancen standen neunzig zu hundert, daß die Dinge auch weiterhin so einfach verliefen. Doch als Monsieur Labbé von weitem das Haus Kachoudas' sah, kam ihm ein Gedanke, der ihn quälte.

Der kleine Schneider konnte sie zwar nicht sehen, weil er nicht da war, aber es war sehr gut möglich, daß seine Frau die beiden Männer bemerkte. War sie auf? Sie hatte sich bestimmt nicht lange hingelegt. Das ist nicht die Art dieser Leute. Auch Esther konnte Pigeac erkennen, denn sein Foto war mehrmals in der Zeitung erschienen, und es kam bestimmt auch vor, daß er ins Prisunic ging. Es brauchte nur jemand zu Kachoudas zu sagen:

»Der Kommissar ist gerade zum Hutmacher gegangen...«

Er durfte die Belohnung von zwanzigtausend Francs nicht aus den Augen verlieren. Trotz seines Fiebers würde der kleine Schneider sich Gedanken machen. Wer weiß, ob er ihnen nicht zuvorkommen wollte?

»Treten Sie ein, Herr Kommissar.«

Sofort hüllte die Hitze sie ein. Monsieur Labbé war daran gewöhnt, auch an das Halbdunkel, das im ganzen Haus herrschte, an die Gerüche. War der Geruch so sonderbar, daß Pigeac die Nasenflügel blähte?

»Valentin, mein Geselle. Er ist wie üblich um neun Uhr gekommen. Er weiß nichts.«

Pigeac trat vor, die Hände in den Taschen, während seine Zigarette an der Unterlippe klebte.

»Ich nehme an, daß Sie das Zimmer sehen wollen?«

Der andere sagte weder ja noch nein, folgte ihm, erklomm hinter dem Hutmacher die Wendeltreppe.

»Dies ist das Zimmer meiner Frau, das sie seit fünfzehn Jahren nicht mehr verlassen hat.«

Monsieur Labbé sprach leise, und der Kommissar tat es ihm nach. Es war seltsam: er sah ein wenig angewidert aus, wie es der Hutmacher zum Beispiel gewesen wäre, wenn er die Gerüche bei den Kachoudas geschnüffelt hätte.

»Hier entlang.«

Sie gingen den Flur entlang, und Monsieur Labbé machte die Tür des Dienstmädchenzimmers auf.

»Hier ist es. Ich hätte sie auch im zweiten Stockwerk unterbringen können, wo große Zimmer frei sind, doch man gelangt nur von außen hin, was nicht sehr praktisch gewesen wäre.«

Der andere schaute um sich, wichtigtuerisch, nahm eine Hand aus der Tasche, um den Wandschrank zu öffnen. Er hatte seinen Hut nicht abgenommen. Er berührte nachlässig ein bonbonrotes Kleid, einen ziemlich abgenutzten schwarzen Samtrock, zwei weiße Blusen, die an Kleiderbügeln hingen. Auf dem Boden stand ein Paar Lackschuhe und am Fuß des Bettes, auf dem Bettvorleger, aus der Form geratene Pantoffeln, die eigentlich in den Mülleimer gehörten.

»Sie hat also ihre Sachen nicht mitgenommen.«

»Wie Sie sehen.«

Hoffentlich zieht er die Nachttischschublade auf und findet das Foto in der Schachtel mit den Muscheln!

Er tat es.

»Haben Sie diesen jungen Mann schon einmal in der Umgebung gesehen?«

Monsieur Labbé tat so, als betrachte er das Bild interessiert.

»Ich muß gestehen, daß ich mich nicht erinnere. Nein.«

»Wußten Sie, daß sie einen Verehrer hatte?«

»Nein. Ich habe mich sehr wenig um sie gekümmert. Sie war ziemlich verschlossen und eher mürrisch.«

»Ich nehme dieses Foto mit.«

Er schob es in seine Brieftasche, probierte den Schlüssel an den beiden Koffern aus, doch er paßte nicht. Vielleicht war es der Schlüssel zu einem Schrank in Charron?

»Ich danke Ihnen, Monsieur Labbé.«

Er ging hinunter. Im Laden legte er eine kurze Pause ein.

»Vielleicht wäre es gut, wenn ich einmal einen Blick in die Küche werfen würde? Diese Mädchen stecken ihre Sachen ja überall hin.«

Das Eßzimmer war um diese Zeit dunkler als das übrige Haus, und der Kommissar schien wirklich angewidert zu sein.

»Ist es hier?« fragte er und betrat den Verschlag, der als Küche diente.

Er fand nichts.

»Darf ich Ihnen ein Glas Wein anbieten? Ich habe ausgezeichnete Weißweine im Keller.«

»Danke.«

Er gab keinen Kommentar ab. Das war seine Art. Monsieur Labbé gab ebenfalls keinen ab. Er war vollkommen ruhig, vollkommen natürlich.

»Ich nehme an, daß ich ihre Familie nicht zu benachrichtigen brauche, daß Sie das tun werden?«

»Wie heißt sie eigentlich?«

»Chapus. Louise Chapus.«

Er schrieb ihren Namen in ein Notizbuch, das er

mit einem Gummiband verschloß, und knöpfte seinen Mantel wieder zu, bevor er hinausging. Nur der arme Valentin war beeindruckt. Als die Glastür wieder zu war, sah er dem Kommissar nach, der sicht entfernte, und fragte:

»Glaubt er, daß sie erwürgt worden ist?«

»Er weiß nicht mehr als wir.«

Seltsamer Tag. Alles war klar, leicht, prickelnd, und doch hing so etwas wie ein leichter Schleier über den Menschen und den Dingen.

»Hat meine Frau nicht gerufen?«

»Nein, Monsieur.«

Er ging hinauf, hatte keinen Blick für das Bett, unter dem immer noch die Leiche lag. Er ging ans Fenster, genau in dem Augenblick, in dem das graue Auto des Doktors am Gehsteig hielt. Madame Kachoudas, die es gehört hatte, stürzte zur Treppe. Esther schüttelte gerade ihren kleinen Bruder, der weinte, und sie wies immer wieder auf den hinteren Teil der Wohnung, wobei sie ihm sicherlich einhämmerte, daß er wegen dem Vater keinen Lärm machen solle.

Der Arztbesuch dauerte lange. In der Küche setzte man Wasser zum Kochen auf, wahrscheinlich, um eine Spritze zu machen. Während der Arzt, der aus dem Schlafzimmer herausgekommen war, mit Madame Kachoudas sprach, zog sie die Nase hoch und wischte sich mehrmals mit dem Taschentuch über die Augen.

Auf dem Sekretär erblickte der Hutmacher die Blätter, die er am Abend zuvor beschrieben hatte, und er zerriß sie und ging damit zum Kamin, um sie zu verbrennen.

Valentin, der ziemlich weit außerhalb der Stadt bei seiner Mutter wohnte, hatte die Gewohnheit, sein Mittagessen in einem Kochgeschirr mitzubringen; seinen Kaffee wärmte er in einer kleinen Kaffeekanne auf dem Gasofen im Laden auf und aß dann ganz allein in dem Raum hinter dem Laden, wobei er meistens eine Sportillustrierte las.

Monsieur Labbé war zunächst unschlüssig, ob er sich etwas zu essen machen sollte, und beschloß schließlich, seinen Mantel und seinen Hut anzuziehen.

»Ich bin in dreiviertel Stunden wieder zurück.«

Er begab sich zur Place du Marché, wo es mehrere kleine Restaurants gab. Er suchte eins aus, wo man eine Stufe hinabgehen mußte und wo ein großes, dunkelhaariges Mädchen in weißer Schürze bediente, das alle Gäste kannte. Es aßen dort unter anderem zwei oder drei Angestellte vom Rathaus und der Post, ein Notariatsschreiber, eine alte Jungfer, die in einer Reiseagentur arbeitete.

Er suchte sich sorgfältig seinen Tisch aus, nicht für einen Tag, sondern so, als rechne er damit, Stammgast zu werden. Das Menü stand auf einer Schiefertafel, und in einem grünen Fach lagen die Servietten der Stammgäste.

Es war eigentlich das erste Mal seit fünfzehn Jahren, daß er im Restaurant aß. Der Wirt sah ihn mit einiger Überraschung an, kam an seinen Tisch:

»Was für ein Zufall, Sie hier zu sehen, Herr Hutmacher!«

Vielleicht hatte er seinen Namen vergessen, doch er

wußte, daß es der Hutmacher aus der Rue du Minage war.

»Ich habe kein Dienstmädchen heute.«

»Henriette!« rief der Restaurantbesitzer, nach dem Serviermädchen gewandt.

Er fügte hinzu:

»Wir haben Kalbskotelett mit Sauerampfer und mit Aufpreis Schnecken aus Burgund.«

»Ich nehme die Schnecken.«

Es war ein angenehmes Gefühl. Er hatte den Eindruck zu schweben. Es war etwas Leichtes, Luftiges in ihm. Die Leute, die Stimmen, die Gegenstände schienen ihm nicht sehr wirklich zu sein.

»Einen Schoppen Beaujolais?«

»Bitte.«

»Einen Schoppen, Henriette.«

Das war gut. Es war sogar sehr gut. Louises Küche war fad. Beinahe hätte er sich noch ein Dutzend Schnecken bestellt, und erst beim Käse erinnerte er sich, daß Mathilde ja auch essen mußte...

»Sagen Sie mal, Henriette...«

Alle Welt nannte das Serviermädchen beim Vornamen.

»Ich möchte meiner Frau etwas zu essen mitnehmen. Hätten Sie nicht irgendeinen Behälter?«

»Ich werde mal nachsehen.«

Sie sprach mit dem Wirt. Der verschwand, kam mit zwei kleinen Emailtöpfen zurück, die sich übereinanderschieben ließen und mit einem Handgriff versehen waren.

»Geht das?«

Die Sonne spielte auf dem Tisch. Man legte keine Tischdecken auf oder genauer, die Tischdecken waren aus gaufriertem Papier und wurden bei jedem Gast erneuert; in einer Ecke stand ein Papierkorb, in den man sie hineinwarf.

»Soll ich für sie auch Schnecken machen?«

Warum nicht? Er würde sie essen. Er machte den Weg, der ihn von seiner Wohnung trennte, mit den beiden Töpfen, die er am Handgriff trug. Es war amüsant.

»Hat meine Frau nicht gerufen?«

»Nein, Monsieur.«

Er ging hinauf, warf das Kotelett, das Brot, die Bratkartoffeln ins Klo, aß aber die Schnecken, ohne auch nur einen Augenblick daran zu denken, daß Louise immer noch da war. Es war ihm übrigens lieber, nicht an sie zu denken, wegen der Arbeit, die ihn am Abend erwartete.

In Kachoudas' Laden war die Frau des Schneiders dabei, einem Kunden die Lage mit Gebärden des Bedauerns zu erklären. Der Kunde schien untröstlich. Sicherlich hatte man ihm seinen Anzug für den Tag versprochen, und der Anzug war nicht fertig, vielleicht war es der, den man ohne Ärmel und ohne Futter auf dem Tisch des Schneiders sehen konnte.

Monsieur Labbé wurde etwas schläfrig, aber er schlief nicht. Er dachte viel an Kachoudas, während er an seinen Hüten arbeitete. Sein Nachbar fehlte ihm. Warum hatte er ihm gegenüber so etwas wie das Gefühl einer Ungerechtigkeit? Einer Ungerechtigkeit, die er, Monsieur Labbé, beging. Er hätte ihn gern besucht.

Er hatte den Eindruck, daß er ihn hätte beruhigen, ihn hätte stärken können. Er hatte sogar einen Gedanken im Hinterkopf, einen Gedanken, der immer mehr Gestalt annahm.

Kachoudas hatte im Grunde ein Anrecht auf die Belohnung von zwanzigtausend Francs. Er war schwer krank. Er machte sich sicherlich Sorgen. Was würden die Seinen wohl tun, wenn er sterben sollte? Seine Frau müßte putzen gehen. Und der vierjährige Junge? Und die Mädchen, die um vier Uhr aus der Schule kamen?

Monsieur Labbé hatte Geld, er konnte, ohne daß ihm das etwas ausmachte, zwanzigtausend Francs auf seiner Bank abheben oder die entsprechenden Geldscheine aus der alten Brieftasche nehmen.

Schwieriger war schon die Art und Weise, wie er sie ihm geben sollte. War es unmöglich? Wenn er hinüberginge, würde man die beiden wahrscheinlich allein lassen. Er würde die Geldscheine ganz einfach dem kleinen Schneider in die Hand drücken.

Das wäre eine ausgezeichnete Sache. Es war schon zu spät, um auf die Bank zu gehen. Er würde es morgen tun. Bis dahin hatte er Zeit, darüber nachzudenken.

Ein alter Lieferwagen hielt vor dem Hutgeschäft. Der Fahrer, in der Kluft eines Dorfschmieds, blieb am Steuer sitzen, während ein Mann mit einem rothaarigen Schnauzbart, lebhaften Augen und jugendlichem Aussehen ausstieg. Er stieß die Tür auf. Valentin ging auf ihn zu.

»Ich will den Chef sehen.«

Und als Monsieur Labbé herangekommen war:

»Ich bin Louises Vater.«

Er war sicherlich nicht viel älter als vierzig Jahre. Er hatte getrunken, zu Hause oder unterwegs, denn sein Atem roch nach Wein.

»Dann scheint sie also fortgegangen zu sein?«

Die Polizei war schon in Charron gewesen. Der Mann hatte sich von einem seiner Nachbarn in die Stadt fahren lassen.

»Haben Sie ihre Sachen aufgehoben?«

»Sie sind im Zimmer geblieben.«

»Gut. Gut. Ich bin gekommen, um sie abzuholen.«

Er hatte seine Mütze nicht abgenommen. Er spuckte einmal sogar auf den Boden, einen Strahl gelben Speichels, denn er priemte. Er schien mit feindlichen Absichten gekommen zu sein, doch die Ruhe im Haus beeindruckte ihn.

»Dann hat sie also hier die ganze Woche verbracht? Und sie ist fortgegangen, ohne etwas zu sagen?

»Ohne etwas zu sagen«, wiederholte Monsieur Labbé und führte seinen Besucher zur Treppe.

»Stimmt das, daß sie einen Liebhaber hatte?

Da seine Stimme drohend wurde, begnügte sich Monsieur Labbé damit zu antworten:

»Sie hat mir nie davon erzählt. Ich habe ihn nicht gesehen.«

»Ist das Ihre Dame, die da krank ist?«

»Es ist meine Frau, ja. Ich bitte Sie, nicht zu laut zu sprechen, denn sie schläft hinter dieser Tür.«

Nichts geschah. Der Mann stopfte Louises Sachen in den Koffer, und es war der Hutmacher, der ihm die Schachtel mit den Muscheln gab, die in der Schublade war. Der Bauer trat absichtlich laut auf. Vielleicht hatte er in Charron verkündet, als er wegfuhr, daß man sein blaues Wunder erleben werde.

»Glauben Sie, daß der Würger sie erwischt hat?«

»Ich weiß es nicht. Ich habe nichts gehört.«

Unwillkürlich ging er auf Zehenspitzen, als er an der Tür zu Mathildes Zimmer vorbeiging, und wäre beinahe die Wendeltreppe hinuntergefallen, die für jemanden, der nicht daran gewöhnt war, gefährlich werden konnte.

»Jedenfalls brauchen Sie nicht mehr mit ihr zu rechnen, wenn man sie wiederfindet. Das ist das letzte Mal, daß ich eine meiner Töchter in der Stadt arbeiten lasse.«

Er sagte nicht auf Wiedersehen und begnügte sich damit, seine Mütze in einer Weise zu berühren, die er gern als unverschämt angesehen hätte, die aber nur linkisch war; er stieß mit seinen Koffern gegen den Türrahmen, stellte sie in den Lieferwagen und kletterte neben den Fahrer.

Die beiden Männer kehrten nicht sofort nach Charron zurück, denn der Lieferwagen hielt direkt an der Straßenecke, vor einem Bistro.

Es war die Stunde, wo er die Lampen anzünden mußte, zu Mathilde hinaufgehen, um nachzusehen, ob sie etwas brauchte, die Rollos herunterlassen. Die Kleinen gegenüber waren gerade aus der Schule gekommen, und man erinnerte sie ständig daran, daß sie leise sprechen sollten. Eine von ihnen machte ihre Schulaufgaben, ihr Heft lag auf dem Tisch des Schneiders, den man zum Teil abgeräumt hatte.

»Seien Sie so nett und schließen Sie den Laden, Valentin.«

Das Haus würde leer bleiben, und das hatte eine merkwürdige Wirkung auf ihn, er hatte ein wenig Angst, als ob in seiner Abwesenheit etwas passieren könnte. Er hatte keinen zwingenden Grund mehr, zu dieser Zeit eher nach Hause zu kommen als zu einer anderen. Er würde in dem kleinen Restaurant zu Abend essen, in dem er schon zu Mittag gegessen hatte.

Er hätte, wenn er gewollt hätte, ins Kino gehen können, aber das wäre unvorsichtig gewesen.

Außerdem wollte er wieder schreiben, doch nicht in der gleichen Weise wie am Vortag. Er war innerlich ruhiger, von einer anderen Klarheit, und als ihm sein Freund Paul beim Betreten des Café des Colonnes einen fragenden Blick zuwarf, war er versucht zu lächeln.

Gewiß, er tat es nicht. Er mußte ein den Umständen entsprechendes Gesicht machen, denn die Neuigkeit war bereits bekannt.

Er setzte sich, ohne etwas zu sagen, um seine Partie zu spielen, sah sofort, daß Pigeac am Tisch der Vierzig- bis Fünfzigjährigen saß, und stand auf, um mit ihm zu sprechen.

»Hat man sie wiedergefunden?« fragte er.

»Noch nicht.«

»Glauben Sie nicht, daß...«

Pigeac spielte Karten und antwortete ihm zerstreut. Der Hutmacher fühlte sich schon ein wenig unwohler. Nicht wegen des Kommissars, der kaum höflich war –

das war bei ihm reine Schau –, sondern weil es die schlechte Zeit war.

Das begann immer mit dem Einbruch der Nacht, mit den Straßenlaternen, die angingen, den Schritten, die man auf dem Pflaster hörte, noch bevor man einen Schatten auf dem Gehsteig erblickte.

In seiner Straße gab es ein schlecht beleuchtetes Schaufenster, mit meergrünem Licht, dessen Anblick ihm immer ein dumpfes Unbehagen verursacht hatte. Es war schwer zu analysieren. Es war so etwas Klebriges. Bedeutete dieses Wort überhaupt etwas? In diesem Laden verkaufte man Schuhe, und er hatte den Eindruck, daß die Leute nicht sprachen, daß sie zwar die Lippen bewegten, aber geräuschlos, wie Fische im Aquarium.

Die ganze Stadt war um diese Stunde so, eine Schachtel, auf die man den Deckel gelegt hatte. Die Leute, nicht größer als Ameisen, bewegten sich im Leerlauf.

Selbst im Licht des Café des Colonnes war es beängstigend. Wenn er die glanzlosen Kugellampen an der Decke anstarrte – es waren fünf –, wurde ihm am Ende schwindlig.

Es war ein wenig, als ob die Zeit stehengeblieben wäre, als ob alles stehengeblieben wäre. Die Gebärden, die Stimmen, die Geräusche der Untertassen, alles das bedeutete nichts. Es war tot. Es ging zwar zwangsläufig weiter, aber im Leerlauf.

Das würde er zu erklären versuchen, anstelle der verworrenen Sätze, die er am Vortag geschrieben hatte.

Heute würde er sich nicht verhexen lassen. Er war

ruhig. Er hatte sich vorgenommen, ruhig zu bleiben, das Spiel zu Ende zu spielen, als ob es wirklich wäre.

Es ärgerte ihn nicht mehr und beunruhigte ihn auch nicht mehr, daß Chantreau, der bärtige Doktor, ihn heimlich beobachtete. Warum kam es vor, daß er seine Hände anstarrte? Sie zitterten nicht. Er hatte schöne, weiße, glatte Hände mit viereckigen Fingern und gepflegten Fingernägeln. Man hatte es ihm immer wieder gesagt, auch Mathilde, zu Anfang.

»Er hat sie bestimmt in den Kanal geworfen«, sagte Caillé, der die Karten mischte. »Sie werden ihn ausbaggern, aber wahrscheinlich ist sie von der Flut schon ins Meer hinausgetragen worden.«

»Das würde mich wundern« murmelte Chantreau, der sich nicht wohl in seiner Haut zu fühlen schien.

»Was würde dich wundern?«

»Der Kanal. Das paßt nicht zusammen. Diese Leute ändern nie ihre Technik. Es sei denn...«

Er schwieg. Caillé fragte weiter:

»Es sei denn?«

»Das ist schwer zu erklären. Es sei denn, daß es sich um eine andere Serie handelt, daß es nicht mehr dieselbe Bedeutung hat.«

»Welche Bedeutung?«

»Ich weiß nicht. Wer spielt aus?«

Er hatte es, während er sprach, vermieden, den Hutmacher anzusehen, und der errötete leicht, denn er hatte den Eindruck, als ob Chantreau ihn verdächtigte.

Warum? Hatte er einen Fehler begangen? Sah man es ihm an? Mußte man glauben, daß der Psychiater aus Bordeaux recht hatte?

Jeantet saß wieder an seinem Platz, neben der Scheibe. Er schrieb fieberhaft, und von Zeit zu Zeit fiel ihm eine Strähne seiner langen Künstlermähne ins Gesicht.

Am Parfüm merkte Monsieur Labbé, daß Mademoiselle Berthe hereingekommen war und sich an ihren Stammplatz gesetzt hatte. Er bemühte sich, nicht in ihre Richtung zu schauen.

Sie hatte nichts zu befürchten: Er war Herr über sich; er hatte seine Cello-Saite nicht mitgenommen. Was mit Louise passiert war, zählte nicht. Er hatte sie immer gehaßt. Am Ende konnte er ihre Gegenwart nicht mehr ertragen, und an das, was dann passiert war, erinnerte er sich nicht mehr.

»Zwei Karo.«
»Gleich zu Beginn?«
»Ich habe zwei Karo gesagt.«
»Ich gebe kontra.«

Alles änderte sich auf Grund der Tatsache, daß er seine Mahlzeiten draußen einnehmen würde. Er beabsichtigte nicht, ein neues Dienstmädchen einzustellen. Eine Zugehfrau würde genügen, nicht einmal jeden Tag, oder aber nur zwei Stunden zum Beispiel. Wenn es nicht der Leute wegen gewesen wäre, hätte er lieber darauf verzichtet.

Julien Lambert, der Mademoiselle Berthe verschmitzt zulächelte, ging ihm auf die Nerven. Hatte er sie heute nachmittag aufgesucht? Das war wahrscheinlich, denn er war sorgfältiger gekleidet als gewöhnlich, war beim Friseur gewesen und roch schwach nach Kölnisch Wasser.

Nach dreiviertel Stunden hatte der Hutmacher noch immer nicht sein erstes Glas geleert, und darüber freute er sich, das gab ihm Vertrauen.

Sie hatten ihn schließlich alle, einschließlich der Zeitungen, beeindruckt. Das hatte sich geändert. Es gab nicht den geringsten Grund mehr, daß es weiterging. Es genügte ihm, vorsichtig zu sein, nicht so sehr den andern gegenüber, als vor allem sich selbst gegenüber.

Aber warum schaute ihn Chantreau gerade dann so seltsam an, wenn er völlig natürlich, um nicht zu sagen ungezwungen war? Es kam noch zu einem außergewöhnlicheren, verwirrenderen Zwischenfall. In einem bestimmten Augenblick irrte sich der Doktor in der Karte, legte ein Treff auf den Tisch statt eines Pik, das Trumpf war, obwohl er zwei davon in der Hand hatte. Arnould, der den Irrtümern der andern gegenüber mitleidlos war, brauste auf.

»Was fällt dir denn ein? Wo bist du denn mit deinen Gedanken?«

Darauf murmelte Chantreau, als risse man ihn wirklich aus tiefer Verträumtheit:

»Bei dem armen Kerl.«

Er mußte an diesem Tag viel getrunken haben, denn er hatte seine sentimentale Tour.

»Was für ein armer Kerl?«

Chantreau zuckte die Achseln, brummte:

»Das wißt ihr doch.«

»Der Würger?«

»Warum nicht?«

»Bedauerst du ihn?«

Er gab keine Antwort, runzelte nur die Stirn, nahm seine Karte wieder vom Tisch und spielte Pik-Dame aus.

Zum zweiten Mal an diesem Tag, und beide Male wegen dem Doktor, spürte Monsieur Labbé, wie er rot wurde, und um die Fassung zu bewahren, machte er Gabriel ein Zeichen, ihm sein Glas wieder zu füllen.

9

Als er sich zur Tür des Cafés begab, groß, schlaff und langsam, machte er vor dem letzten Tisch eine Pause, schaute den Jungen, der immer noch schrieb und der den Kopf hob, als er einen Schatten auf seinem Papier sah, von oben bis unten ernst an. Gerade er hatte ihm am meisten weh getan mit seiner Idee, einen Psychiater aus Bordeaux zu befragen, er, der seitdem unermüdlich und hartnäckig fast täglich auf die Diagnose zurückkam, um sie zu kommentieren, um die Ereignisse des Vortags zu erklären und die des nächsten Tages vorauszusehen.

Jeantet hatte es nicht absichtlich getan. Er war ein Kind. Er war nicht bösartig. Monsieur Labbé trug ihm nichts nach. Würde er sich in vierzig Jahren ebenfalls an den Tisch zwischen den Säulen, neben dem Ofen, setzen?

Sie sagten nichts zueinander. Sie hatten sich nichts zu sagen. Es waren genau diese vierzig Jahre, die zwischen ihnen standen, vielleicht nichts anderes, vielleicht eine Menge anderer Dinge. Der Hutmacher stieß einen leichten Seufzer aus und streckte die Hand nach dem Türgriff aus. Jeantet zuckte die Achseln, runzelte die Stirn und versuchte, den Faden seines Satzes wiederzufinden.

Der Reporter hatte damit angefangen, und jetzt tat

es ihm sein Freund Paul nach. Hatte er absichtlich so gesprochen, wie er gesprochen hatte? Bildeten seine Worte, die er auszusprechen schien, ohne ihnen Bedeutung beizumessen, in Wirklichkeit eine Botschaft?

Monsieur Labbé spürte kaum die Kälte. Es war etwas mehr Feuchtigkeit in der Luft als an den vorangegangenen Abenden, man sah das am Licht, an den Straßenlaternen, deren Schein wie verschleiert war.

Die beiden furchtbaren Worte Chantreaus verfolgten ihn, waren auf seinen Schultern schwere Pflastersteine, von denen er sich nicht freimachen konnte, und doch waren es dem Anschein nach ganz unschuldige Worte:

»*Armer Kerl!*«

Auch Jeantet war ein unschuldiger Knabe, und doch hatte er ihm den grausamsten Schlag versetzt, der möglich war.

Er trug es weder dem einen noch dem andern nach. Er trug niemandem etwas nach. Er ging auf dem rechten Gehsteig der Rue du Minage, denn er brauchte nicht nach Hause zu gehen, er mußte an der Place du Marché zu Abend essen, in dem gleichen Restaurant wie am Mittag.

Und da war plötzlich ein Lichtloch auf dem Gehsteig, ziemlich weit weg, und je näher der Hutmacher herankam, um so größere Angst verspürte er.

Die Tür zum Laden des Schneiders stand offen, und jetzt konnte er draußen zwei Schatten erkennen; er kam noch näher und erkannte den Spanier, der zwei Häuser weiter einen Obstladen hatte, mit seiner Frau.

Als er ganz nahe war, hörte er einen Lärm, der dem Geheul eines Hundes glich, der den Mond anbellt, blieb in dem Stück Licht stehen, schaute ins Innere und sah Madame Kachoudas, die auf einem Stuhl mitten im Laden zusammengebrochen war.

Es war Madame Kachoudas, die so heulte, wobei sie starr vor sich hinsah, während die Frau des Metzgers sie an der Schulter hielt und zu beruhigen versuchte.

Am Fuß der Treppe stand Esther, zitternd, einen Schal über der Schulter, denn der Laden war nicht geheizt. Sie weinte nicht, sagte nichts. Man konnte in ihrem Blick lediglich eine Art tierischen Entsetzens lesen.

Andere Leute waren aus den Nachbarhäusern gekommen, und es standen mehrere um Monsieur Labbé herum, reglos, beeindruckt. Eine Frau, die er nicht kannte, kam mit dem Jungen auf dem Arm die Treppe herunter, und sie hatte Mühe, ihn zu tragen.

»Ich nehme ihn mit«, sagte sie im Vorbeigehen.

Man trat zurück, sie ging in eines der Häuser, einige Türen weiter. Was hatte man mit den kleinen Mädchen gemacht? Hatte man sie ebenfalls weggebracht? Wer blieb dort oben?

Das Gekreisch war ebenso eindrucksvoll wie die Hafensirene in den Nebelnächten.

Es war noch nicht lange her, daß es passiert war, denn man hörte einen Motor, ein Auto hielt am Gehsteig, der Doktor ging geschäftig durch die Gruppe, schaute Madame Kachoudas einen Augenblick an und ging zurück, um die Tür zu schließen.

Das war alles. Kachoudas war gestorben. Nachdem

die Tür zu war, begannen die Leute in klagendem Ton zu reden, und der Hutmacher entfernte sich, mit dem gleichen Gefühl der Ungerechtigkeit, das ihn vorhin schon gepackt hatte, als sein Freund Paul gemurmelt hatte:

»Armer Kerl!«

Er hatte keinen Hunger mehr. Er hätte sofort heimgehen können. Er drehte sich um, schaute nach seinem Haus, nach dem riesigen Zylinder über dem Schaufenster, nach dem erleuchteten Fenster im ersten Stock mit einer reglosen Silhouette, die sich auf dem Rollo abhob.

In diesem Augenblick hatte er die Intuition, daß er es nie wieder betreten, daß er es sicherlich nie wiedersehen würde. Er wollte es nicht gelten lassen. Dem Anschein nach war er der gleiche wie an den anderen Tagen, wie vorhin im Café. Es war nichts vorgefallen, was ihn persönlich berühren konnte.

Dabei gab es heute nacht viel bei ihm zu tun. Er vergaß nichts. Er wußte um die widerliche Arbeit, die ihn unter Mathildes Bett erwartete. Er müßte in den Keller hinunter, den Kohlenhaufen noch einmal umschaufeln, ein Loch graben, dann den dicken, schweren Körper hinunterschaffen. Die Stufen wieder aufwischen, fast das ganze Haus aufwischen.

Chantreau hatte sich nicht deutlich ausgedrückt, doch Monsieur Labbé erriet, was er dachte.

»Guten Abend, Herr Hutmacher. Ich wette, Sie haben vergessen, die Behälter mitzubringen. Wir haben heute abend ausgezeichnete Würstchen mit Kartoffelpüree.«

Er lächelte höflich, setzte sich an seinen Platz. Das Mädchen bediente ihn. Es war weniger Betrieb als am Mittag. Das Lokal war fast leer. Man betrachtete ihn schon als Stammgast und nahm seine Serviette aus einem der Fächer, wie es die Hotelportiers mit den Schlüsseln der Gäste tun.

Er hatte in der Zeitung verkündet, daß es nach der siebten vorbei sei, und in gutem Glauben behauptet, die siebte sei genau wie die vorhergehenden unerläßlich. Die siebte jedoch war gar nicht die richtige. Sie war ein Unfall. Das gehörte zu einem anderen Bereich, zu einer anderen Serie.

Nur, niemand außer ihm vermutete das. Ob Kommissar Pigeac daran gedacht hatte? Jeantet jedenfalls würde früher oder später daraufkommen.

Er würde also von der Vorstellung ausgehen, daß Louises Tod für den Mörder notwendig war. Eine Notwendigkeit, wie der Hutmacher geschrieben hatte.

Welche Schlußfolgerungen würde er daraus ziehen?

Im Grunde lag ihm wenig daran, was die andern dachten. Worauf es ankam, war nur, was er, Labbé, dachte.

Wegen der Ereignisse bei Kachoudas hatte er die Straße nicht beobachtet. Er hätte es tun sollen. Vielleicht hatte Pigeac einen Inspektor in der Nähe des Hutgeschäfts postiert? Vielleicht folgte man ihm?

Das war gar nicht so unwahrscheinlich, und während er aß, versuchte er durch die Scheiben des kleinen Restaurants zu sehen.

Es war seltsam, wie abgespannt er auf einmal war. Melancholisch, das war das Wort. Er sah genauso sentimental aus wie Chantreau am Ende des Tages, wenn er zuviel getrunken hatte.

Er dachte an sein Haus, wurde bitter bei dem Gedanken, daß er nicht hineinzugehen wagte, daß er vielleicht nie wieder hineingehen würde. Warum? Was er einmal getan hatte, würde er auch ein zweitesmal zu tun imstande sein. War es, weil Louise ihm immer einen unüberwindlichen Ekel eingeflößt hatte? Oder wegen Kachoudas?

Er hätte ihn gern um Verzeihung gebeten, im Gegensatz zu dem Dienstmädchen. Er bedauerte, daß er am Nachmittag nicht auf der Bank gewesen war. Wenn er die Geldscheine in seiner Tasche gehabt hätte, dann hätte er sie in einen Umschlag gesteckt und sofort der Familie geschickt. Wenn er nach Hause ging, würde er ihnen das Geld aus der Brieftasche schicken, doch er glaubte nicht daran.

Der Wirt des Restaurants war ohne Probleme, ohne Fantome. Er schüttete Weinreste in eine Flasche. Das erinnerte Monsieur Labbé daran, daß er hätte trinken können, daß er es schon getan hatte und daß es ihn für einen Augenblick beruhigt hatte.

Alles das war fern. Die Dinge liefen schnell ab. Er war erschreckt darüber, wie schnell die Dinge abliefen.

Er rief das Serviermädchen, bezahlte, sah, wie sie seine Serviette in das Fach legte, und ohne Grund schnürte ihm dies das Herz zusammen. Er gab ein großes Trinkgeld, und sie dankte ihm erstaunt.

»Nehmen Sie nichts für Ihre Frau mit?«
»Sie hat heute abend keinen Hunger.«
»Bis morgen, Herr Hutmacher.«

»Bis morgen.«

Patrouillen liefen durch die Stadt, wie an den anderen Abenden. Er begegnete einer, als er aus dem Restaurant kam, und man grüßte ihn. Er drehte sich um, um zurückzugrüßen, denn er war zerstreut gewesen, und er sah, wie man sich nach ihm umdrehte.

Warum? War etwas Seltsames in seinem Aussehen oder in seinem Gang?

Er versuchte herauszufinden, ob man ihm folgte, ging in Richtung Rathaus, alle Sinne gespannt, doch er vernahm kein Geräusch von Schritten in seiner Nähe. Er ging an dem Laden von Madame Cujas vorbei, der um diese Zeit geschlossen war.

Er wußte noch nicht, wo er hinging. Er war sich vollkommen im klaren darüber, daß alle Aussichten bestanden, daß er anderen Patrouillen begegnete, daß Leute, die an seinen Stundenplan gewöhnt waren, sich darüber wundern könnten, ihn um diese Zeit auf der Straße zu sehen, wo er sich doch eigentlich im Zimmer Mathildes hätte befinden müssen.

Er nahm diese Gefahr in Kauf. Genauer gesagt, er machte sich nichts aus ihr. Er hatte andere Sorgen im Kopf, eine andere Sorge, eine einzige, und als er, auf dem Kai angelangt, nach links abbog, begriff er, daß er beschlossen hatte zu handeln.

Der Doktor wohnte in einem kleinen Haus im Bahnhofsviertel, hinter dem Kanal. Es war ein schmales, weder altes noch modernes, sehr häßliches Haus, das zwischen zwei anderen, ziemlich ähnlichen Häusern eingeklemmt stand.

Es war vorgekommen, daß Monsieur Labbé seinen

Freund Paul noch abends wegen einer Untersuchung aufgesucht hatte, denn er war wegen seiner Gesundheit immer schon ängstlich gewesen. In einer Ecke seiner Praxis stand ein Bildschirm, und er erinnerte sich, daß er sich mit nacktem Oberkörper hinter die eiskalte Fläche gestellt hatte, während Chantreau die Lampen löschte.

»Überhaupt nichts, Alter. Mit deinem Brustkasten wirst du hundert Jahre alt.«

Darauf tranken sie ein, zwei Gläser, plauderten, und selbstverständlich weigerte sich Paul, Geld für die Untersuchung anzunehmen.

Er würde ihm irgend etwas erzählen, zum Beispiel, daß er Seitenstiche hätte, was seit einigen Tagen auch fast stimmte. Vielleicht würde er ihm auch von dieser Art Panikanfälle erzählen, die ihn bisweilen überkamen, doch das war schon gefährlicher.

Und ganz natürlich kämen sie auch auf die Ereignisse der letzten Zeit zu reden, auf den Mann, den man suchte.

»Warum hast du ihn einen *armen Kerl* genannt?«

Das hieß mit dem Feuer spielen. Chantreau war schlau genug, um es zu erraten. Hatte er es nicht schon erraten? Er würde nicht wagen, etwas zu sagen. Monsieur Labbé war überzeugt, daß sein Freund nicht wagen würde, etwas zu sagen.

Wenn er von einem armen Kerl gesprochen hatte, so wohl deshalb, weil sein Fall etwas Verhängnisvolles hatte, und gerade dessen wollte er sich vergewissern.

War das nicht auch aus dem Interview herauszuhören, das Jeantet gemacht hatte? Er vermochte sich einfach nicht von diesem Gedanken freizumachen. Er hatte ihn schon an den vorangegangenen Tagen begleitet, wie ein dumpfer Schmerz, auf den man zeitweilig nicht achtet, der aber dann und wann wieder stechend wird.

Am Quai Duperré – der kleine Schneider lebte noch und war ihm auf den Fersen – hatte er plötzlich begriffen, daß der Psychiater aus Bordeaux vielleicht recht hatte.

Ein Fischerboot mit einer großen Azetylenlampe auf der Brücke schickte sich an abzulegen. Schatten bewegten sich, schwere Gegenstände wurden hin und her gerückt. Hinter ihm, bei der Turmuhr, waren zwei Kneipen. Es waren Lokale in der Art des Café des Colonnes, mit Stammgästen, die zu festen Zeiten kamen, Karten, Jacquet oder Schach spielten. Nur waren es nicht die gleichen Gruppen. Man gehörte entweder zur einen oder zur andern. Er gehörte zum Café des Colonnes.

Auf dem Bahnhof stand ein Zug unter Dampf, die Bahnhofshalle war nur halb erleuchtet; Taxis fuhren auf der Straße vorbei; man konnte ihn sehen, ihn vielleicht im Licht der Scheinwerfer erkennen?

Er bog nach links ab. Dann nach rechts, in die Straße des Doktors, eine Kleineleutestraße. Das Haus an der Ecke war von einem Küfer bewohnt, und Fässer versperrten den Gehsteig.

Er sah kein Licht bei Chantreau; er beugte sich vor, schaute durchs Schlüsselloch und erblickte die verglaste Küchentür, hinten im Flur, der erleuchtet war.

Obgleich er begriff, daß sein Schritt umsonst war,

klingelte er. Hinter der Tür war eine kleine Glocke, die an einem Draht hing. Man mußte sie einfach hören, wegen der Stille, die im Haus herrschte, und dennoch rührte sich niemand.

Es war acht Uhr abends. Er klingelte von neuem, sah, wie sich auf den Scheiben der Küchentür ein Schatten abzeichnete, und wußte, daß es Eugénie, das alte Dienstmädchen des Doktors, war.

Er war also noch nicht nach Hause gekommen, andernfalls hätte im ersten Stock oder in seinem Arbeitszimmer im Erdgeschoß Licht gebrannt. Monsieur Labbé hätte es sich denken können. Vorhin, als er sich im Café des Colonnes von Paul verabschiedet hatte, hatte der schon viel getrunken. In diesen Fällen ging er nicht zum Abendessen nach Hause. Wegen eines gewissen Gefühls der Würde verließ er das Café an der Place d'Armes und suchte die kleinen Bistros heim, wo er keine Gefahr lief, seinen Freunden zu begegnen.

Eugénie hatte sich wieder hingesetzt. Sie kam nicht aufmachen. Sie würde nicht aufmachen. Auch sie hatte Angst. Sicherlich zitterte sie gerade vor Angst. Wenn er weiterklingelte, wäre sie imstande, die Polizei anzurufen.

In einem Nachbarhaus war ein Fenster aufgegangen, und jemand sah nach ihm. Er zog es vor wegzugehen, und es war einer der schwierigsten Augenblicke seines Lebens.

Paul ließ ihn im Stich. Der Gedanke kam ihm, zum Bahnhof zu laufen. Er hatte noch Zeit dazu. Er hörte das Keuchen der Lokomotive. Es war der Zug nach

Paris, der in einigen Minuten abfahren würde. Er hatte genügend Geld bei sich, um sich eine Fahrkarte zu kaufen.

Und dann? Wozu?

Kachoudas war tot, und es war vielleicht der einzige Tod, dessen er sich schuldig fühlte.

Der Gedanke an Louise flößte ihm nur Ekel ein. Die Erinnerung an Mathilde und die andern ließ ihn ruhig, es überkam ihn dabei lediglich das Verlangen, ganz nüchtern darüber zu diskutieren, um zu beweisen, daß er recht gehabt hatte, daß er sich damit begnügt hatte, das zu tun, was er zu tun hatte.

Warum war er nicht zur Bank gegangen oder hatte das Geld aus der Brieftasche mitgenommen?

Als er am Kanal entlangging, hörte er die Schritte einer Patrouille, und darauf machte er, ohne nachzudenken, kehrt. Es wurde ihm sofort klar, daß das ein Fehler war, doch es war zu spät. Wenn er wieder seine erste Richtung einschlüge, würde man sich fragen, was er tat.

Die Leute von der Patrouille gingen schneller. Man versuchte vergeblich, ihn mit dem Lichtschein einer Taschenlampe zu erreichen. Er stürzte sich in eine kleine Straße, wäre beinahe gelaufen, ging schneller und hörte immer noch Schritte, er hörte sogar eine Stimme, die sagte:

»Wo mag er wohl geblieben sein?«

Er hatte sich in eine dunkle Ecke gedrückt. Er wußte, daß es lächerlich war, doch er konnte nichts dagegen tun. Er hatte Glück. Die vier Männer gingen etwa in zwanzig Meter Entfernung an ihm vorbei, ohne sein Versteck zu erahnen, und zehn Minuten später konnte er seinen Weg fortsetzen.

Sie waren alle gegen ihn, einschließlich Jeantets und Paul Chantreaus. Sie hatten aus der Stadt eine Art Falle gemacht, in der er anfing zu zappeln.

Er war wirklich müde. Er hatte die letzte Nacht fast nicht geschlafen. Er konnte nicht nach Hause gehen.

Er war um die Rue Saint-Sauveur herumgelaufen, und einen Augenblick lang glaubte er sich verfolgt.

Wer weiß, ob Kommissar Pigeac zu dieser Stunde nicht die Tür des Hutgeschäfts aufgebrochen hatte?

Als erstes würde die Polizei in den ersten Stock hinaufgehen und das Zimmer betreten.

Wenn Chantreau zu Hause gewesen wäre, hätte er eine Chance gehabt, seine Ruhe wiederzufinden. Es hätte nicht viel gebraucht. Vielleicht wäre er ohne Kachoudas' Tod trotzdem in die Rue de Minage zurückgegangen?

Er hätte zwei unangenehme Stunden durchzustehen gehabt, doch sobald Louise einmal im Keller gewesen wäre, hätte er alles ausgestanden gehabt.

Wenn nur Paul vorhin, während des Kartenspiels, nicht von einem armen Kerl gesprochen hätte. Bedeutete dieser Ausdruck nicht, daß ein Ende gar nicht möglich war?

Er trug ihnen nichts nach, keinem, weder Kachoudas noch dem Doktor, noch dem Kommissar, der zwar höflich, aber kühl gewesen war, und nicht einmal Louise.

Man tat ihm sehr weh. Man hetzte ihn wie ein Tier.

Man ließ ihm nicht einmal ein Bett, um sich auszuruhen.

Sicher hatten sie einen Polizisten in die Nähe seines Hauses gestellt.

Wenn sie begriffen hätten, hätten sie vielleicht anders gehandelt. Aber sie konnten gar nicht begreifen, und er hatte ihnen nicht geholfen. Er hatte sich in seinen Briefen an die Zeitung sehr schlecht ausgedrückt.

Was würde man wohl denken, wenn er sich ein Hotelzimmer nähme?

Jeder Schritt, den er jetzt in der Stadt machte, brachte ihn in Gefahr, weil er nicht dort war, wo er hätte sein sollen, weil alle wußten, daß sein normaler Platz am Krankenbett Mathildes war.

Konnte er ihnen denn zurufen, daß es keine Mathilde mehr gab, daß er jetzt das Recht hatte, sich so zu verhalten wie alle andern auch?

Er hatte sogar das Recht, ins Kino zu gehen! Es gab eins nicht weit von der Stelle entfernt, an der er sich befand. Er sah die Lichter, die Plakate, er nahm dessen warmen Atem wahr. Er war schon so lange nicht mehr im Kino gewesen! Er genierte sich, an den kleinen Glaskasten heranzutreten, Geld hinzureichen. Er kannte den Besitzer, der ebenfalls im Café des Colonnes verkehrte und der sich wohl in der Nähe der Kasse aufhielt.

Er war wirklich müde. Er hätte gern ein warmes Bad genommen, sich in ein Bett gelegt, in frische Bettwäsche. Er hätte gern gehabt, daß jemand, eine sanfte Frau, neben ihm war und liebevoll mit ihm redete.

Er dachte plötzlich an Mademoiselle Berthe, glaubte

ihr Parfüm einzuatmen. Er hatte schon im Verlauf der vorangegangenen Tage an sie gedacht. Er wußte nicht mehr, was er eigentlich gedacht hatte. Hatte er nicht geschwankt, ob er die Cello-Saite mitnehmen solle?

Wenn Paul recht hatte, wenn der Psychiater recht hatte, dann lohnte es sich gar nicht zu kämpfen, doch er wollte das nicht zugeben und machte kehrt, ging noch einmal an den Kais entlang.

Er setzte auf seine Chance, seine letzte Chance, das war ihm völlig klar. Es war nicht ganz neun Uhr, und Chantreau hatte vielleicht genug. Wer weiß, ob er ihn nicht zu Hause antreffen würde? Selbst wenn er betrunken wäre, würde ihn das retten. Er wußte noch nicht, was er ihm sagen würde. Das war auch ohne Bedeutung. Aus Angst vor den Patrouillen machte er Umwege. Ein Schutzmann, der an einer Straßenecke in der Dunkelheit stand, folgte ihm einen Augenblick mit den Augen. Er hatte ihn wohl erkannt.

Man sah kein Licht im ersten Stock. Durch das Schlüsselloch erblickte er von neuem die Küchentür, klingelte.

Nachdem er einen Augenblick lang gewartet hatte, ging er weg, und sein Gang war so unschlüssig wie der eines Betrunkenen.

10

»Hallo, Berthe?«
Er sprach leise, die Hand schützend über den Hörer haltend. Die Kabine war winzig klein. Er konnte hinter der Scheibe die Leute im Lokal sehen. Es war eine kleine Kneipe, am Ende des Kais, nicht weit von der Fischhalle entfernt. Er konnte sich nicht erinnern, sie je betreten zu haben, und man sah dort nur Fischer. Morgens tranken die Frauen aus der Fischhalle dort ihren Kaffee, Körbe mit Krustentieren stapelten sich in den Ecken, und Wasserrinnsale liefen über die dunkelroten Fliesen.

»Wer ist am Apparat?«

»Léon.«

Sie nannte sie alle beim Vornamen. Das war keine Vertraulichkeit, sondern ganz im Gegenteil so etwas wie Respekt, auf jeden Fall Diskretion. Nie, in keinem Augenblick, erlaubte sie sich, sie zu duzen.

»Ja, was ist?«

Er schämte sich ein wenig. Seine Stimme war unsicher. Er stammelte:

»Ich möchte einen Augenblick bei Ihnen vorbeikommen.«

»Um diese Zeit?«

Er stellte sich das warme Zimmer vor, die Seide, die Nippsachen, die Tüllvorhänge, die Zigarette mit dem goldenen Mundstück, die sie wahrscheinlich rauchte.

»Ich habe ein solches Verlangen, Sie zu sehen!«

Sie lachte ein wenig, flüsterte:

»Das ist unmöglich, mein armer Freund. Ich liege schon im Bett und lese einen erstaunlichen Roman.«

»Bitte.«

»Was haben Sie denn auf einmal?«

»Ich weiß nicht. Tun Sie es mir zuliebe.«

Er begriff, daß sie zögerte. Sie hatte keine Angst, wie das Dienstmädchen des Doktors.

»Ich hätte geglaubt, daß Sie am Krankenbett Ihrer Frau sind.«

»Sie schläft.«

»Und Sie haben sich davongestohlen wie ein Schüler. Von wo aus rufen Sie an?«

»Aus einer Kneipe.«

»So daß jeder weiß, daß Sie mich anrufen.«

»Nein. Ich bin in der Kabine. Ich spreche leise.«

Er wurde ungeduldig. Er wäre imstande gewesen, sie auf Knien anzuflehen. Er klammerte sich an diesen Apparat, wie er sich ein wenig früher an den Doktor geklammert hätte.

»Ich verspreche Ihnen, daß ich nicht lange bleiben werde.«

Er wollte die ganze Nacht bei ihr verbringen. Dieses Verlangen war plötzlich in ihm aufgetaucht, als er an sie gedacht hatte, an ihre Wohnung, an das große Polsterbett, in dem er noch nie richtig geschlafen hatte.

»Hören Sie, Berthe...«

»Nein, mein Freund. Sie sind sehr nett. Sie wissen doch, daß ich Sie gern mag...«

Es stimmte, daß sie ihm immer eine gewisse Vorliebe entgegengebracht hatte, vielleicht, weil er rücksichtsvoll war, sich respektvoll zeigte, ihr Blumen oder kleine Geschenke brachte.

»Sie kennen meine Nachbarn. Sie wissen, daß ich abends nie Besuch empfange.«

»Nur einmal!«

»Außerdem bin ich auch müde. Wenn Sie wüßten, wie wohl ich mich fühle, allein in meinem Bett, mit einem spannenden Buch!«

Sie scherzte freundlich.

»Berthe!«

»Bitte! Gehen Sie brav nach Hause und kommen Sie morgen nachmittag, um mir guten Tag zu sagen.«

Sie begriff so wenig wie die andern. Er trug es ihr so wenig nach wie den andern. Es war furchtbar. Sie wußte gar nicht, wie furchtbar das war.

»Ich flehe Sie an!«

»Ich werde Ihnen ein kleines Geständnis machen, und ich bin sicher, daß Sie dann nicht weiter drängen werden. Ich habe mich gerade für die Nacht fertiggemacht und sehe entsetzlich aus, abgeschminkt, eine dicke Creme-Schicht auf dem Gesicht und Lockenwickler in den Haaren. Jetzt wissen Sie alles und werden nicht mehr davon reden.«

»Ich werde trotzdem bei Ihnen klingeln.«

»Ich werde nicht aufmachen.«

»Doch.«

»Nein.«

»Ich werde die Tür aufbrechen.«

»Spielen Sie nicht den Bösewicht, mein kleiner Hutmacher.«

Vielleicht war es falsch von ihr, daß sie dieses Wort aussprach. Dabei hatte sie es ohne Ironie, ohne Bosheit getan. Sie meinte es eher als Schmeichelei.

»Ich komme.«

Sicherlich sagte sie in dem Augenblick, als er auflegte, noch einmal nein. Er verließ seinen Glaskäfig und ging zur Theke, während die Fischer ihn ansahen, ohne an etwas zu denken.

Er mußte etwas trinken, denn man geht nicht in eine Kneipe, nur um zu telefonieren, ohne etwas zu verzehren. Hinter der Theke standen zwei Reihen Flaschen, die er betrachtete, ohne sich entscheiden zu können. Auf einer der Flaschen sah man einen Negerkopf. Es war Rum. Er trank selten welchen, höchstens in Form von Grog, wenn er die Grippe hatte.

»Einen Rum.«

»Ein großes Glas?«

Warum schwiegen alle? Man hätte meinen können, daß diese Leute, die doch gar nichts wußten, die Feierlichkeit der verstreichenden Zeit begriffen.

Sie würden Zeugen sein. Und auch die Männer der Patrouille. Und Eugénie, die Dienstmagd des Doktors, ferner die unbekannte Person, die ein Fenster nebenan aufgemacht hatte, als sie ihn hartnäckig klingeln hörte.

»Er tat das um soundsoviel Uhr... Um soundsoviel Uhr bog er um die Ecke der und der Straße. In der und der Minute floh er, als er Schritte hörte und sich ins Dunkel verkroch...«

Man würde alle seine Wege nachzeichnen. Es war einfach. Es war die Art Arbeit, zu der Pigeac imstande war.

Es hatte einen Augenblick gegeben, wo er die Partie aufgegeben hatte, wo er ganz bewußt auf Verlieren gespielt hatte. War es, als er aus dem kleinen Restaurant gekommen war? Als er hineingegangen war? Als er, statt nach Haus zu gehen, während Madame Kachoudas herzzerreißend heulte, seinen Weg in Richtung Place du Marché fortgesetzt hatte?

War es nicht am Vortag? War es nicht schon am Vorvortag, als er, zusammen mit dem kleinen Schneider, auf Mutter Sainte-Ursule lauerte und dabei auf die Tür des bischöflichen Palais starrte?

Das war ohne Bedeutung. Er hätte sich ein letztes Mal vergewissern können, daß Chantreau nicht zu Hause war, aber es war weit, und er würde auf neue Patrouillen stoßen. Was würde er jetzt zu ihm sagen?

Mademoiselle Berthe erwartete ihn. Er war überzeugt, daß sie ihm schließlich die Tür aufmachen würde.

Der Rum war sehr stark. Er schämte sich, weil er trank. Es hatte den Eindruck, daß der Wirt und die Fischer aufmerksam allen seinen Bewegungen folgten.

Sicherlich begnügten sich die Stammgäste nicht mit einem Glas, denn der Wirt hatte die Flasche nicht weggestellt und wartete nur auf ein Zeichen, um von neuem einzugießen.

Er machte dieses Zeichen, nicht, weil er Verlangen nach Alkohol hatte, sondern aus menschlichem Respekt.

Chantreau hätte in die Kneipe kommen können. Es waren Orte wie dieser, die er abends aufsuchte. Der Hutmacher wünschte es. Es hätte ihn erleichtert, wenn er die Tür hätte aufgehen sehen und er seinen Freund Paul erkannt hätte.

»Wieviel?«

Er bezahlte, ließ ein Trinkgeld zurück, doch der Wirt rief ihn zurück, und er war ganz verlegen. Er erinnerte sich nicht, daß man in Kneipen dieser Art kein Trinkgeld gibt.

Man rief ihm nach:

»Gute Nacht!«

Ohne Ironie. Er war draußen. Es war dunkel. Der Mond war noch nicht aufgegangen. Obwohl kein Wind ging, hörte man im Hafenbecken Blockrollen quietschen, wegen der Flut, die die Schiffe in die Höhe hob.

Er besaß Anteile an einem dieser Schiffe, »Belle-Hélène«. Vielleicht war es dieses Schiff, dessen Maste er sich schwarz von dem dunklen Grau des Himmels abzeichnen sah?

Jemand ging nahe an ihm vorbei, sah ihn an, drehte sich um. Es war ein Mann, den er nicht kannte.

Noch ein Zeuge.

Er ging unter dem Gewölbe des Turms hindurch, wo im ersten Stockwerk Licht brannte, in dem kleinen Fenster in Form einer Schießscharte, das zur Wohnung des Wächters gehörte. Der Geranientopf war sicher an seinem Platz. Er hatte an diesem Fenster immer einen Geranientopf gesehen.

Ein Polizist stand vor dem Dames-de-France in der

Rue du Palais. Er mußte an ihm vorbeigehen. Warum nicht?

Der Polizist kannte ihn. Sie gehörten zum selben Verband ehemaliger Kriegsteilnehmer. Er sagte:

»Guten Abend, Monsieur Labbé.«

Wußte er nicht, daß Monsieur Labbé am Krankenbett Mathildes hätte sein müssen? Alle wußten es. In einigen Augenblicken würde der Polizist sich erinnern und sich fragen, was mit dem Hutmacher los war.

Er zeichnete seine Spur durch die Stadt so deutlich wie der Däumling mit seinen Kieselsteinen, und er empfand eine bittere Befriedigung darüber.

Von der Ecke der Rue Gargoulleau aus erblickte man die Lichter des Café des Colonnes. Um diese Stunde hatte Oscar, der Wirt, einen Knoten in der Zunge, meergrüne Augen und einen unsicheren Gang. Im Lokal war nur noch die Gruppe der Stammgäste übriggeblieben. Nachher, wenn das Kino nebenan ausginge, würde man das Getrippel hören, wie am Ende eines Hochamtes, würde dunkle Gestalten sehen, Leute, die ihre Mäntel zuknöpften, aufeinander warteten, Frauen, die sich bei ihrem Mann einhängten, würde die Motoren von Autos hören, die angelassen wurden, Scheinwerfer sehen, die aufleuchteten.

Er hätte wieder Chantreau begegnen können. Oder sogar Julien Lambert oder sonst irgend jemandem. Vielleicht hätte es ihn erleichtert, wenn er den Schatten von Kommissar Pigeac hätte auftauchen sehen, obgleich er ihn nicht mochte. Er wußte zwar nicht, was er genau getan hätte, aber er hatte den Eindruck, daß es dann vorbei gewesen wäre.

Wenn Kachoudas nicht krank geworden, wenn Kachoudas nicht gestorben wäre, wäre ihm der kleine Schneider auch weiterhin gefolgt, und der Hutmacher hätte nur auf ihn zu warten brauchen, um mit ihm zu sprechen.

Er hatte nicht mehr weit zu gehen, und seine Chancen wurden immer geringer, wurden fast unbedeutend. Wenn Mademoiselle Berthe nur die Frau gewesen wäre, die in ihrem Bett blieb und ihn vergeblich klingeln ließ!

Er war sicher, daß sie herunterkommen würde. Nicht sofort. Zuerst wäre sie schlecht gelaunt.

Die Toreinfahrt stand offen. Man schloß sie erst gegen elf Uhr. Bei dem Zahnarzt war Licht, und man hörte die Musik eines Plattenspielers oder eines Radios im zweiten Stock, bei dem Archivar, der Junggeselle war und oft junge Männer und junge Mädchen in seiner Wohnung versammelte.

Er streckte den Arm aus. Warum war sie nicht auf den Gedanken gekommen, nach seinem Anruf hinunterzugehen und die Klingel abzustellen, wie sie es nachmittags so oft tat?

Sie hatte nicht daran gedacht. Die Hausglocke ertönte. Sie ließ ihn dreimal klingeln, dann hörte man ein Rascheln im Treppenhaus, eine Stimme, die durch die Tür hindurch fragte:

»Wer ist da?«

»Léon.«

»Seien Sie nett, Léon. Lassen Sie es für heute abend gut sein.«

»Ich flehe Sie an, machen Sie mir auf.«

Sie drehte den Schlüssel im Schloß um, und von da an war alles gelaufen. Sie machte die Tür nur halb auf. Sie trug eine Spitzenhaube auf ihren Lockenwicklern und einen wattierten Morgenrock aus rosa Satin.

»Sie sind nicht nett. So sind Sie noch nie gewesen.«

Er stieß langsam, unwiderstehlich den Türflügel auf, und er hörte dabei ständig die Musik aus dem zweiten Stockwerk im hinteren Gebäude. Dort oben wurde getanzt. Man hörte das Hämmern der Schuhsohlen auf dem Fußboden.

»Haben Sie getrunken?«

»Nur ein Glas Rum.«

Sie war nicht beunruhigt oder ängstlich; nur erstaunt. Wie er vorausgesehen hatte, hielt ihre schlechte Laune nicht an. Es war eher ein Spiel. Sie tat so, als schmolle sie. Ihr Buch lag aufgeschlagen auf dem Nachttisch, angeleuchtet von der Nachttischlampe, einer Puppe, deren weites Stilkleid das Licht dämpfte.

Die Gäste des Archivars tanzten bis um ein Uhr morgens. Sie machten viel Lärm im Hof, als sie weggingen, und sie hatten Mühe, den Hausmeister wachzubekommen, damit dieser ihnen die Toreinfahrt aufmachte. Während der ganzen Zeit lachten sie. Die jungen Mädchen hatten ein schrilles Lachen.

Um halb acht kam Geneviève, die Zugehfrau von Mademoiselle Berthe, die bei ihren Eltern in Fétilly wohnte, wie gewöhnlich mit ihrem Moped und stellte ihr Gefährt in einer Ecke des Hofes ab, wo ein Fahrradständer stand.

Sie besaß einen Schlüssel. Sie ging die Treppe hinauf

und betrat zuerst die Küche. Gewöhnlich ging sie erst gegen neun Uhr ins Schlafzimmer, mit dem Milchkaffee, und zog die Vorhänge zurück.

An diesem Morgen glaubte sei ein ungewöhnliches Geräusch zu hören. Um halb neun öffnete sie beunruhigt, aber ohne besonderen Grund, die Tür ein Stück weit und sah einen Mann auf dem Bett.

Er schlief. Mademoiselle Berthe lag quer über dem Bettvorleger.

Geneviève dachte nicht daran, näher zu treten oder zu telefonieren. Sie lief hinaus, stürzte die Treppe hinunter, alarmierte den Hausmeister, die Leute, die auf der Straße vorbeigingen und zur Arbeit wollten. Niemand wagte vor der Ankunft eines Polizeibeamten hinaufzugehen, und alle sahen von unten schweigend nach dem Fenster.

Selbst der Polizist zögerte auf der Türschwelle und zog seinen Revolver aus der Revolvertasche. Es war ein junger Polizist mit einem pickligen Gesicht. Er spielte in der Fußballmannschaft. Hinter ihm wurden die Männer drohend, die Frauen stachelten sie an, und man sah, wie Monsieur Labbé sich auf den Bettrand setzte, sich mit der Hand übers Gesicht fuhr und seine Haare nach hinten strich.

Einen Augenblick packte ihn beim Anblick dieser vielen Leute die Angst und er stammelte:

»Schlagt mich nicht.«

Er besaß die Geistesgegenwart, noch hinzuzufügen, wobei er auf den weißen Apparat zeigte:

»Rufen Sie den Kommissar an.«

Niemand konnte wissen, was er dachte, was er

empfand. Er sah auf den Bettvorleger mit einem melancholischen Ausdruck auf dem Gesicht.

Vielleicht wären die Dinge anders gelaufen, wenn Pigeac, auf dem Weg zu seinem Büro, nicht gerade über die Place d'Armes gegangen wäre. Leute liefen in der Sonne. Gabriel hatte gerade die Tür des Café des Colonnes aufgemacht.

Man sah, wie der Kommissar kühl die Menge beiseiteschob, die das Treppenhaus versperrte und in Wallung geriet. Er erschien im Türrahmen, und der Polizist trat beiseite, um ihn durchzulassen.

Er sah Monsieur Labbé an, der immer noch auf der Bettkante saß. Der Hutmacher war ganz angezogen, seine Schuhe an den Füßen, seine Krawatte aufgeknotet, seine Jacke zerknittert.

Die beiden Männer beobachteten sich, und Monsieur Labbé machte eine Anstrengung, um aufzustehen, öffnete den Mund, murmelte endlich:

»Ich war's.«

Die Leute, die auf dem Treppenabsatz waren und ihn hörten, behaupteten nachher, er habe diese Worte wie erleichtert gesprochen, und ein schüchternes Lächeln habe seine Züge entspannt, als er beide Hände den Handschellen des Kommissars entgegenstreckte.

Später, auf der Treppe, als die Menge endlich zerstreut war, hatte er noch gesagt:

»Schubsen Sie mich nicht. Schlagen Sie mich nicht. Ich komme...«

Tumacacori, Arizona, Dezember 1948

Georges Simenon
im Diogenes Verlag

● Biographisches

Intime Memoiren und *Das Buch von Marie-Jo*. Deutsch von Hans-Joachim Hartstein, Claus Sprick, Guy Montag und Linde Birk. Leinen. Auch als detebe 21216
Stammbaum. Pedigree. Autobiographischer Roman. Deutsch von Hans-Joachim Hartstein. Leinen. Auch als detebe 21217
Simenon auf der Couch. Fünf Ärzte verhören den Autor sieben Stunden lang. Deutsch von Irène Kuhn. Broschur
Briefwechsel mit André Gide. Deutsch von Stefanie Weiss. Leinen
Brief an meine Mutter. Deutsch von Trude Fein. Leinen
Ein Mensch wie jeder andere. Mein Tonband und ich. Deutsch von Hans Jürgen Solbrig. Leinen
Als ich alt war. Tagebücher 1960–1963. Deutsch von Linde Birk. Leinen

Außerdem liegen vor:
Über Simenon. Zeugnisse und Essays von Patricia Highsmith bis Alfred Andersch. Mit einem Interview, mit Chronik und Bibliographie. Herausgegeben von Claudia Schmölders und Christian Strich. detebe 20499
Das Georges Simenon Lesebuch. Ein Querschnitt durch das Gesamtwerk. Herausgegeben von Daniel Keel. detebe 20500

● Reportagen

Die Pfeife Kleopatras. Reportagen aus aller Welt. Deutsch von Guy Montag. detebe 21223
Zahltag in einer Bank. Reportagen aus Frankreich. Deutsch von Guy Montag
detebe 21224

● Erzählungen

Der kleine Doktor. Erzählungen. Deutsch von Hansjürgen Wille und Barbara Klau
detebe 21025
Emil und sein Schiff. Erzählungen
Deutsch von Angela von Hagen. detebe 21318
Die schwanzlosen Schweinchen. Erzählungen
Deutsch von Linde Birk. detebe 21284
Exotische Novellen. Deutsch von Annerose Melter. detebe 21285

● Romane

Brief an meinen Richter. Roman. Deutsch von Hansjürgen Wille und Barbara Klau
detebe 20371

Der Schnee war schmutzig. Roman. Deutsch von Willi A. Koch. detebe 20372
Die grünen Fensterläden. Roman. Deutsch von Alfred Günther. detebe 20373
Im Falle eines Unfalls. Roman. Deutsch von Hansjürgen Wille und Barbara Klau.
detebe 20374
Sonntag. Roman. Deutsch von Hansjürgen Wille und Barbara Klau. detebe 20375
Bellas Tod. Roman. Deutsch von Elisabeth Serelmann-Küchler. detebe 20376
Der Mann mit dem kleinen Hund. Roman. Deutsch von Stefanie Weiss. detebe 20377
Drei Zimmer in Manhattan. Roman. Deutsch von Linde Birk. detebe 20378
Die Großmutter. Roman. Deutsch von Linde Birk. detebe 20379
Der kleine Mann von Archangelsk. Roman. Deutsch von Alfred Kuoni. detebe 20584
Der große Bob. Roman. Deutsch von Linde Birk. detebe 20585
Die Wahrheit über Bébé Donge. Roman. Deutsch von Renate Nickel. detebe 20586
Tropenkoller. Roman. Deutsch von Annerose Melter. detebe 20673
Ankunft Allerheiligen. Roman. Deutsch von Eugen Helmlé. detebe 20674
Der Präsident. Roman. Deutsch von Renate Nickel. detebe 20675
Der kleine Heilige. Roman. Deutsch von Trude Fein. detebe 20676
Der Outlaw. Roman. Deutsch von Liselotte Julius. detebe 20677
Der Verdächtige. Roman. Deutsch von Eugen Helmlé. detebe 20679
Die Verlobung des Monsieur Hire. Roman. Deutsch von Linde Birk. detebe 20681
Der Mörder. Roman. Deutsch von Lothar Baier. detebe 20682
Die Zeugen. Roman. Deutsch von Anneliese Botond. detebe 20683
Die Komplizen. Roman. Deutsch von Stefanie Weiss. detebe 20684
Die Unbekannten im eigenen Haus. Roman. Deutsch von Gerda Scheffel. detebe 20685
Der Ausbrecher. Roman. Deutsch von Erika Tophoven-Schöningh. detebe 20686
Wellenschlag. Roman. Deutsch von Eugen Helmlé. detebe 20687
Der Mann aus London. Roman. Deutsch von Stefanie Weiss. detebe 20813
Die Überlebenden der Télémaque. Roman. Deutsch von Hainer Kober. detebe 20814

Der Mann, der den Zügen nachsah. Roman. Deutsch von Walter Schürenberg. detebe 20815
Zum Weißen Roß. Roman. Deutsch von Trude Fein. detebe 20986
Der Tod des Auguste Mature. Roman. Deutsch von Anneliese Botond detebe 20987
Die Fantome des Hutmachers. Roman. Deutsch von Eugen Helmlé. detebe 21001
Die Witwe Couderc. Roman. Deutsch von Hanns Grössel. detebe 21002
Schlußlichter. Roman. Deutsch von Stefanie Weiss. detebe 21010
Die schwarze Kugel. Roman. Deutsch von Renate Nickel. detebe 21011
Die Brüder Rico. Roman. Deutsch von Angela von Hagen. detebe 21020
Antoine und Julie. Roman. Deutsch von Eugen Helmlé. detebe 21047
Betty. Roman. Deutsch von Raymond Regh. detebe 21057
Der Neger. Roman. Deutsch von Linde Birk. detebe 21118
Die Tür. Roman. Deutsch von Linde Birk detebe 21114
Das blaue Zimmer. Roman. Deutsch von Angela von Hagen. detebe 21121
Der Bürgermeister von Furnes. Roman Deutsch von Hans Grössel. detebe 21209
Es gibt noch Haselnußsträucher. Roman Deutsch von Angela von Hagen. detebe 21425
Die Glocken von Bicêtre. Roman. Neu übersetzt von Angela von Hagen. detebe 20678
Das Testament Donadieu. Roman. Deutsch von Eugen Helmlé. detebe 21256
Der Untermieter. Roman. Deutsch von Ralph Eue. detebe 21255
Die Leute gegenüber. Roman. Deutsch von Hans-Joachim Hartstein. detebe 21273
Die Katze. Roman. Deutsch von Angela von Hagen. detebe 21378
Weder ein noch aus. Roman. Deutsch von Elfriede Riegler. detebe 21304
Der Passagier der Polarlys. Roman. Deutsch von Stephanie Weiss. detebe 21377
Die Schwarze von Panama. Roman. Deutsch von Ursula Vogel. detebe 21424
Das Gasthaus im Elsaß. Roman. Deutsch von Angela von Hagen. detebe 21425
Das Haus am Kanal. Roman. Deutsch von Ursula Vogel. detebe 21426
Der Zug. Roman. Deutsch von Trude Fein. detebe 21480
Striptease. Roman. Deutsch von Angela von Hagen. detebe 21481
45° im Schatten. Roman. Deutsch von Angela von Hagen. detebe 21482

● Maigret-Romane und -Erzählungen

Weihnachten mit Maigret. Zwei Romane und eine Erzählung. Leinen
Maigrets erste Untersuchung. Roman. Deutsch von Roswitha Plancherel. detebe 20501
Maigret und Pietr der Lette. Roman. Deutsch von Wolfram Schäfer. detebe 20502
Maigret und die alte Dame. Roman. Deutsch von Renate Nickel. detebe 20503
Maigret und der Mann auf der Bank. Roman. Deutsch von Annerose Melter. detebe 20504
Maigret und der Minister. Roman. Deutsch von Annerose Melter. detebe 20505
Mein Freund Maigret. Roman. Deutsch von Annerose Melter. detebe 20506
Maigrets Memoiren. Roman. Deutsch von Roswitha Plancherel. detebe 20507
Maigret und die junge Tote. Roman. Deutsch von Raymond Regh. detebe 20508
Maigret amüsiert sich. Roman. Deutsch von Renate Nickel. detebe 20509
Hier irrt Maigret. Roman. Deutsch von Elfriede Riegler. detebe 20690
Maigret und der gelbe Hund. Roman. Deutsch von Raymond Regh. detebe 20691
Maigret vor dem Schwurgericht. Roman. Deutsch von Wolfram Schäfer detebe 20692
Maigret als möblierter Herr. Roman. Deutsch von Wolfram Schäfer. detebe 20693
Madame Maigrets Freundin. Roman. Deutsch von Roswitha Plancherel. detebe 20713
Maigret kämpft um den Kopf eines Mannes. Roman. Deutsch von Roswitha Plancherel. detebe 20714
Maigret und die kopflose Leiche. Roman. Deutsch von Wolfram Schäfer. detebe 20715
Maigret und die widerspenstigen Zeugen. Roman. Deutsch von Wolfram Schäfer. detebe 20716
Maigret am Treffen der Neufundlandfahrer. Roman. Deutsch von Annerose Melter. detebe 20717
Maigret bei den Flamen. Roman. Deutsch von Claus Sprick. detebe 20718
Maigret und die Bohnenstange. Roman. Deutsch von Guy Montag. detebe 20808
Maigret und das Verbrechen in Holland. Roman. Deutsch von Renate Nickel. detebe 20809
Maigret und sein Toter. Roman. Deutsch von Elfriede Riegler. detebe 20810
Maigret beim Coroner. Roman. Deutsch von Wolfram Schäfer. detebe 20811

Maigret, Lognon und die Gangster. Roman. Deutsch von Wolfram Schäfer. detebe 20812
Maigret und der Gehängte von Saint-Pholien. Roman. Deutsch von Sibylle Powell. detebe 20816
Maigret und der verstorbene Monsieur Gallet. Roman. Deutsch von Roswitha Plancherel. detebe 20817
Maigret regt sich auf. Roman. Deutsch von Wolfram Schäfer. detebe 20820
Maigret und das Schattenspiel. Roman. Deutsch von Claus Sprick. detebe 20734
Maigret und die Keller des Majestic. Roman. Deutsch von Linde Birk. detebe 20735
Maigret contra Picpus. Roman. Deutsch von Hainer Kober. detebe 20736
Maigret läßt sich Zeit. Roman. Deutsch von Sibylle Powell. detebe 20755
Maigrets Geständnis. Roman. Deutsch von Roswitha Plancherel. detebe 20756
Maigret zögert. Roman. Deutsch von Annerose Melter. detebe 20757
Maigret und der Treidler der »Providence«. Roman. Deutsch von Claus Sprick. detebe 21029
Maigrets Nacht an der Kreuzung. Roman. Deutsch von Annerose Melter. detebe 21050
Maigret hat Angst. Roman. Deutsch von Elfriede Riegler. detebe 21062
Maigret erlebt eine Niederlage. Roman. Deutsch von Elfriede Riegler. detebe 21120
Maigret gerät in Wut. Roman. Deutsch von Wolfram Schäfer. detebe 21113
Maigret verteidigt sich. Roman. Deutsch von Wolfram Schäfer. detebe 21117

Maigret und der geheimnisvolle Kapitän. Roman. Deutsch von Annerose Melter. detebe 21180
Maigret und die alten Leute. Roman. Deutsch von Annerose Melter. detebe 21200
Maigret und das Dienstmädchen. Roman. Deutsch von Hainer Kober. detebe 21220
Maigret und der Fall Nahour. Roman. Deutsch von Sibylle Powell. detebe 21250
Maigret im Haus des Richters. Roman. Deutsch von Liselotte Julius. detebe 21238
Maigret und der Samstagsklient. Roman. Deutsch von Angelika Hildebrandt-Essig. detebe 21295
Maigret in New York. Roman. Deutsch von Bernhard Jolles. detebe 21308
Maigret und die Affäre Saint-Fiacre. Roman. Deutsch von Werner De Haas. detebe 21373
Maigret stellt eine Falle. Roman. Deutsch von Angela von Hagen. detebe 21374
Sechs neue Fälle für Maigret. Erzählungen. Deutsch von Elfriede Riegler. detebe 21375
Maigret in der Liberty Bar. Roman. Deutsch von Angela von Hagen. detebe 21376
Maigret und der Spion. Roman. Deutsch von Hainer Kober. detebe 21427
Maigret und die kleine Landkneipe. Roman. Deutsch von Bernhard Jolles und Heide Bideau. detebe 21428
Maigret und der Verrückte von Bergerac. Roman. Deutsch von Hainer Kober. detebe 21429
Maigret, die Tänzerin und die Gräfin. Roman. Deutsch von Hainer Kober. detebe 21484
Maigret macht Ferien. Roman. Deutsch von Markus Jakob. detebe 21485
Maigret und der hartnäckigste Kunde der Welt. Erzählungen. Deutsch von Linde Birk und Ingrid Altrichter. detebe 21486

Literarische Thriller im Diogenes Verlag

● Margery Allingham
Die Handschuhe des Franzosen. Kriminalgeschichten. Deutsch von Peter Naujack. Zeichnungen von Georges Eckert
detebe 20929

● Eric Ambler
Die Maske des Dimitrios. Roman. Aus dem Englischen von Mary Brand und Walter Hertenstein. detebe 20137
Der Fall Deltschev. Roman. Deutsch von Mary Brand und Walter Hertenstein
detebe 20178
Eine Art von Zorn. Roman. Deutsch von Susanne Feigl und Walter Hertenstein
detebe 20179
Schirmers Erbschaft. Roman. Deutsch von Harry Reuß-Löwenstein, Th. A. Knust und Rudolf Barmettler. detebe 20180
Die Angst reist mit. Roman. Deutsch von Walter Hertenstein. detebe 20181
Der Levantiner. Roman. Deutsch von Tom Knoth. detebe 20223
Waffenschmuggel. Roman. Deutsch von Tom Knoth. detebe 20364
Topkapi. Roman. Deutsch von Elsbeth Herlin. detebe 20536
Schmutzige Geschichte. Roman. Deutsch von Günter Eichel. detebe 20537
Das Intercom-Komplott. Roman. Deutsch von Dietrich Stössel. detebe 20538
Besuch bei Nacht. Roman. Deutsch von Wulf Teichmann. detebe 20539
Der dunkle Grenzbezirk. Roman. Deutsch von Walter Hertenstein und Ute Haffmans. detebe 20602
Ungewöhnliche Gefahr. Roman. Deutsch von Walter Hertenstein und Werner Morlang
detebe 20603
Anlaß zur Unruhe. Roman. Deutsch von Franz Cavigelli. detebe 20604
Nachruf auf einen Spion. Roman. Deutsch von Peter Fischer. detebe 20605
Doktor Frigo. Roman. Deutsch von Tom Knoth. detebe 20606
Bitte keine Rosen mehr. Roman. Deutsch von Tom Knoth. detebe 20887
Mit der Zeit. Roman. Deutsch von Hans Hermann. detebe 21054

● Peter Bradatsch
Waschen, Schneiden, Umlegen. Ein Dutzend Kriminalgeschichten. detebe 21272

● John Buchan
Die neunundreißig Stufen. Roman. Aus dem Englischen von Marta Hackel. Mit Zeichnungen von Edward Gorey
detebe 20210
Grünmantel. Roman. Deutsch von Marta Hackel. Mit Zeichnungen von Topor
detebe 20771
Mr. Standfast oder Im Westen was Neues
Roman. Deutsch von Marta Hackel. Mit Zeichnungen von Topor. detebe 20772
Die drei Geiseln. Roman. Deutsch von Marta Hackel. Mit Zeichnungen von Tatjana Hauptmann. detebe 20773
Basilissa. Roman. Deutsch von Otto Bayer
detebe 21249

● W. R. Burnett
Little Caesar. Roman. Aus dem Amerikanischen von Georg Kahn-Ackermann
detebe 21061
High Sierra. Roman. Deutsch von Armgard Seegers und Hellmuth Karasek. detebe 21208
Asphalt-Dschungel. Roman. Deutsch von Walle Bengs. detebe 21417

● Anton Čechov
Das Drama auf der Jagd. Eine wahre Begebenheit. Aus dem Russischen von Peter Urban
detebe 21379

● Raymond Chandler
Die besten Detektivstories. Neu aus dem Amerikanischen übersetzt von Hans Wollschläger. Diogenes Evergreens
Der große Schlaf. Roman. Neu übersetzt von Gunar Ortlepp. detebe 20205
Die kleine Schwester. Roman. Neu übersetzt von W. E. Richartz. detebe 20206
Das hohe Fenster. Roman. Neu übersetzt von Urs Widmer. detebe 20208
Der lange Abschied. Roman. Neu übersetzt von Hans Wollschläger. detebe 20207
Die simple Kunst des Mordes. Briefe, Essays, Fragmente. Herausgegeben von Dorothy Gardiner und Kathrine Sorley Walker. Neu übersetzt von Hans Wollschläger
detebe 20209
Die Tote im See. Roman. Neu übersetzt von Hellmuth Karasek. detebe 20311
Lebwohl, mein Liebling. Roman. Neu übersetzt von Wulf Teichmann. detebe 20312

Playback. Roman. Neu übersetzt von Wulf Teichmann. detebe 20313
Mord im Regen. Frühe Stories. Vorwort von Prof. Philip Durham. Neu übersetzt von Hans Wollschläger. detebe 20314
Erpresser schießen nicht. Detektivstories I. Neu übersetzt von Hans Wollschläger
detebe 20751
Der König in Gelb. Detektivstories II. Neu übersetzt von Hans Wollschläger
detebe 20752
Gefahr ist mein Geschäft. Detektivstories III. Neu übersetzt von Hans Wollschläger
detebe 20753
Englischer Sommer. Geschichten, Parodien, Aufsätze. Mit einer Erinnerung von John Houseman, einem Vorwort von Patricia Highsmith und Zeichnungen von Edward Gorey. Diverse Übersetzer. detebe 20754

● **Agatha Christie**
Die besten Geschichten von Agatha Christie
Aus dem Englischen von Maria Meinert, Marfa Berger und Ingrid Jacob
Diogenes Evergreens
Villa Nachtigall. Geschichten. Deutsch von Peter Naujack und Günter Eichel
detebe 20825
Der Fall der enttäuschten Hausfrau
Geschichten. Deutsch von Günter Eichel
detebe 20826

● **Friedrich Dürrenmatt**
Justiz. Roman. Leinen
Das Versprechen / Aufenthalt in einer kleinen Stadt. Erzählungen. detebe 20852
Der Richter und sein Henker. Kriminalroman. Mit einer biographischen Skizze des Autors
detebe 21435
Der Verdacht. Kriminalroman. Mit einer biographischen Skizze des Autors
detebe 21436

● **William Faulkner**
Die Spitzbuben. Roman. Aus dem Amerikanischen von Elisabeth Schnack. detebe 20989
Der Springer greift an. Kriminalgeschichten. Deutsch von Elisabeth Schnack. detebe 20152
Die Freistatt. Roman. Deutsch von Hans Wollschläger, Vorwort von André Malraux
detebe 20802

● **Celia Fremlin**
Klimax. Roman. Aus dem Englischen von Dietrich Stössel. detebe 20916
Wer hat Angst vorm schwarzen Mann?
Roman. Deutsch von Otto Bayer
detebe 21302

● **Der goldene Gelbe**
Sonderausgabe. Enthält folgende Romane: Raymond Chandler, Der große Schlaf / Patricia Highsmith, Zwei Femde im Zug / Eric Ambler, Die Maske des Dimitrios
detebe 21412

● **Robert van Gulik**
Mord im Labyrinth. Roman. Deutsch von Roland Schacht. detebe 21381
Tod im Roten Pavillon. Roman. Deutsch von Gretel und Kurt Kuhn. detebe 21383
Wunder in Pu-yang? Roman. Deutsch von Roland Schacht. detebe 21382

● **Henry Rider Haggard**
Sie. Roman. Aus dem Englischen von Helmut Degner. detebe 20234
König Salomons Schatzkammern. Roman. Deutsch von V. H. Schmied. detebe 20920

● **Dashiell Hammett**
Der Malteser Falke. Roman. Neu aus dem Amerikanischen übersetzt von Peter Naujack
detebe 20131
Rote Ernte. Roman. Neu übersetzt von Gunar Ortlepp. detebe 20292
Der Fluch des Hauses Dain. Roman. Neu übersetzt von Wulf Teichmann
detebe 20293
Der gläserne Schlüssel. Roman. Neu übersetzt von Hans Wollschläger. detebe 20294
Der dünne Mann. Roman. Neu übersetzt von Tom Knoth. detebe 20295
Fliegenpapier. 5 Stories. Deutsch von Harry Rowohlt, Helmut Kossodo, Helmut Degner, Peter Naujack und Elizabeth Gilbert. Vorwort von Lillian Hellman. detebe 20911
Fracht für China. 3 Stories. Deutsch von Elizabeth Gilbert, Antje Friedrichs und Walter E. Richartz. detebe 20912
Das große Umlegen. 3 Stories. Deutsch von Walter E. Richartz, Hellmuth Karasek und Wulf Teichmann. detebe 20913
Das Haus in der Turk Street. 3 Stories. Deutsch von Wulf Teichmann
detebe 20914
Das Dingsbums Küken. 3 Stories. Deutsch von Wulf Teichmann. Nachwort von Steven Marcus. detebe 20915

● **E.W. Heine**
Wie starb Wagner? Was geschah mit Glenn Miller? Neue Geschichten für Musikfreunde
Leinen
Kuck Kuck. Noch mehr Kille Kille Geschichten. Leinen
Kille Kille. Makabre Geschichten
detebe 21053

Hackepeter. Neue Kille Kille Geschichten
detebe 21219
*Wer ermordete Mozart? Wer enthauptete
Haydn?* Mordgeschichten für Musikfreunde
detebe 21437

● **Patricia Highsmith**
Nixen auf dem Golfplatz. Erzählungen. Aus
dem Amerikanischen von Anne Uhde
Leinen
Elsie's Lebenslust. Roman. Deutsch von Otto
Bayer. Leinen
Der Stümper. Roman. Deutsch von Barbara
Bortfeldt. detebe 20136
Zwei Fremde im Zug. Roman. Deutsch von
Anne Uhde. detebe 20173
Der Geschichtenerzähler. Roman. Deutsch
von Anne Uhde. detebe 20174
Der süße Wahn. Roman. Deutsch von
Christian Spiel. detebe 20175
Die zwei Gesichter des Januars. Roman
Deutsch von Anne Uhde. detebe 20176
Der Schrei der Eule. Roman. Deutsch von
Gisela Stege. detebe 20341
Tiefe Wasser. Roman. Deutsch von Eva
Gärtner und Anne Uhde. detebe 20342
Die gläserne Zelle. Roman. Deutsch von
Gisela Stege und Anne Uhde. detebe 20343
Das Zittern des Fälschers. Roman. Deutsch
von Anne Uhde. detebe 20344
Lösegeld für einen Hund. Roman. Deutsch
von Anne Uhde. detebe 20345
Der talentierte Mr. Ripley. Roman. Deutsch
von Barbara Bortfeldt. detebe 20481
Ripley Under Ground. Roman. Deutsch von
Anne Uhde. detebe 20482
Ripley's Game. Roman. Deutsch von Anne
Uhde. detebe 20346
Der Schneckenforscher. Vorwort von Graham
Greene. Deutsch von Anne Uhde
detebe 20347
Ein Spiel für die Lebenden. Roman. Deutsch
von Anne Uhde. detebe 20348
Kleine Geschichten für Weiberfeinde
Deutsch von W. E. Richartz. Mit Zeichnungen von Roland Topor. detebe 20349
Kleine Mordgeschichten für Tierfreunde.
Deutsch von Anne Uhde. detebe 20483
Venedig kann sehr kalt sein. Roman
Deutsch von Anne Uhde. detebe 20484
Ediths Tagebuch. Roman. Deutsch von Anne
Uhde. detebe 20485
Der Junge, der Ripley folgte. Roman
Deutsch von Anne Uhde. detebe 20649
Leise, leise im Wind. Erzählungen. Deutsch
von Anna Uhde. detebe 21012
Keiner von uns. Erzählungen. Deutsch von
Anne Uhde. detebe 21179

Leute, die an die Tür klopfen. Roman.
Deutsch von Anne Uhde. detebe 21349

● **Hans Werner Kettenbach**
Minnie oder Ein Fall von Geringfügigkeit
Roman. detebe 21218

● **Maurice Leblanc**
Arsène Lupin – Der Gentleman-Gauner
Roman. Deutsch von Erika Gebühr
detebe 20127
*Die hohle Nadel oder Die Konkurrenten des
Arsène Lupin*. Deutsch von Erika Gebühr
detebe 20239
813 – Das Doppelleben des Arsène Lupin
Roman. Deutsch von Erika Gebühr
detebe 20931
*Der Kristallstöpsel oder Die Mißgeschicke des
Arsène Lupin*. Roman. Deutsch von Erika
Gebühr. detebe 20932
*Die Gräfin von Cagliostro oder Die Jugend
des Arsène Lupin*. Roman. Deutsch von
Erika Gebühr. detebe 20933
Arsène Lupin kontra Herlock Sholmes
Roman. Deutsch von Erika Gebühr
detebe 21026
Die Insel der 30 Särge. Roman. Deutsch von
Lothar Schmidt und Ulrike Simon
detebe 21198
Die Uhr schlägt achtmal. Roman. Deutsch
von Erika Gebühr. detebe 21254

● **Gaston Leroux**
Das Geheimnis des gelben Zimmers. Roman.
Aus dem Französischen von Klaus Walther
detebe 20924

● **Marie Belloc Lowndes**
Jack the Ripper oder der Untermieter
Roman. Aus dem Englischen von Wulf
Teichmann. detebe 20130

● **Ross Macdonald**
Dornröschen war ein schönes Kind. Roman.
Aus dem Amerikanischen von Wulf Teichmann. detebe 20227
Unter Wasser stirbt man nicht. Roman
Deutsch von Hubert Deymann. detebe 20322
Ein Grinsen aus Elfenbein. Roman. Deutsch
von Charlotte Hamberger. detebe 20323
Die Küste der Barbaren. Roman. Deutsch
von Marianne Lipcowitz. detebe 20324
Der Fall Galton. Roman. Deutsch von Egon
Lothar Wensk. detebe 20325
Gänsehaut. Roman. Deutsch von Gretel
Friedmann. detebe 20326
Der blaue Hammer. Roman. Deutsch von
Peter Naujack. detebe 20541

Durchgebrannt. Roman. Deutsch von Helmut Degner. detebe 20868
Geld kostet zuviel. Roman. Deutsch von Günter Eichel. detebe 20869
Die Kehrseite des Dollars. Roman. Deutsch von Günter Eichel. detebe 20877
Der Untergrundmann. Roman. Deutsch von Hubert Deymann. detebe 20877
Der Drahtzieher. Sämtliche Detektivstories um Lew Archer I. Mit einem Vorwort des Autors. Deutsch von Hubert Deymann und Peter Naujack. detebe 21018
Einer lügt immer. Sämtliche Detektivstories um Lew Archer II. Deutsch von Hubert Deymann und Peter Naujack. detebe 21019
Sanftes Unheil. Roman. Deutsch von Monika Schoenenberger. detebe 21178
Blue City. Roman. Deutsch von Christina Sieg-Welti und Christa Hotz. detebe 21317
Der Mörder im Spiegel. Roman. Deutsch von Dietlind Bindheim. detebe 21303

● **Ian McEwan**
Der Trost von Fremden. Roman. Aus dem Englischen von Michael Walter. detebe 21266

● **Margaret Millar**
Nymphen gehören ins Meer. Roman. Aus dem Amerikanischen von Otto Bayer
Leinen
Liebe Mutter, es geht mir gut . . . Roman. Deutsch von Elizabeth Gilbert. detebe 20226
Die Feindin. Roman. Deutsch von Elizabeth Gilbert. detebe 20276
Fragt morgen nach mir. Roman. Deutsch von Anne Uhde. detebe 20542
Ein Fremder liegt in meinem Grab. Roman. Deutsch von Elizabeth Gilbert. detebe 20646
Die Süßholzraspler. Roman. Deutsch von Georg Kahn-Ackermann und Susanne Feigl. detebe 20926
Von hier an wird's gefährlich. Roman. Deutsch von Fritz Güttinger. detebe 20927
Der Mord von Miranda. Roman. Deutsch von Hans Hermann. detebe 21028
Das eiserne Tor. Roman. Deutsch von Karin Reese und Michel Bodmer. detebe 21063
Fast wie ein Engel. Roman. Deutsch von Luise Däbritz. detebe 21190
Die lauschenden Wände. Roman. Deutsch von Karin Polz. detebe 21421

● **Patrick Quentin**
Bächleins Rauschen tönt so bang. Kriminalgeschichten. Deutsch von Günter Eichel. detebe 20195
Familienschande. Roman. Deutsch von Helmut Degner. detebe 20917

● **Jack Ritchie**
Der Mitternachtswürger. Geschichten. Aus dem Amerikanischen von Alfred Probst. detebe 21293
Für alle ungezogenen Leute. Detektiv-Geschichten. Deutsch von Dorothee Asendorf. detebe 21384

● **Georges Simenon**
Brief an meinen Richter. Roman. Aus dem Französischen von Hansjürgen Wille und Barbara Klau. detebe 20371
Der Schnee war schmutzig. Roman. Deutsch von Willi A. Koch. detebe 20372
Die grünen Fensterläden. Roman. Deutsch von Alfred Günther. detebe 20373
Im Falle eines Unfalls. Roman. Deutsch von Hansjürgen Wille und Barbara Klau. detebe 20374
Sonntag. Roman. Deutsch von Hansjürgen Wille und Barbara Klau. detebe 20375
Bellas Tod. Roman. Deutsch von Elisabeth Serelmann-Küchler. detebe 20376
Der Mann mit dem kleinen Hund. Roman. Deutsch von Stefanie Weiss. detebe 20377
Drei Zimmer in Manhattan. Roman. Deutsch von Linde Birk. detebe 20378
Die Großmutter. Roman. Deutsch von Linde Birk. detebe 20379
Der kleine Mann von Archangelsk. Roman. Deutsch von Alfred Kuoni. detebe 20584
Der große Bob. Roman. Deutsch von Linde Birk. detebe 20585
Die Wahrheit über Bébé Donge. Roman. Deutsch von Renate Nickel. detebe 20586
Tropenkoller. Roman. Deutsch von Annerose Melter. detebe 20673
Ankunft Allerheiligen. Roman. Deutsch von Eugen Helmlé. detebe 20674
Der Präsident. Roman. Deutsch von Renate Nickel. detebe 20675
Der kleine Heilige. Roman. Deutsch von Trude Fein. detebe 20676
Der Outlaw. Roman. Deutsch von Liselotte Julius. detebe 20677
Der Verdächtige. Roman. Deutsch von Eugen Helmlé. detebe 20679
Die Verlobung des Monsieur Hire. Roman. Deutsch von Linde Birk. detebe 20681
Der Mörder. Roman. Deutsch von Lothar Baier. detebe 20682
Die Zeugen. Roman. Deutsch von Anneliese Botond. detebe 20683
Die Komplizen. Roman. Deutsch von Stefanie Weiss. detebe 20684
Die Unbekannten im eigenen Haus. Roman. Deutsch von Gerda Scheffel. detebe 20685

Der Ausbrecher. Roman. Deutsch von Erika Tophoven. detebe 20686
Wellenschlag. Roman. Deutsch von Eugen Helmlé. detebe 20687
Der Mann aus London. Roman. Deutsch von Stefanie Weiss. detebe 20813
Die Überlebenden der Télémaque. Roman. Deutsch von Hainer Kober. detebe 20814
Der Mann, der den Zügen nachsah. Roman. Deutsch von Walter Schürenberg. detebe 20815
Zum Weißen Roß. Roman. Deutsch von Trude Fein. detebe 20986
Der Tod des Auguste Mature. Roman Deutsch von Anneliese Boton. detebe 20987
Die Fantome des Hutmachers. Roman Deutsch von Eugen Helmlé. detebe 21001
Die Witwe Couderc. Roman. Deutsch von Hanns Grössel. detebe 21002
Schlußlichter. Roman. Deutsch von Stefanie Weiss. detebe 21010
Die schwarze Kugel. Roman. Deutsch von Renate Nickel. detebe 21011
Die Brüder Rico. Roman. Deutsch von Angela von Hagen. detebe 21020
Antoine und Julie. Roman. Deutsch von Eugen Helmlé. detebe 21047
Betty. Roman. Deutsch von Raymond Regh. detebe 21057
Der Neger. Roman. Deutsch von Linde Birk. detebe 21118
Die Tür. Roman. Deutsch von Linde Birk. detebe 21114
Das blaue Zimmer. Roman. Deutsch von Angela von Hagen. detebe 21121
Der Bürgermeister von Furnes. Roman Deutsch von Hans Grössel. detebe 21209
Es gibt noch Haselnußsträucher. Roman Deutsch von Angela von Hagen. detebe 21192
Die Glocken von Bicêtre. Roman. Neu übersetzt von Angela von Hagen. detebe 20678
Das Testament Donadieu. Roman. Deutsch von Eugen Helmlé. detebe 21256
Der Untermieter. Roman. Deutsch von Ralph Eue. detebe 21255
Emil und sein Schiff. Erzählungen. Deutsch von Angela von Hagen und Linde Birk. detebe 21318
Exotische Novellen. Deutsch von Annerose Melter. detebe 21285
Die schwanzlosen Schweinchen. Erzählungen Deutsch von Linde Birk. detebe 21284
Die Leute gegenüber. Roman. Deutsch von Hans-Joachim Hartstein. detebe 21273
Weder ein noch aus. Roman. Deutsch von Elfriede Riegler. detebe 21304
Die Katze. Roman. Deutsch von Angela von Hagen. detebe 21378

Der Passagier der Polarlys. Roman. Deutsch von Stephanie Weiss. detebe 21377
Die Schwarze von Panama. Roman. Deutsch von Ursula Vogel. detebe 21424
Das Gasthaus im Elsaß. Roman. Deutsch von Angela von Hagen. detebe 21425
Das Haus am Kanal. Roman. Deutsch von Ursula Vogel. detebe 21426
Der Zug. Roman. Deutsch von Trude Fein. detebe 21480
Striptease. Roman. Deutsch von Angela von Hagen. detebe 21481
45° im Schatten. Roman. Deutsch von Angela von Hagen. detebe 21482
Weihnachten mit Maigret. Zwei Romane und eine Erzählung. Leinen
Maigrets erste Untersuchung. Roman Deutsch von Roswitha Plancherel detebe 20501
Maigret und Pietr der Lette. Roman. Deutsch von Wolfram Schäfer. detebe 20502
Maigret und die alte Dame. Roman. Deutsch von Renate Nickel. detebe 20503
Maigret und der Mann auf der Bank Roman. Deutsch von Annerose Melter. detebe 20504
Maigret und der Minister. Roman. Deutsch von Annerose Melter. detebe 20505
Mein Freund Maigret. Roman. Deutsch von Annerose Melter. detebe 20506
Maigrets Memoiren. Roman. Deutsch von Roswitha Plancherel. detebe 20507
Maigret und die junge Tote. Roman. Deutsch von Raymond Regh. detebe 20508
Maigret amüsiert sich. Roman. Deutsch von Renate Nickel. detebe 20509
Hier irrt Maigret. Roman. Deutsch von Renate Nickel. detebe 20690
Maigret und der gelbe Hund. Roman Deutsch von Raymond Regh. detebe 20691
Maigret vor dem Schwurgericht. Roman. Deutsch von Wolfram Schäfer. detebe 20692
Maigret als möblierter Herr. Roman Deutsch von Wolfram Schäfer. detebe 20693
Madame Maigrets Freundin. Roman Deutsch von Roswitha Plancherel detebe 20713
Maigret kämpft um den Kopf eines Mannes Roman. Deutsch von Roswitha Plancherel detebe 20714
Maigret und die kopflose Leiche. Roman Deutsch von Wolfram Schäfer. detebe 20715
Maigret und die widerspenstigen Zeugen Roman. Deutsch von Wolfram Schäfer detebe 20716
Maigret am Treffen der Neufundlandfahrer Roman. Deutsch von Annerose Melter detebe 20717

Maigret bei den Flamen. Roman. Deutsch von Claus Sprick. detebe 20718
Maigret und die Bohnenstange. Roman Deutsch von Guy Montag. detebe 20808
Maigret und das Verbrechen in Holland Roman. Deutsch von Renate Nickel detebe 20809
Maigret und sein Toter. Roman. Deutsch von Elfriede Riegler. detebe 20810
Maigret beim Coroner. Roman. Deutsch von Wolfram Schäfer. detebe 20811
Maigret, Lognon und die Gangster. Roman Deutsch von Wolfram Schäfer. detebe 20812
Maigret und der Gehängte von Saint-Pholien Roman. Deutsch von Sibylle Powell detebe 20816
Maigret und der verstorbene Monsieur Gallet Roman. Deutsch von Roswitha Plancherel detebe 20817
Maigret regt sich auf. Roman. Deutsch von Wolfram Schäfer. detebe 20820
Maigret und das Schattenspiel. Roman Deutsch von Claus Sprick. detebe 20734
Maigret und die Keller des Majestic. Roman. Deutsch von Linde Birk. detebe 20735
Maigret contra Picpus. Roman. Deutsch von Hainer Kober. detebe 20736
Maigret läßt sich Zeit. Roman. Deutsch von Sibylle Powell. detebe 20755
Maigrets Geständnis. Roman. Deutsch von Roswitha Plancherel. detebe 20756
Maigret zögert. Roman. Deutsch von Annerose Melter. detebe 20757
Maigret und der Treidler der »Providence« Roman. Deutsch von Claus Sprick detebe 21029
Maigrets Nacht an der Kreuzung. Roman Deutsch von Annerose Melter. detebe 21050
Maigret hat Angst. Roman. Deutsch von Elfriede Riegler. detebe 21062
Maigret erlebt eine Niederlage. Roman Deutsch von Elfriede Riegler. detebe 21120
Maigret gerät in Wut. Roman. Deutsch von Wolfram Schäfer. detebe 21113
Maigret verteidigt sich. Roman. Deutsch von Wolfram Schäfer. detebe 21117
Maigret und der geheimnisvolle Kapitän Roman. Deutsch von Annerose Melter detebe 21180
Maigret und die alten Leute. Roman Deutsch von Annerose Melter. detebe 21200
Maigret und das Dienstmädchen. Roman Deutsch von Hainer Kober. detebe 21220
Maigret und der Fall Nahour. Roman Deutsch von Sibylle Powell. detebe 21250
Maigret im Haus des Richters. Roman Deutsch von Liselotte Julius. detebe 21238

Maigret und der Samstagsklient. Roman Deutsch von Angelika Hildebrandt-Essig detebe 21295
Maigret in New York. Roman. Deutsch von Bernhard Jolles. detebe 21308
Maigret und die Affäre Saint-Fiacre. Roman Deutsch von Werner De Haas. detebe 21373
Sechs neue Fälle für Maigret. Erzählungen Deutsch von Elfriede Riegler. detebe 21375
Maigret stellt eine Falle. Roman. Deutsch von Angela von Hagen. detebe 21374
Maigret in der Liberty Bar. Roman. Deutsch von Angela von Hagen. detebe 21376
Maigret und der Spion. Roman. Deutsch von Hainer Kober. detebe 21427
Maigret und die kleine Landkneipe. Roman Deutsch von Bernhard Jolles und Heide Bideau. detebe 21428
Maigret und der Verrückte von Bergerac Roman. Deutsch von Hainer Kober detebe 21429
Maigret, die Tänzerin und die Gräfin. Roman Deutsch von Hainer Kober. detebe 21484
Maigret macht Ferien. Roman. Deutsch von Markus Jakob. detebe 21485
Maigret und der hartnäckigste Kunde der Welt Erzählungen. Deutsch von Linde Birk und Ingrid Altrichter. detebe 21486

● **Henry Slesar**
Die besten Geschichten von Henry Slesar Herausgegeben von Anne Schmucke Diogenes Evergreens
Fiese Geschichten für fixe Leser. Aus dem Amerikanischen von Thomas Schlück Diogenes Evergreens. Auch als detebe 21125
Das graue distinguierte Leichentuch. Roman. Deutsch von Paul Baudisch und Thomas Bodmer. Ausgezeichnet mit dem Edgar-Allan-Poe-Preis. detebe 20139
Vorhang auf, wir spielen Mord! Roman Deutsch von Thomas Schlück. detebe 20216
Erlesene Verbrechen und makellose Morde Geschichten. Deutsch von Günter Eichel und Peter Naujack. Vorwort von Alfred Hitchcock. Zeichnungen von Tomi Ungerer detebe 20225
Ein Bündel Geschichten für lüsterne Leser Deutsch von Günter Eichel. Einleitung von Alfred Hitchcock. Zeichnungen von Tomi Ungerer. detebe 20275
Hinter der Tür. Roman. Deutsch von Thomas Schlück. detebe 20540
Aktion Löwenbrücke. Roman. Deutsch von Günter Eichel. detebe 20656
Ruby Martinson. Geschichten vom größten erfolglosen Verbrecher der Welt. Deutsch von Helmut Degner. detebe 20657